MaryJanice Davidson vit dans le Minnesota. Elle écrit dans de nombreux genres littéraires : romance contemporaine, romance paranormale, érotisme… Elle est gentille avec certains enfants et il lui arrive, parfois, de bien traiter les petits animaux. Elle adore parler d'elle à la troisième personne.

Du même auteur, chez Milady :

Queen Betsy :
1. *Vampire et Célibataire*
2. *Vampire et Fauchée*
3. *Vampire et Complexée*
4. *Vampire et Irrécupérable*
5. *Vampire et Casée*
6. *Vampire et Flippée*

www.milady.fr

MaryJanice Davidson

Vampire et Célibataire

Queen Betsy – 1

Traduit de l'anglais (États-Unis) par Cécile Tasson

Milady

Milady est un label des éditions Bragelonne

Titre original : *Undead and Unwed*

Suivi d'un extrait de : *Undead and Unemployed*

Illustration de couverture :
Maureen Wingrove

ISBN : 978-2-8112-0468-6

1re édition : février 2011
2e tirage : avril 2012

Bragelonne – Milady
60-62, rue d'Hauteville – 75010 Paris

E-mail : info@milady.fr
Site Internet : www.milady.fr

Ce livre est dédié à Anthony Alongi,
mon correcteur, mon partenaire,
ma Némésis à barbe et mon ami.
Gloire à mon mari adoré.

Remerciements

Je ne ressens pas le besoin de remercier qui que ce soit puisque j'ai tout fait moi-même.

D'accord, c'est un gros mensonge. Même si je suis l'auteure de ce livre, beaucoup de gens m'ont aidée, parfois sans s'en rendre compte.

Merci tout d'abord à mon mari, qui a corrigé tous les mots que j'ai écrits et s'est occupé des enfants à l'approche de mes délais de remise de manuscrit. Merci également à Angela Knight qui a eu la gentillesse de mentionner mon travail auprès de Cindy Hwang ; à Tina Engler qui m'a fait confiance pour écrire un *e-book* obscur sur une secrétaire morte-vivante ; et à Martha Punches qui en a corrigé une grande partie gracieusement.

Merci aussi à mon club de lecture, les Magic Widows, qui m'ont donné de formidables idées de dialogues et un remerciement particulier à Cathleen Barmeier pour les renseignements qu'elle m'a fournis à propos des TAG.

Je voudrais aussi remercier mes amis de Cape Cod : Curt, Andrea, Guy, Vana et Jon. Anthony leur a présenté une bouseuse du Midwest, et ils l'ont accueillie comme une des leurs.

Enfin, j'aimerais remercier ma famille : Al, Sharon, Yvonne, Paul, Bill, Elinor, Julie Kathryn, Thomas, Betsy, Scott et Daniel. Ils m'ont fait le plus beau compliment du monde : ne pas être surpris de mon succès. Ou alors, ils savent très bien jouer la comédie. Dans tous les cas, je leur en suis reconnaissante.

Chapitre premier

Le jour de ma mort commença mal et empira dans la foulée.

Comme j'avais un peu trop appuyé sur le bouton de rappel de mon réveil, je fus en retard au boulot. Après tout, qui ne serait pas tenté par neuf minutes de plus de sommeil ? Personne. C'est la raison pour laquelle je me réveille pratiquement toujours en retard. Stupide bouton de rappel !

Pas le temps de prendre mon petit déjeuner. Du coup, j'engloutis deux barres de céréales au chocolat en attendant le bus. Miam-miam… du chocolat ! Ma mère aurait approuvé (de qui pensez-vous que je tienne cette satanée dépendance ?), mais un nutritionniste m'aurait assommée avec sa bible des calories.

Le bus était, bien évidemment, en retard. Les transports en commun du Minnesota sont fabuleux ! Six bus pour une zone de deux cent cinquante mille habitants. Lorsqu'ils ne sont pas en retard, ils sont en avance. J'ai cessé de compter le nombre de fois où je suis sortie de chez moi juste à temps pour le voir disparaître au coin de la rue. Des horaires ? Quels horaires ?

Lorsqu'il arriva enfin, en retard comme toujours, je montai à l'intérieur pour m'asseoir… sur du chewing-gum !

À la réunion de 9 heures (à laquelle je me pointai à 9 h 20), j'appris que la récession (celle-là même dont les économistes avaient refusé d'admettre l'existence pendant des années) m'avait touchée entre les deux yeux : on m'avait virée. Ce n'était pas inattendu (les derniers profits de ces chers vieux *Hamton et Fils* remontaient à mes années de lycée), mais ça faisait mal. Perdre son boulot est la pire chose qu'il puisse vous arriver. Parce que ça veut dire qu'on ne veut pas de vous. Peu importe que les raisons soient personnelles, financières ou même pratiques. On ne veut pas de vous, point final.

Après s'être rendu compte environ un an trop tard qu'ils devaient réduire leurs dépenses, *Hamton et Fils* avaient décidé que la solution à leur problème était de licencier le service administratif, et non pas, par exemple, de baisser les salaires à cinq zéros des cadres supérieurs : ainsi, les employés de bureau et les secrétaires n'avaient pas été jugés indispensables. Mais nous aurions notre revanche ! Sans nous, ces imbéciles n'auraient même pas été capables d'envoyer un fax, et encore moins de diriger une entreprise.

Sur cette pensée agréable, je vidai mon bureau en faisant semblant de ne pas remarquer les regards fuyants de mes collègues. Puis, je me dépêchai de rentrer chez moi, non sans m'autoriser un détour par le *Dairy Queen* pour commander un milk-shake à la myrtille. Rouges-gorges, herbe fraîche, réouverture saisonnière du *Dairy Queen*… Aucun doute : le printemps était bien là !

Alors que je franchissais le pas de ma porte, paille à la bouche, je m'aperçus que le témoin lumineux de mon répondeur me faisait de l'œil, comme l'aurait fait un petit dragon noir. C'était un message de ma belle-monstre et, à en croire le raffut en bruit de fond, elle appelait du salon de beauté :

— Ton père et moi, nous ne pourrons pas venir à ta fête ce soir... J'ai commencé un nouveau traitement et je... On ne peut pas. C'est tout. Désolée. (*Bien sûr, comme si j'allais croire ça ! Sale garce !*) Amuse-toi sans nous ! (*Aucun problème.*) Peut-être que tu rencontreras quelqu'un ce soir...

Traduction : peut-être qu'un bon à rien acceptera de t'épouser.

Depuis notre première rencontre, ma belle-monstre ne m'avait jamais considérée que d'une seule façon : une rivale à l'affection de son nouveau mari. Pire, elle n'hésitait pas à jouer la carte de la dépression pour ne pas participer à ce qui me tenait à cœur. Cela avait cessé de me tracasser une semaine après notre rencontre, je supposai donc que c'était aussi bien ainsi.

Comme j'allais à la cuisine pour nourrir ma chatte, je me rendis compte qu'elle s'était encore échappée. Ah ! Ma Giselle (enfin, je suis plutôt sa Betsy à elle) ! Toujours en quête de nouvelles aventures !

Je jetai un coup d'œil à l'horloge. Oh ! là, là ! Même pas encore midi ! Bon, il ne me restait plus qu'à faire la lessive et à pleurer toutes les larmes de mon corps, et la journée serait parfaite !

Joyeux anniversaire moi-même !

En fin de compte, en plein mois d'avril, il y eut une tempête de neige et ma fête fut reportée. Ce n'était pas plus mal... Je n'avais pas vraiment envie de sortir, de faire semblant d'être heureuse ou de boire des litres de daiquiri. Le *Mall of America* est un endroit génial, mais il faut être d'humeur à supporter les prix exorbitants, la foule surexcitée du week-end et les boissons à 6 dollars.

Nick appela vers 20 heures, et ce fut le seul bon moment de la journée. Nick Berry était un charmant inspecteur de Saint Paul. Un ou deux mois auparavant, j'avais été agressée et…

OK, en fait, le mot « agressée » est un peu faible. C'est comme utiliser le mot « malencontreux » pour décrire la Seconde Guerre mondiale. Je n'aime pas en parler, ni même y penser, mais la vérité, c'est qu'une bande de détraqués m'est tombée dessus en sortant de *Chez Khan*, un barbecue mongol (buffet à volonté pour 11,95 dollars, avec salade et dessert : une très bonne affaire si ça ne vous gêne pas de puer l'ail pendant des heures).

Je ne sais pas du tout ce que voulaient mes agresseurs – ils n'en avaient pas après mon portefeuille, n'essayèrent pas de me violer et ne mentionnèrent aucune conspiration gouvernementale.

Ils avaient surgi de nulle part. Littéralement. Je cherchais mes clés entre deux bâillements lorsque, soudain, je me retrouvai encerclée. Ils me griffèrent et me mordirent comme une bande d'écureuils enragés alors que je me défendais du bout de mes Manolo Blahnik et que j'appelais à l'aide aussi fort que possible… si fort que je ne pus que murmurer pendant les trois jours qui suivirent. Ils empestaient : pire que ma cuisine lorsque j'étais allée deux semaines à Cape Cod et que j'avais oublié de vider les ordures avant de partir ! Leurs cheveux étaient longs, leurs yeux, d'une couleur bizarre, et pas une seule fois, ils ne m'adressèrent la parole.

Personne ne vint m'aider, mais les méchants s'enfuirent. Peut-être à cause de ma voix. Quand je crie, les chiens hurlent. Ou peut-être à cause des relents d'ail. Quoi qu'il en soit, le résultat fut le même : ils s'enfuirent. Ou plutôt déguerpirent. Tandis qu'appuyée contre ma voiture, je faisais tout mon possible pour ne pas m'évanouir, je regardai en arrière. Certains d'entre eux étaient à quatre pattes. Je m'efforçai de ne pas rendre mon buffet, gingembre, thé et pain au sésame (pas question de perdre mes 11,95 dollars !), avant d'appeler les secours.

Assigné au dossier, l'inspecteur Nick m'interrogea à l'hôpital pendant que l'on désinfectait les traces de morsure. Quinze en tout ! L'interne qui s'occupait de moi sentait la coriandre et n'arrêtait pas de fredonner le thème d'*Harry Potter et la Chambre des secrets*. Complètement faux. À côté de ça, même la piqûre de l'antiseptique semblait agréable.

C'était l'automne dernier. Depuis, de plus en plus de gens, hommes et femmes confondus, avaient été attaqués. Les deux derniers étaient morts. Alors, oui, ce qui s'était passé me faisait flipper et j'avais décidé d'éviter *Chez Khan* jusqu'à ce que les méchants soient arrêtés, mais par-dessus tout, j'étais soulagée d'avoir échappé au pire.

Bref. Revenons au moment où Nick m'appela. En gros, je lui promis de jeter de nouveau un coup d'œil au *Grand Livre des Vilains*. Sans rire. Je devais le faire pour moi-même, pour avoir le sentiment d'être plus forte qu'eux, mais avant tout, pour revoir Nick : il avait exactement ma taille (un mètre quatre-vingts), des cheveux blond foncé, coupe courte réglementaire, des yeux bleu clair, une carrure de nageur et de ces fossettes ! Il donnait l'impression de s'être échappé du calendrier de Monsieur Corps Parfait. J'ai enfreint la loi, monsieur l'agent, arrêtez-moi !

Le plaisir de reluquer Nick serait mon expérience la plus coquine depuis... en quelle année était-on déjà ? Je ne suis pas coincée, seulement difficile. Très, très difficile. Prenez les chaussures, par exemple : seules les plus jolies et les plus chères trouvent grâce à mes yeux. Pas facile quand on n'a qu'un salaire de secrétaire. Et ce n'est pas l'argent qu'essaie de me refiler mon père qui y changera quelque chose ! Si je me servais de son argent, ce serait ses chaussures. Pas les miennes. Bref, j'économise pendant des mois pour acheter des choses inutiles, et le seul critère de sélection, c'est qu'elles aillent à mes pieds.

Oui, c'est tout moi : Elisabeth Taylor (arrêtez, on me les a toutes faites !), célibataire, un emploi sans avenir (enfin, plus maintenant), vit avec son chat. Et je suis tellement chiante que cette putain de chatte s'échappe trois fois par mois pour aller s'amuser un peu !

En parlant de chat... ce n'était pas son *Miaaaaooooouuu !* bien à elle, de l'autre côté de la rue ? Génial, il ne manquait plus que ça ! Giselle détestait la neige. Elle était sûrement partie à la recherche d'une petite amourette de printemps et s'était fait surprendre par la tempête. Maintenant, elle attendait patiemment qu'on vienne la secourir. Et quand j'irais enfin la chercher, elle serait terriblement vexée et refuserait de croiser mon regard jusqu'à la fin de la semaine.

Chaussée de mes bottes, je me dirigeai vers le jardin. Il neigeait toujours, mais je pouvais apercevoir Giselle, recroquevillée au milieu de la rue, petite tache sombre aux yeux orange. Je perdis dix secondes à l'appeler (pourquoi diable est-ce que j'essayais d'appeler un chat ?), puis me frayai un chemin à travers le jardin jusqu'à la rue.

D'habitude, ça n'aurait pas posé problème. Je vis au bout du pâté de maisons et c'est une rue tranquille. Pourtant, avec la neige qui tombait sur la route gelée, le conducteur me vit trop tard. Et quand il m'aperçut, il eut le mauvais réflexe : écraser la pédale de frein. Ce détail scella mon destin.

Mourir n'est pas douloureux. Je sais, ça sonne faux. On dirait un de ces mensonges doucereux que l'on raconte aux gens pour qu'ils arrêtent de chouiner comme des mauviettes le moment venu. Mais le fait est que le corps est tellement traumatisé qu'il endort toutes les terminaisons nerveuses. Par exemple, je ne sentais pas le froid, alors qu'il faisait sûrement zéro degré ce soir-là !

Je m'y pris très mal, je l'avoue. Quand je vis qu'il allait me renverser, je restai pétrifiée comme un élan devant des phares. Un gros élan blond et stupide qui venait de se payer la retouche de ses mèches. Je ne pouvais pas bouger, même pas pour sauver ma peau.

Mais Giselle, elle, pouvait. Pas reconnaissante pour un sou, cette petite garce prit ses jambes à son cou, pendant que moi, je faisais un vol plané. La voiture me percuta à soixante kilomètres heure (ça, ce n'était pas mortel) et me projeta contre un arbre (ça, ça l'était beaucoup plus).

Comme je l'ai déjà dit, ce n'était pas douloureux, mais mon corps entier subit une énorme pression. J'entendis des choses se casser, mon propre crâne se briser ! On aurait dit qu'on mastiquait de la glace dans mes oreilles. Je sentais que je saignais. Du liquide s'échappait de tout mon corps. Pour la première fois en vingt-six ans, je perdis le contrôle de ma vessie. Dans la nuit, sur la neige, mon sang semblait noir.

La dernière chose que je vis fut Giselle, assise sous le porche, qui attendait que je la fasse rentrer. Le dernier son que j'entendis fut les cris du conducteur qui appelait à l'aide.

OK, pas tout à fait les derniers. Mais vous m'avez comprise…

Chapitre 2

Mourir, ça fait vraiment réfléchir. En particulier à tout ce que vous avez foiré ou que vous n'avez pas fait du tout.

Oh ! ma vie n'était pas particulièrement mouvementée, ce n'est pas ça, mais j'aurais quand même voulu vivre plus de trente ans ! Quand je pense à la façon dont j'avais gâché l'année qui venait de s'écouler… Les dix dernières années, même !

Je n'ai jamais été un génie. Mon éternel treize de moyenne était bien suffisant. Pourquoi me prendre la tête avec de la géométrie, de la chimie ou du droit, quand je devais mettre au point mon numéro artistique pour le concours de Miss Burnsville ? Sans compter que je sortais avec trois ou quatre garçons en même temps et que je faisais tout pour qu'ils ne s'en rendent pas compte. Certains jours, à l'heure du déjeuner, j'étais déjà épuisée.

Quoi qu'il en soit, j'ai supporté le lycée, détesté la fac (c'était exactement comme le lycée, les cendriers et la bière en plus), puis j'ai tout laissé tomber, fait quelques photos et m'en suis lassée… Personne ne me croyait quand je disais qu'être mannequin était aussi intéressant que d'observer des moutons de poussière. Pourtant, c'était la vérité ! La seule chose qui en valait la peine, c'était le montant du chèque.

Contrairement à l'image que les médias en donnent, le métier de mannequin n'a rien de glamour. On passe son temps à courir les auditions, book sous le bras et un sourire faux-cul plaqué sur son joli visage. Pour obtenir un job sur dix… quand on a de la chance ! Après, on se lève à 5 h 30 du matin pour aller travailler, généralement pendant dix-huit heures d'affilée. Puis, cinq semaines plus tard, on est enfin payé. Mais en réalité, seulement une fois que votre agent a retenu le chèque pendant dix jours pour vérifier qu'il n'est pas en bois.

Pourtant, au début, je me suis bien amusée. Les défilés étaient parfaits pour se vanter. C'était grisant de dire aux gens ce que je faisais pour vivre ; après tout, on est aux États-Unis, pays de la superficialité par excellence ! C'était aussi un bon moyen de me faire offrir un verre ou deux. Dieu sait que ça en impressionne plus d'un !

Mais les publicités pour magazines étaient un vrai calvaire… Photo après photo après photo, et sourire, sourire, sourire… Parfois, on pouvait rester debout jusqu'à dix heures de suite. Je crois que le pire de tout, c'était le comportement des mecs : « fais-moi un grand sourire, ma jolie, viens t'asseoir sur les genoux de papa ! »

Et ne me parlez pas des mannequins hommes ! Ils sont encore plus superficiels que les femmes ! Je n'arrive toujours pas à regarder *Zoolander* : bien trop proche de la réalité. Je suis certaine que Ben Stiller pensait faire une comédie, mais ça ressemble davantage à un documentaire !

Sortir avec un homme qui dépensait plus que moi en produits capillaires était une véritable épreuve. Sans parler de ne jamais réussir à accrocher son regard parce qu'il passait son temps à chercher son reflet. Et puis, la plupart d'entre eux étaient des coureurs finis : il suffisait de tourner la tête une seconde pour commander un verre et il parlait déjà à une autre nana… ou la pelotait. Elle ou le serveur. Je détestais être la dernière à savoir qu'on m'utilisait pour sauver les apparences ! Plus embarrassant, tu meurs !

Au bout de deux ans, j'en ai eu assez. Comme ça. J'étais assise dans une pièce remplie de grandes femmes blondes élancées avec de longs cheveux et de longues jambes… des femmes comme moi. Et je me suis rendu compte que les hommes qui attendaient dans l'arrière-salle pour me faire passer un entretien se moquaient de savoir si j'aimais le steak accompagné de risotto, les films d'horreur (à part *Zoolander*) ou encore ma maman. Ils se moquaient que je sois écologiste ou militante républicaine (contrairement à ce que tout le monde pense, les deux ne sont pas incompatibles). Et puis merde, ils se moquaient même que je sois recherchée par la police ! Les seules choses qui les intéressaient, c'étaient mon visage et mon corps.

Je me souviens m'être demandé : *mais qu'est-ce que je fous ici ?*

Très bonne question ! Je me suis levée et je suis partie. Je n'ai même pas récupéré mon book. Mon amie Jessica dit que je suis spontanée, je suppose que ce n'est pas tout à fait faux. Une fois que j'ai pris une décision, je ne reviens plus en arrière.

Après ça, j'ai fait de l'intérim du côté de Minneapolis et Saint Paul, les *Twin Cities* ; c'était sympa au début, mais comme d'habitude, une fois que je n'avais plus rien à apprendre, j'ai commencé à m'ennuyer. J'avais tellement d'expérience en tant que secrétaire qu'ils ont fait de moi une super secrétaire… Ah non ! pardon, on dit « assistante de direction » !

C'est comme ça que je suis arrivée chez *Hamton et Fils*, où mon travail était plein de suspense et de danger ! Suspense, parce qu'il n'y avait pratiquement jamais assez d'argent pour payer les factures de l'entreprise. Danger, parce que je m'inquiétais de ne pas pouvoir me retenir d'étrangler mon boss et d'être arrêtée pour homicide. Triple homicide si les courtiers s'interposaient.

La plupart des gens se plaignent de leur patron, c'est typiquement américain – mais moi, j'étais sérieuse : je les détestais vraiment ! Pire, je ne les respectais pas ! Il y avait même des jours où je me demandais s'ils n'étaient pas fous.

Prenons la semaine dernière, par exemple. À peine le pas de la porte franchi, je tombai sur les courtiers, yeux écarquillés, qui, durant les dix minutes où ils avaient été laissés sans surveillance, avaient cassé la photocopieuse. La photocopieuse toute neuve ! Pires que des gosses ! Des gosses que l'on ne pouvait pas quitter des yeux une seconde… et qui fumaient clope sur clope.

— Ça ne marche pas ! m'informa Todd, le chef de gang des courtiers. Il va falloir la renvoyer. Je vous avais dit qu'on n'avait pas besoin d'en acheter une nouvelle !

— L'ancienne chauffait tellement que les photocopies étaient marron et sentaient la fumée ! Qu'est-ce que vous avez fait ? demandai-je en accrochant mon manteau.

— Rien du tout ! Je faisais des photocopies, il y a eu un bruit bizarre et ça s'est arrêté.

— Encore une fois : qu'est-ce que vous avez fait ?

— Eh bien… J'ai essayé de la réparer. Je ne voulais pas vous déranger, ajouta-t-il devant mon expression meurtrière.

Il tenta de s'échapper, mais je l'attrapai par le bras et le traînai jusqu'à la machine qui soufflait de manière inquiétante. Je lui désignai la note scotchée au mur.

— Lisez !

— Betsy, j'ai des tas de choses à faire, le marché vient d'ouvrir et je dois… Aïe ! D'accord ! Pas la peine de me pincer ! Ça dit : « En cas de problème, ne surtout rien toucher ! Appeler Betsy ou Terry. » Voilà ! Contente ?

— Je voulais simplement vérifier que vous saviez encore lire ! (Je lâchai son bras avant que l'envie de le pincer me reprenne.) Allez-vous-en, je vais m'en occuper.

Vingt minutes plus tard, ma jupe était fichue (saleté de cartouche d'encre !), mais la photocopieuse marchait de nouveau. Je décidai alors de jeter un coup d'œil à mon courrier et tombai sur la lettre, maintenant familière et mensuelle, du fisc.

Je me rendis directement au bureau de Tom, mon patron. Alors que je refermais la porte derrière moi, il releva la tête et me lança le regard assassin du sociopathe de base. Ou peut-être était-ce quelque chose que l'on apprenait à l'école de commerce…

Je lui agitai la lettre sous le nez.

— Le fisc attend toujours – toujours ! – nos impôts.

— Je ne peux pas m'en occuper maintenant, répondit Tom, irrité.

Il était de taille moyenne (il ne supportait pas que je sois plus grande que lui) et fumait comme si le tabac allait être interdit aux États-Unis avant la fin de la semaine. Malgré la loi très stricte du Minnesota contre le tabagisme sur le lieu de travail, son bureau empestait les cendres froides.

— Revenez me voir quand le marché sera fermé !

— Tom ! On a presque un an de retard ! Les impôts, ça vous dit quelque chose ? On ne peut pas continuer à s'en servir pour payer les factures ! On doit déjà plus de cent mille dollars au gouvernement !

— Quand le marché sera fermé ! répéta-t-il avant de se pencher de nouveau sur son ordinateur.

Et bien sûr, à 15 h 01, il serait dehors et éviterait toute discussion.

Je sortis, furieuse. Il ne se passait pas une journée sans que Tom tente quelque chose de sournois. Il mentait à ses clients et à ses salariés, ou bien il utilisait leur argent sans le leur dire. Si quelqu'un s'en rendait compte, ça me retombait dessus. Il avait le don de convaincre les gens qu'il était innocent. C'était un très bon vendeur, je l'admets. Même moi, qui le connaissais bien, je me faisais souvent avoir par son enthousiasme.

Je détestais avoir le mauvais rôle, écrire des rapports disciplinaires sur les courtiers, alors que lui, il s'occupait des augmentations : Tom aimait être copain avec tout le monde. Et je détestais aussi lorsqu'il me faisait mentir aux clients. C'étaient des gens bien, qui ne se doutaient pas qu'ils remettaient leur argent entre les mains d'un sociopathe.

Pourtant, il faut bien l'avouer, je me faisais pas mal de fric. Mieux, je ne travaillais que quatre jours par semaine, avec des journées de dix heures, ce qui me laissait un week-end de trois jours. Tout juste suffisant pour rassembler son courage et retourner au boulot le lundi. Difficile d'y renoncer ! Avec un autre job de secrétaire, j'aurais dû économiser plus longtemps pour m'acheter des chaussures. Je suppose que ça faisait de moi une vendue.

Je restai au bureau jusqu'à 17 heures et, comme d'habitude, j'étais la seule. La réceptionniste partait à 16 h 30, et tous les autres à 15 h 30, après la clôture du marché. Mais Tom avait toujours peur de rater un coup de fil essentiel, c'est pourquoi je restais plus longtemps tous les soirs. Ma foi, c'était un bon moyen de rattraper mes lectures en retard !

Après le boulot, j'allai à un rendez-vous galant… avec nul autre que le neveu de Todd. Il m'avait assuré que l'on s'entendrait à merveille. D'habitude, j'évitais comme la peste les rencards arrangés, mais je me sentais seule et je n'avais fait aucune rencontre depuis plus d'un an. J'étais trop vieille pour draguer en boîte et trop jeune pour le bingo. Alors j'avais accepté.

Grossière erreur ! Le neveu de Todd faisait trente centimètres de moins que moi. En ce qui me concerne, ce n'était pas un problème (je suis plus grande que la plupart des hommes), mais certains gars le prennent mal, comme si j'avais grandi dans le seul but de me moquer d'eux. Oh non ! Vous avez découvert mon plan diabolique !

Le neveu, Gerry, appartenait à cette catégorie. Il m'observait, puis détournait la tête, avant de me regarder de nouveau, comme s'il ne pouvait pas s'en empêcher. Il semblait ébloui (ou horrifié) par la longueur de mes jambes.

Après quelques blagues de mauvais goût, le récit de sa victoire contre les juifs avares et cupides de son cabinet d'expertise comptable grâce à son intelligence et à sa ruse, et la déclaration que les États-Unis n'avaient qu'à faire sauter tous les pays du tiers-monde pour arrêter le terrorisme d'un seul coup (de la même manière que les terroristes, donc), je ne pus en supporter d'avantage. Nous n'étions pas des âmes sœurs. Ça m'apprendrait. Je détestais ce genre de rendez-vous.

Avant de nous quitter, je lui accordai un baiser, mais seulement parce que j'étais curieuse de voir comment il s'y prendrait. Il se mit sur la pointe des pieds et je me baissai. Des lèvres douces et humides se posèrent entre ma joue et ma bouche, et je pris une bouffée de bière et d'ail. L'ail ne me dérangeait pas, mais je détestais vraiment la bière. Je faillis me casser le poignet en enfonçant le plus vite possible la clé dans la serrure pour pouvoir enfin rentrer chez moi.

Voilà, un jour dans une vie. La mienne. Quel gâchis ! Et maintenant, c'était foutu. Je n'avais jamais rien accompli. Absolument rien…

Chapitre 3

J'ouvris les yeux dans le noir le plus total. Petite, j'avais lu l'histoire d'un prêcheur envoyé en enfer. Là-bas, il avait découvert que les morts n'avaient pas de paupières et n'avaient d'autre choix que de faire face à l'horreur. Je sus tout de suite que je n'étais pas en enfer puisque je ne voyais rien.

Je tâtonnai : je me trouvais dans un espace clos et étroit. J'étais allongée sur quelque chose de dur, mais les côtés de ma petite cage étaient capitonnés. S'il s'agissait d'une chambre d'hôpital, c'était vraiment la plus bizarre qui ait jamais existé. D'ailleurs, les antidouleurs étaient miraculeux... Je n'avais mal nulle part. Et où était donc tout le monde ? Pourquoi était-ce si calme ?

Après avoir tâtonné davantage, un éclair de génie me traversa et j'essayai de me redresser. Ma tête heurta quelque chose de solide qui céda quand je poussai. Je me retrouvai ainsi assise, à cligner des yeux dans le noir.

Je me crus d'abord dans une grande cuisine industrielle.

Puis, je me rendis compte que j'étais assise dans un cercueil. Il était blanc avec un filet doré sur le côté et molletonné de satin rose bonbon (beurk !). Il avait été posé sur une grande table en inox, au centre de la pièce, et il y avait une rangée d'éviers contre le mur du fond. Pas l'ombre d'un four. Seulement quelques instruments étranges et une palette de maquillage de taille industrielle. Ce qui voulait dire que ce n'était pas une cuisine mais une…

Je faillis me casser quelque chose en descendant de la table. Dans ma précipitation, j'entraînai le cercueil dans ma chute. Le choc se répercuta sur mes genoux mais ça m'était égal. En un clin d'œil, je m'étais dégagée, relevée et mise à courir.

Après avoir enfoncé les portes battantes, je me retrouvai dans un grand hall d'entrée lambrissé. C'était encore plus lugubre ici ; il ne semblait pas y avoir de fenêtre, seulement des rangées de portemanteaux à perte de vue ! Au fond de la pièce se tenait une blonde aux yeux ahuris qui portait un tailleur d'un rose ridicule. Elle aurait pu être jolie sans ce blush orange et ce surplus de fard à paupières bleu. Et ce rouge à lèvres rose boisé ne lui allait pas du tout non plus ! En fait, elle était d'une pâleur si choquante qu'aucun maquillage n'aurait fait l'affaire.

Jambes tremblantes, la blonde avança vers moi, chaussures bon marché aux pieds (promo : une paire achetée, la seconde à moitié prix), et je remarquai alors que ses cheveux, eux, n'étaient pas mal du tout : coupés aux épaules, avec une adorable ondulation sur les pointes et un intéressant choix de mèches.

#23 Blond doré brillant : nuance du tonnerre !

Éééééééh ! La femme à l'horrible tailleur, c'était moi ! La femme dans des chaussures bon marché, c'était moi !

Chancelante, je m'approchai du miroir, les yeux écarquillés. Oui, c'était vraiment moi, et oui, j'avais une mine de déterrée ! Pas de doute, j'étais bien en enfer !

Il fallait que je me calme. Impossible. Alors, je me mis des claques, ce qui barbouilla de blush la paume de mes mains. À l'évidence, j'étais complètement à côté de la plaque : ce n'était pas l'enfer. L'enfer n'était pas un hall d'entrée lambrissé avec un miroir d'un côté et un cercueil de l'autre ! Et ce n'était pas étonnant que j'aie l'air si repoussant… J'étais morte ! Le sale con au volant de la Pontiac Aztek, sans doute de mèche avec mon chat, m'avait tuée. Conclusion parfaite d'une journée parfaite !

J'étais morte, mais trop stupide pour ne pas me relever. Morte, à me promener dans une morgue en tailleur à deux balles et chaussures en faux cuir. L'enterrement aurait sûrement lieu le lendemain… plus tard dans la journée, corrigeai-je, après avoir jeté un coup d'œil à l'horloge.

Qui m'avait choisi ces vêtements ? Et ces chaussures ?

Je retirai l'une d'elles pour en inspecter l'intérieur : Anthonia O'Neill Taylor.

J'aurais dû m'en douter ! Ma belle-mère ! La garce voulait m'enterrer avec ces horribles chaussures aux pieds ! Cela me dérangeait plus que d'être aplatie contre un arbre par une bagnole sous les yeux de mon chat. Je faillis balancer l'objet de malheur sur le miroir mais je me résignai finalement à le remettre. Il faisait froid dehors. Mais quel lourd tribut à payer ! Si Giselle me voyait… Si n'importe laquelle de mes connaissances me voyait !

Mon chat ! Qui allait s'occuper de ce petit monstre ? Sûrement Jessica, ou peut-être ma mère… oui, probablement.

Ma mère ! Elle avait dû être anéantie lorsqu'elle avait appris la nouvelle ! Mon père aussi… Il avait peut-être même pris un jour de congé entier pour assister à mes funérailles. Quant à ma belle-mère… Mouais, ça m'étonnerait que ça lui ait fait grand-chose. Elle voyait en moi une entêtée pourrie gâtée, et en ce qui me concernait, ce n'était qu'une salope, croqueuse de diamants, fourbe et malhonnête. Bien sûr, comme, depuis le jour de notre rencontre, nous étions toutes les deux persuadées d'avoir raison, ça n'aidait pas beaucoup.

Il me vint à l'esprit que je devais aller voir ma famille et mes amis en deuil pour leur dire que je n'avais pas l'intention de me faire enterrer. Il fallait que je me dégotte un nouveau job, bon sang ! Je ne pouvais pas me tourner les pouces dans un cercueil six pieds sous terre ! Pire, si je ne payais pas mes factures, on allait me couper le câble !

Puis, tout devint clair. J'étais morte. J'avais été zombifiée ou un truc dans le genre, et je devais terminer le boulot que le gars avait commencé au volant de son Aztec. À moins que ce soit le purgatoire, une épreuve à surmonter, quelque chose à finir avant que Dieu m'ouvre ses portes.

L'idée que les médecins des urgences aient fait une erreur m'effleura, mais je choisis de l'ignorer. Je me souvenais trop bien du bruit qu'avait fait mon crâne lorsqu'il s'était brisé. Si ça ne m'avait pas tuée, je serais toujours en soins intensifs, reliée à plus de tuyaux qu'une classe de chimie. Pas pomponnée comme une pute… (*morte*)… avec ces vieilles godasses aux pieds ! (*je suis morte !*)

Je n'aurais jamais supporté d'être vue ainsi. Plutôt mourir ! Une seconde fois…

Après un dernier coup d'œil effaré à mon reflet, je me dirigeai vers le fond du hall d'entrée où se trouvait l'escalier et entrepris de le gravir. La morgue comportait trois étages (et je ne voulais surtout pas savoir à quoi leur servaient les deux autres !), ce qui devait suffire, puisque j'avais l'intention d'y aller sur mes deux jambes. Mes horribles chaussures claquaient. Je ne pouvais me résoudre à les regarder.

À première vue, la porte semblait fermée à clé, mais avec un grand coup, elle s'ouvrit facilement dans un grincement métallique.

C'était une belle nuit de printemps : après la tempête, toute la neige avait fondu. Il y avait quelque chose de chaud et d'humide dans l'air, une impression de fertilité. J'avais le sentiment étrange que si je jetais des graines sur ce toit en ciment, elles prendraient racine et pousseraient. Jamais une nuit n'avait eu une odeur si douce, pas même lorsque j'avais emménagé dans mon propre appartement.

Les lumières de la ville qui scintillaient au loin me rappelaient Noël. Me rappelaient que je ne fêterais plus jamais Noël. Des voitures passaient dans la rue en contrebas, et, au loin, une femme riait. Au moins, il y en avait une qui s'amusait !

Alors que je montais sur la balustrade, je réprimai la pointe d'angoisse grandissante qui remontait le long de mon échine. Même morte, j'avais toujours le vertige. Je repoussai l'envie de faire un pas en arrière, vers la sécurité.

Sécurité ? Quelle sécurité ?

Ce n'était pas ma dernière nuit sur terre : elle avait eu lieu l'avant-veille. Pas la peine de m'apitoyer sur mon sort. J'avais été une fille bien sage toute ma vie et maintenant, j'allais en être récompensée, bordel ! Je n'avais pas du tout l'intention d'errer comme un zombie, à terrifier les gens et à faire comme si j'avais toujours ma place en ce bas monde.

— Dieu, commençai-je tout en essayant de garder l'équilibre. C'est moi, Betsy. Je viens te rendre une petite visite. Prépare la chambre d'ami !

Je sautai alors du toit et combattis l'envie de me mettre en boule avant de percuter le bitume, tête la première, comme prévu. Ce qui ne l'était pas du tout, c'était cette douleur insupportable à la tête et le fait que je ne me retrouvais ni inconsciente, ni auprès de mon pote le bon Dieu.

Gémissant, je me pris la tête entre les mains. Lorsque mon mal de crâne commença à se calmer, je me mis debout… pour me faire rouler dessus par un camion de poubelles matinal. Je n'eus que le temps de voir les lèvres du conducteur horrifié articuler « *Nom de Dieu ! Madame, attention !* » ou quelque chose dans le genre, avant que mon front percute violemment la calandre du véhicule. Je me sentis alors glisser comme un pigeon qui aurait percuté un pare-brise et tombai par terre, sur le cul. Ça faisait moins mal que la calandre, mais de peu.

Pendant un long moment, je restai allongée sur la route, à me demander sérieusement s'il fallait que je me relève. En définitive, je me dis que je ne pouvais pas rester là pour l'éternité (j'étais de toute façon incapable de reposer en paix où que ce soit) et me redressai lentement.

Lorsque, debout, j'époussetai ma jupe de vieille et dégageai les cheveux de mon visage, le conducteur fit marche arrière en vitesse et se tira sans demander son reste. Je ne pouvais pas vraiment lui en vouloir : je devais faire peur à voir. Mais avait-on déjà entendu parler d'un camion de poubelles en délit de fuite ?

Chapitre 4

Je ne m'avoue pas facilement vaincue. Me jeter dans le Mississippi se solda par un échec : je découvris que je n'avais plus besoin de respirer. Après une demi-heure dans le fond vaseux du fleuve à attendre patiemment de me noyer, je décidai d'abandonner et de remonter sur la berge. Le plus étrange, c'est que je ne sentais pas le froid alors qu'il ne devait pas faire plus de 5 °C et que j'étais totalement trempée.

M'enterrer avec un câble électrique dans les mains n'eut pas plus de résultat (sauf sur mes cheveux – un vrai désastre !).

Je bus alors une bouteille entière de Javel, mais le seul effet secondaire fut un curieux cas de gorge sèche… J'avais une de ces soifs !

Je volai un couteau de boucher au *Wal-Mart* du coin (l'endroit où faire vos courses si vous êtes mort, qu'il est 3 heures du matin et que vous n'avez pas de carte de crédit) et me l'enfonçai dans le cœur : que dalle ! Un petit filet de sang coula puis, sous mes yeux horrifiés, diminua avant de s'arrêter. Assez vite, les seules traces de mon coup de couteau furent la déchirure dans mon tailleur et une légère tache de sang.

J'errais dans Lake Street en réfléchissant à un moyen de me décapiter, lorsque j'entendis des chuchotements et ce qui ressemblait à des sanglots étouffés. J'allai passer mon chemin (n'avais-je pas assez de problèmes comme ça ?), mais ma conscience se rappela à moi. Alors, je traversai la rue et tournai au coin.

Je compris tout de suite ce qui se passait : trois hommes, placés selon une demi-lune sinistre, avaient acculé une femme. Elle tenait la main d'une petite fille aux grands yeux qui ne devait pas avoir plus de six ans. À cause de la peur, la femme en paraissait cinquante. Son sac à main gisait par terre dans l'espace qui les séparait. Personne ne semblait vouloir le ramasser. Je revécus alors la scène dans un flash : elle le leur avait balancé et avait essayé de s'enfuir, mais ils l'avaient coincée. Ce n'était pas le sac qu'ils voulaient, c'était…

— Pitié, murmura-t-elle.

L'acoustique devait être très bonne, pensai-je, pour que je puisse les entendre, près d'un pâté de maisons plus loin.

— Ne me faites rien devant ma fille ! Je vais venir avec vous ! Je ferai tout ce que vous voulez, mais par pitié… pitié !

— Maman ! Ne me laisse pas ici toute seule !

Les yeux de la petite fille étaient marron clair, presque de la couleur du whisky, et lorsqu'ils se remplirent de larmes, je sentis mon cœur mort se serrer.

— Vous… Allez-vous-en ! Laissez ma maman tranquille, sales… sales… sales méchants !

— Chut, Justine, chut…

La femme essaya de détacher la main de sa fille de la sienne, avec un rire qui sonnait faux.

— Elle est fatiguée, il est tard. Je vais venir avec vous.

— C'est pas toi que je veux, dit l'un d'eux, les yeux fixés sur la petite.

Justine éclata de nouveau en sanglots, mais pas avant d'avoir donné un coup par terre qui recouvrit les pieds de l'homme de gravier et de poussière. Bien que choquée par la scène, je ne pus m'empêcher d'admirer le cran de la petite.

— Je vais vous conduire à ma voiture, le moteur est mort mais je peux… avec vous trois, mais ne… ne…

— Hé, les trouducs ! lançai-je d'un air enjoué.

Ils sursautèrent tous les cinq, ce qui m'étonna… Ils auraient dû m'entendre arriver, non ? Je n'arrivais pas à croire ce que je faisais. Je n'étais pas du genre à chercher la confrontation. D'un autre côté, qu'est-ce que j'avais à perdre ?

— Euh… Les trois trouducs. Pas la femme et l'enfant. Les mecs, vous pouvez venir me buter, s'il vous plaît ?

Pendant qu'ils s'occuperaient à me tuer, les deux autres pourraient s'enfuir. Tout le monde était gagnant !

Rassurée, Justine me sourit : un sourire où il manquait une dent de lait. Lorsque les hommes avancèrent vers moi, elle en profita pour attraper la main de sa mère et l'entraîner vers la sécurité toute relative de Lake Street.

— Je vais…

— Dépêche-toi, maman !

— … appeler la police !

— Vous avez pas intérêt ! répliquai-je sèchement. Si vous faites foirer mon meurtre, je serai très en colère !

Un des lascars m'avait attrapée par le bras et me traînait de nouveau vers Justine et sa mère.

— Deux secondes, mec, je dois…

Il me cogna, fort, et sans réfléchir, je me défendis.

Puis, tout alla très vite. Connard numéro un ne m'avait pas cognée mais poignardée, même si ça ne changeait pas grand-chose... Et quand je l'avais repoussé, il avait fait un vol plané. Lorsqu'il retomba enfin par terre, il roula sur au moins trente mètres avant de se remettre sur ses pieds et de détaler comme s'il avait abusé de cuisine mexicaine et avait un besoin pressant d'aller aux toilettes.

Pendant que je le regardais fuir et qu'un élégant « Hein... ? » s'échappait de mes lèvres, comme chaque fois que je ne comprenais pas quelque chose, les deux autres s'en mêlèrent. Je les attrapai par leur sale petite nuque et cognai leur tête l'une contre l'autre. Tout ça, sans vraiment y penser (ma réaction habituelle face aux situations stressantes). Il y eut un craquement sinistre et j'entendis (beurk !) leur crâne céder. C'était le même son qu'au mariage de mon cousin lorsque l'imbécile qui s'occupait des alliances avait fait tomber les melons par terre : une sorte de gargouillis dégueu. Les méchants s'effondrèrent, encore plus morts que le disco, arborant leur tête des mauvais jours pour l'éternité.

Je faillis leur gerber dessus.

— Oh ! merde !

— Merci, merci, merci !

La mère de Justine s'était jetée dans mes bras. Elle empestait la peur et le parfum de chez Tiffany.

Putain, un témoin !

— Oh ! merde !

En grande conversation avec mes cheveux, elle m'agrippait avec une force non négligeable. J'essayai de me dégager sans la blesser.

— Oh ! mon Dieu ! J'ai cru qu'ils allaient me violer, me tuer, faire du mal à Justine, tuer Justine… merci, merci, merci…

— J'arrive pas à y croire ! Vous avez vu ce que j'ai fait ? Ça alors ! Comment j'ai fait ?

— Merci, merci, merci, beaucoup, beaucoup, beaucoup !

Elle m'embrassa sur la bouche, un baiser sincère.

— Ouh là ! Et puis quoi encore ? On se connaît à peine ! En plus, plus hétéro que moi, tu meurs ! Lâche-moi maintenant, c'est ça, gentille hystérique !

Elle me lâcha et continua à bredouiller avant de s'éloigner de quelques mètres pour vomir. Je ne pouvais pas lui en vouloir (j'étais à peu près dans le même état qu'elle, mais si je n'avais pas dégueulé après avoir avalé de la Javel, ça ne m'arriverait probablement plus jamais). Quand elle eut fini, elle s'essuya la bouche du dos de la main, tremblante, puis s'agenouilla et ramassa ce qui était tombé de son sac.

Bizarrement, tout à coup, je voulais l'agripper de nouveau, même avec son haleine de vomi. Il y avait quelque chose chez elle, le sang, le… Elle s'était blessée, ou un des hommes l'avait entaillée, et elle saignait, le sang coulait sous sa chemise, sur le haut de son bras, dégoulinait lentement : soudain, j'avais tellement soif que je n'arrivais plus à respirer. Enfin, je ne respirais pas. Mais vous me comprenez.

Justine m'observait intensément. Elle s'était rapprochée de moi pendant que sa mère arrosait le sol, pour ainsi dire. Ses larmes avaient séché, ce qui faisait briller ses joues sous le clair de lune. Elle semblait très, très pensive. Et avait pris six ans en cinq minutes.

Elle me montra quelque chose du doigt.

— Ça ne vous fait pas mal ?

Je baissai la tête, puis délogeai le couteau de mon flanc. Encore une fois, très peu de sang. Un léger écoulement qui était déjà en train de s'arrêter. Encore. Beurk !

— Non. Merci. Euh… N'aie pas peur. Plus peur, je veux dire.

— Pourquoi est-ce que vous leur avez demandé de vous tuer ?

D'habitude, je ne ferais pas de confidences de ce genre à un enfant que je ne connais pas, mais pour ma défense, ça avait été une de ces putains de nuits ! En plus, elle m'avait fait remarquer le couteau qui dépassait de mes côtes, je me sentais donc obligée de lui répondre franchement.

— Ve fuis un vombie, expliquai-je. (Sauf que j'avais du mal à parler tout à coup.) V'effaye de refter morte.

— Vous n'êtes pas un zombie.

Elle désigna ma bouche.

— Vous êtes une vampire. Mais une gentille, donc tout va bien, ajouta-t-elle.

Je relevai la main si vite que je me mordis. Je sentis le bout pointu de mes nouvelles canines que l'odeur du sang de sa mère avait fait apparaître. Elles prenaient toute la place dans ma bouche !

— Une vampire ? Comment f'est poffible, fa ? Ve fuis morte dans un acfident de voiture, pour l'amour du fiel ! Aïe, merde !

— Vous allez sucer notre sang ? demanda Justine, curieuse.

— Beurk ! Le fang, fa me donne envie de vomir ! Fuffit que v'en voie… Pouah !

— Plus maintenant, je parie ! rétorqua-t-elle.

C'était l'élève de cours préparatoire la plus intelligente que j'avais jamais rencontrée. Peut-être pouvais-je la prendre sous mon aile et en faire mon acolyte diabolique !

— C'est pas grave. Vous pouvez, si vous voulez. Vous nous avez sauvées. Ma maman, dit-elle sur le ton de la confidence, a eu vraiment peur.

Elle n'est pas la seule, trésor… Je parie que tu as un goût d'électricité, avec toute cette jeunesse, cette énergie qui coule dans tes veines.

Je portai mes mains à ma bouche et reculai.

— Cours ! criai-je.

Mais ce n'était pas la peine : la maman de Justine, qui avait terminé de rassembler ses affaires, avait eu un aperçu de ma nouvelle dentition. Ni une, ni deux, elle attrapa sa fille et s'enfuit dans la direction opposée. Justine réussit à me faire un signe de la main alors qu'elle rebondissait contre les hanches de sa mère.

— Il y a une ftation d'effence au bout de la rue ! lui criai-je. Vous pourrez appeler un dépanneur ! (Je me fourrai un doigt dans la bouche. Mon zézaiement disparut, mes canines aussi.) Et à quoi tu pensais, emmener ta fille dehors à 4 heures du matin ? hurlai-je, de nouveau irritée. Abrutie !

Comme Minneapolis se trouve dans le Midwest, les gens pensent qu'il n'y a pas de viols, de meurtres ou de cambriolages. C'est faux, seulement, il y en a moins lorsqu'il fait froid. J'aurais parié 1 000 dollars que c'était une voiture de location qui les avait lâchées.

Quoi qu'il en soit, le mystère était résolu : j'étais une vampire. Pourquoi ? Je n'en avais pas la moindre idée…

Les victimes d'accidents de la route ne ressuscitaient pas. Du moins, c'était ce que j'avais toujours cru.

Dans les films, on nous montrait une nunuche poursuivie par un grand vampire ténébreux… puis, elle tombait dans ses bras et se réveillait, assoiffée, trois nuits plus tard. Mais rien de tout cela ne m'était arrivé. La dernière créature dans le genre que j'avais croisée, c'était le concierge, au bureau ! Et il ne m'avait pas mordue, il m'avait seulement demandé d'utiliser les toilettes des hommes pour qu'il puisse nettoyer celles des femmes…

Il n'y avait aucune explication logique à ce qui m'était arrivé. À moins que… Est-ce que ça pouvait avoir un rapport avec cette attaque, quelques mois auparavant ? Mes agresseurs avaient été des sauvages qui grognaient, à peine humains. À bien y réfléchir, avant ce soir-là, c'était la chose la plus étrange qui m'était arrivée – contrôle des impôts et divorce de mes parents compris. Mes agresseurs m'avaient-ils contaminée ?

Dans ce cas-là, pourquoi étais-je toujours moi-même ? Maintenant que j'étais un membre assoiffé de la clique des non-morts, je devrais sucer le sang des petites filles puis me jeter sur leurs mamans ! Je devrais être un prédateur nocturne sans pitié et me préoccuper uniquement de ma faim diabolique et surnaturelle !

Les mecs de la ruelle avaient été des agresseurs à deux balles, mais j'étais quand même horrifiée d'en avoir tué deux par accident. J'avais laissé Justine et sa mère partir… leur avais ordonné de partir ! C'était la première fois de ma… euh… vie que je ressentais une telle soif, mais elle ne me contrôlait pas : je n'étais pas un animal. J'étais toujours moi-même, Betsy, écœurée par les chaussures à mes pieds et prête à donner n'importe quoi (pourquoi pas mes nouvelles canines ?) pour l'autographe de Colin Farrell.

Colin Farrell… En voilà un qui ferait un en-cas appétissant !

Chapitre 5

— Mon père ! m'exclamai-je, j'ai besoin de votre aide !

— Je voudrais bien, mais je ne suis pas prêtre.

— Je suis en enfer et je n'ai jamais rien fait pour mériter ça ! À part cette histoire de double homicide… mais c'était un accident ! En plus, je devrais avoir un bon point pour avoir sauvé Justine et sa mère.

— Comme je vous l'ai déjà dit, je ne suis pas prêtre, mademoiselle. Je suis le bedeau. Et ce n'est pas une église catholique, ici, on est presbytériens…

— Parfait, vous ferez l'affaire ! Vous pouvez me faire cramer à l'eau bénite ?

J'attrapai le gars par la chemise et le mis debout (il faisait à peu près quinze centimètres de moins que moi).

— Me planter un crucifix en plein cœur ?

Je le secouai comme un prunier.

— Me lapider avec des hosties ?

Il me lança un beau sourire de cinglé.

— Ce que vous êtes mignonne !

Surprise, je le lâchai. Il en profita alors pour faire une chose totalement incongrue : il me prit dans ses bras et m'embrassa. Avec fougue. Beaucoup de fougue ! Il y mit toute son énergie… sa langue dans ma bouche et quelque chose de dur et ferme contre mon bas-ventre. En plus, il avait un goût de céréales !

— Beuarg ! m'exclamai-je, ou quelque chose dans le genre.

Je le repoussai doucement, mais cela suffit à l'envoyer voler par-dessus le banc. Il atterrit près de la chaire dans un grand fracas. Cela ne lui fit perdre ni son sourire ni, malheureusement, son érection : je pouvais deviner la bosse dans son pantalon.

— Encore ! soupira-t-il, la tête sur le côté.

— Oh ! Put… T'aurais pas pu t'assommer en tombant ? répliquai-je sèchement.

À ma grande surprise, sa tête tomba contre son épaule et il se mit à ronfler… Bien sûr ! Il était bourré ! J'aurais dû le sentir !

Je l'observai de nouveau et me maudis intérieurement : évidemment que c'était le concierge ! Il portait un pantalon marron clair et un tee-shirt qui disait « D&E Entretien : Nous Nettoyons Derrière Vous ! » Dans ma panique, lorsque j'étais entrée, j'avais sauté sur la première personne que j'avais aperçue. Il m'avait sauté dessus, lui aussi : juste retour des choses.

En fait, j'étais encore étonnée d'avoir pu pénétrer dans l'église sans prendre feu. Pas que j'avais été une fervente pratiquante avant de mourir… J'y allais enfant, mais en grande partie pour passer quelques heures loin de ma belle-monstre. Et aussi pour le jus de pamplemousse gratos… Mais depuis que j'avais quitté la maison de mon père, je n'y étais pas retournée, à part pour les fêtes religieuses : j'étais seulement chrétienne à Pâques et à Noël.

Une chrétienne morte, à présent. Donc, j'étais surprise de pouvoir entrer dans un sanctuaire sans exploser.

Rien de tel ne s'était produit. La porte s'était ouverte facilement et l'église était comme toutes les autres : menaçante mais réconfortante, comme un grand-parent bien aimé mais sévère.

Avec prudence, je m'assis sur un banc qui allait sûrement me brûler le cul : rien. Je touchai la Bible devant moi… rien. Me frottai le visage avec… non plus.

Bordel ! D'accord, j'étais une vampire. C'était déstabilisant, mais je commençais à m'y habituer. Sauf que les règles habituelles ne s'appliquaient même pas ! À l'heure qu'il était, j'aurais dû m'être transformée en torche humaine, pas attendre impatiemment sur un banc que Dieu envoie mon âme en enfer !

Je jetai un coup d'œil à l'horloge sur le mur du fond : 4 heures du matin passées. Le soleil allait bientôt se lever. Avec un peu de chance, une promenade matinale m'achèverait…

Dans un soupir, je me laissai aller contre mon siège.

— Qu'est-ce qui se passe, mon Dieu ? gémis-je. OK, je n'ai pas vraiment passé mon temps à l'église, mais qu'est-ce que j'ai fait pour mériter ça ? J'étais assez sage comme nana ! J'étais gentille avec les gosses et les animaux stupides. J'étais même volontaire dans les soupes populaires, pour l'amour du ciel ! D'accord, c'est vrai, j'étais un peu matérialiste, mais la qualité a un prix ! Je ne pense pas que ce soit un péché de vouloir les meilleures chaussures sur le marché ! D'une, elles durent toute une vie. De deux, c'est une fierté de posséder quelque chose de beau ! J'ai pas raison ? Allez, quoi ! Si Hitler n'était pas un vampire, pourquoi moi ? Hein ?

— Mon enfant ?

— Aaaaaaaaaah !

Je sursautai si violemment que je faillis tomber du banc.

Avec un peu de retard, je sentis l'amidon, le vieux coton et l'après-rasage. Je me retournai alors pour voir le pasteur remonter l'allée vers moi : la cinquantaine, frange de moine, pantalon et tee-shirt noirs avec une petite croix accrochée à son col. Ses joues étaient rosies par le feu du rasoir, il portait des lunettes à foyers épais sur son nez aquilin. Une alliance miroitait à son annulaire gauche. Il devait bien faire dix kilos de trop pour sa taille, ce qui ne pouvait être qu'agréable lorsque l'on se réfugiait dans ses bras.

— Vous m'avez fait peur ! lui reprochai-je. J'ai cru que vous étiez Dieu !

— Pas tout à fait, ma fille.

Il comprit tout de suite le tableau : bedeau KO ronflant par terre, fille morte debout près d'un banc, tronche à faire peur.

Il me sourit.

— On doit être lundi.

Je finis par lui raconter toute l'histoire pendant qu'il nous faisait du café dans le réfectoire de la communauté. Puis, assis en face de moi, il continua à m'écouter patiemment.

Après la nuit que je venais de vivre, les chaises paraissaient diablement confortables. Je bus trois tasses de café avec plein de crème et de sucre (plus la peine de surveiller ma ligne) et terminai mon récit :

— Ensuite, je suis venue ici, mais rien ne me fait mal ! Ni les portes, ni la Bible : rien ! (Je passai sous silence l'épisode où le bedeau avait essayé de me peloter devant la chaire : inutile de lui causer des problèmes.)

Vous n'auriez pas une croix sur vous, à tout hasard ? demandai-je avec espoir.

Il détacha de son col la petite croix en argent et me la tendit. Je la pris et la serrai fort, crispée à l'avance, mais rien ne se passa. Je la secouai. Est-ce que ce truc était branché ? Toujours rien.

Je la lui rendis.

— Merci, c'est pas grave.

— Vous pouvez la garder, me dit-il.

— Non, ça ira.

— J'insiste ! Je veux que vous la gardiez !

Le rouge lui monta aux joues. Leur couleur s'intensifia davantage lorsque je lui remis l'objet dans la paume de la main.

— Merci, mais elle est à vous. Vous ne devriez pas la donner à une inconnue.

— Une très belle inconnue.

— Quoi ?

D'abord le bedeau, et maintenant le pasteur ! Draguer une *morte*… Beurk ! Comme s'il avait entendu mes pensées, il cligna des yeux et secoua doucement la tête.

— Excusez-moi ! Je ne sais pas ce qui m'a pris.

Il toucha son alliance d'un air absent, ce qui sembla lui donner la force nécessaire pour me regarder dans les yeux.

— Continuez, s'il vous plaît.

— C'est tout. Je suis perdue, terminai-je. Je n'ai pas la moindre idée de ce que je dois faire. Vous devez penser que je suis dingue, et je ne vous en veux pas du tout… Mais vous ne pourriez pas faire semblant de me croire et me donner un ou deux conseils ?

— Vous n'êtes pas dingue et je ne pense pas que vous mentiez, me réconforta-t-il.

Il avait un léger accent du Sud qui me rappelait la bouillie d'avoine et les magnolias.

— Vous avez vécu une expérience traumatisante et vous avez besoin… vous avez simplement besoin de parler à quelqu'un. Et de vous reposer, peut-être.

Ouais. Reposer en paix, tant qu'à faire. J'aurais bien voulu. Au lieu de quoi, j'entrevoyais un long séjour dans un charmant établissement aux murs capitonnés où l'on pouvait fabriquer de jolis petits paniers. J'étais trop fatiguée pour me poignarder en plein cœur avec ma petite cuiller afin de lui prouver que je disais la vérité. Alors je me contentai de hocher la tête et me perdis dans la contemplation de ma tasse. Peut-être que si je la cassais en morceaux et la mangeais… ?

— La raison pour laquelle la Bible ne vous a pas blessée est très simple, mon enfant : Dieu vous aime toujours.

— Ou les règles ne s'appliquent pas à moi, suggérai-je.

Dès que les mots franchirent mes lèvres, je me rendis compte à quel point c'était arrogant et ridicule. Les règles divines s'appliquaient à tous les êtres vivants de la planète… sauf à Betsy Taylor ! Mais bien sûr… OK, j'étais assez vaine comme nana, mais même moi, je ne serais pas allée aussi loin.

— Donc, vous pensez que je devrais arrêter de m'automutiler ?

— Sur-le-champ ! (Il triturait toujours son alliance. Maintenant, sa voix était plus forte, moins rêveuse.) Vous l'avez dit vous-même : vous avez aidé cette femme et sa petite fille, et vous n'avez mordu personne. Il est clair que vous possédez toujours votre âme. (Il hésita un instant avant de continuer.) Une de mes paroissiennes travaille dans un… endroit sympathique au centre de

Minneapolis. Je vous donne sa carte ? Si vous n'avez pas de voiture, je serai ravi de vous y conduire…

— Merci pour la carte, répondis-je, avant d'ajouter un mensonge : j'appellerai plus tard dans la matinée.

Le pasteur et moi (il m'avait dit son nom, mais je l'avais oublié) nous séparâmes en bons termes. À mon départ, il essayait de réveiller le concierge.

Je décidai de rentrer chez moi. Même s'il avait cru que j'étais barjo, le pasteur avait été de bon conseil. Mon ancienne vie était terminée, mais je commençais à envisager… envisager d'en commencer une nouvelle.

À présent, je faisais partie du royaume des non-morts assoiffés de sang et le besoin d'en boire (beurk !) était de plus en plus fort. Mais ce n'était pas une fatalité : je ne me transformerais pas en lamproie sur pattes si je n'en avais pas envie ! Déjà, cette ville possédait au moins six banques de sang…

Et Dieu m'aimait toujours ! Je pouvais faire confiance à ma source puisqu'un homme d'Église ne mentait jamais. C'était la règle.

Dieu m'aimait (le concierge et le pasteur aussi, apparemment). Maintenant, cela me paraissait évident ! Pourquoi ne m'en étais-je pas aperçue plus tôt ? Lorsqu'on essaie de se tuer d'une dizaine de façons différentes et qu'aucune ne marche, c'est que notre destin est de rester sur cette terre pour un petit bout de temps.

C'était incroyable, époustouflant : on m'avait donné une seconde chance ! À moi et moi seule ! Et je ne comptais pas la gâcher. Plus maintenant, en tout cas…

À deux pas de l'église, je réussis à arrêter un taxi. À Minneapolis, contrairement à Boston ou à New York, les taxis sont quelque chose de rare et de merveilleux… comme un employé utile dans un grand magasin !

Au coin de la rue, j'en aperçus un qui s'éloignait de moi, et lui fis signe, sans grand espoir. Un grincement de pneus retentit alors et je vis la voiture faire un demi-tour tout à fait illégal avant de s'arrêter le long du trottoir où je me trouvais. Le chauffeur se dépêcha de sortir et de m'ouvrir la portière côté passager.

— Euh… Merci. Vous pouvez me conduire à Edina ?

Pas de réponse. Même pas un mouvement de tête. Il se contenta de me dévisager. Il n'était plus très jeune, l'âge de mon père, avec des miettes dans la barbe et une bedaine à force de rester assis. Les boutons de sa chemise étaient sur le point de sauter au niveau du ventre, mais il avait l'air gentil. En tout cas, il souriait… d'un air bêta, mais comme je n'avais pas envie de faire des kilomètres à pied, pas question d'être difficile.

Je montai et l'on démarra. Et laissez-moi vous dire une chose : si je cherchais toujours un moyen de me tuer, j'aurais dû arrêter ce taxi à la sortie de la morgue ! Sans mentir, ce type était cinglé ! Le fait qu'il n'arrêtait pas de me regarder dans le rétroviseur n'arrangeait rien à l'affaire. Seuls les coups de Klaxon ou les injures d'un piéton matinal l'obligeaient, parfois, à regarder (brièvement) la route.

Après avoir manqué de percuter un camion à pain, un fourgon de presse, un break rempli de banlieusards matinaux et un bus, j'en eus assez. Un accident de voiture ne me tuerait (sûrement) pas, mais mon chauffeur intrépide y passerait, lui !

— Arrêtez de me reluquer ! lui lançai-je, bouillant intérieurement alors que le chauffeur de bus klaxonnait à son tour. (Le son emplit mes tympans, mon monde.) Regardez devant vous !

Il obéit immédiatement et reporta son attention sur la route. Le reste du trajet se déroula sans encombre.

Une fois devant chez moi, je me rendis compte que je n'avais rien pour payer. À quoi avais-je pensé lorsque j'avais arrêté ce gars ? Réponse : à une sieste et à un verre, pas forcément dans cet ordre…

— Euh… Si vous voulez bien attendre un instant, je vais aller chercher…

Chercher quoi ? Si ma mémoire était bonne, j'avais exactement 48 cents dans mon porte-monnaie. Ainsi que deux jetons pour faire laver ma voiture. Comme ma fête d'anniversaire avait été annulée ce jour-là, je n'avais pas retiré d'argent.

— Vous prenez les chèques ? À moins que vous m'offriez la course dans un élan de générosité ? plaisantai-je.

Il m'adressa un grand sourire.

— Oui, ma p'tite dame !

Ma p'tite dame ? Ce type était deux fois plus vieux que moi, bon sang ! Une pensée terrible me frappa alors : et si la mort m'avait donné des rides ?

— Bon alors d'accord, répondis-je sans conviction, trop occupée à vérifier que je n'avais pas de pattes d'oie. Merci !

Le regard toujours fixé sur moi, il repartit à toute vitesse. Je tressaillis lorsqu'il monta sur un trottoir et renversa une boîte aux lettres. Je me dépêchai alors de remonter mon allée pour ne pas avoir à observer le carnage plus longtemps. On donnait vraiment le permis à n'importe qui dans cet État !

De l'extérieur, ma maison était toujours la même, mais aussitôt que je pénétrai à l'intérieur – un crétin avait laissé la porte ouverte (oh, attendez, c'était moi !) –, je découvris un vrai bordel. Un certain nombre de mes affaires avaient été emballées dans des cartons, dispersés aux quatre coins du salon. La lampe de la cuisine était allumée. Combien cela m'avait-il coûté pendant que l'on me pomponnait à la morgue ? Tout à coup, je sentis le parfum de ma belle-mère (*Dune*, elle en mettait des tonnes) et une pensée terrifiante m'assaillit.

Je me précipitai dans ma chambre. Là, il y avait davantage de cartons. Plusieurs de mes robes gisaient sur le lit. Quelques-unes étaient tombées, chiffonnées par terre en petits tas de polyester, soie et coton.

J'ouvris la porte de mon armoire en grand et là, ma plus grande peur se réalisa : certains de mes vêtements s'y trouvaient, ainsi que mes baskets Stride Rites et les chaussures plates pas trop chères que j'avais achetées pour être à l'aise au bureau… Mais mes bébés, les Manolo Blahnik, les Prada, les Ferragamo, les Gucci, les Fendi : toutes disparues !

Ma belle-mère avait demandé au croque-mort de me fringuer avec un de ses tailleurs hideux, de me mettre une de ses vieilles paires de claques aux pieds, puis elle était venue chez moi et m'avait piqué mes chaussures !

Encore une fois, plus lentement : *elle m'a mis une vieille paire de claques aux pieds, puis elle est venue chez moi et m'a piqué mes chaussures !!!*

Tandis que j'essayais de me faire à cette idée, j'entendis un « miaou » hésitant. Je relevai alors la tête et vis Giselle qui m'observait depuis la porte. Génial, elle s'en était sortie ! Je me forçai à sourire et avançai vers elle (qui savait quand elle avait été nourrie pour la dernière fois ? et que faisait-elle encore ici ?), mais ses poils se hérissèrent jusqu'à la faire doubler de volume. Elle déguerpit si vite qu'elle se cogna contre le mur du fond où elle rebondit, avant de continuer sa route.

Quant à moi, je m'assis sur mon lit et pleurai.

Pleurer fait du bien, mais ça ne peut pas durer éternellement. Vers la fin, on se sent toujours un peu con, comme : « C'est moi qui fais ce bruit débile ? » C'est bizarre de continuer lorsque l'on n'a plus de larmes à verser. Je pouvais sangloter mais pas verser une seule larme. Est-ce que ça voulait dire que je ne pissais et ne transpirais plus non plus ? Je n'étais pas pressée d'aller aux toilettes pour vérifier.

Quoi qu'il en soit, au bout d'un moment, c'est terminé et il faut réfléchir à l'avenir. Qu'il s'agisse de casser avec un mec, poignarder le patron, ignorer les vacheries de sa belle-mère ou trouver un moyen de continuer à vivre dans sa peau de vampire, il faut aller de l'avant.

Je me laissai tomber sur le lit, molle comme une chique, totalement épuisée. Et *assoiffée*. Mais je ne comptais pas y faire quoi que ce soit pour l'instant. À part goûter Giselle peut-être… non, pas ça non plus. J'allai simplement rester allongée ici (ma chambre était exposée à l'Est) et laisser le soleil m'achever.

Si j'étais toujours morte à mon réveil, je le prendrais comme le signe que je devais passer à autre chose. Si je ne me réveillais pas… eh bien, au moins, le problème serait réglé ! L'enfer ne pouvait pas être pire qu'un *Wal-Mart* après minuit, pas vrai ?

C'est sur cette pensée que je m'endormis.

Chapitre 6

Je m'éveillai d'un seul coup, comme à la morgue. Ce n'était vraiment pas normal : d'habitude, je n'émergeais pas avant une heure, une douche, deux tasses de café et le trajet du matin. Plus maintenant : un instant, j'étais morte (ah !), et celui d'après, tout à fait vivante. Je sortis de mon cercueil… enfin, de mon lit avec mes draps Laura Ashley.

Je me sentais complètement d'attaque, l'esprit clair. Vous savez, lorsque vous faites une sieste en plein après-midi et qu'après vous êtes groggy pendant deux heures ? Eh bien, je ne ressentais rien de tout cela ! J'avais l'impression d'avoir bu trois Frappuccinos… pleins de sucre !

La première chose que je vis fut Giselle, perchée impérieusement au pied de mon lit. Apparemment, elle avait eu tout le loisir de me renifler pendant la journée et avait décidé que je ferais l'affaire. Donc, la première chose que je fis fut de la nourrir. Ce geste tout simple (que j'avais répété deux fois par jour pendant des années) était incroyablement rassurant. Puis je pris une douche, me brossai les dents et enfilai des vêtements propres et confortables avec des baskets.

J'étais là, j'étais morte, autant se faire une raison… ou tout autre slogan pour les droits des vampires. Fini les tentatives de suicide ! Il était temps de s'adapter, de prendre les choses en main. Comment ? Je n'en avais pas la moindre idée… mais l'important, c'était de commencer ! J'improviserais le reste du plan plus tard.

Première étape : récupérer mes chaussures !

Quelques mots sur ma belle-mère : j'aurais pu lui pardonner d'avoir épousé mon père. Ou de me voir comme une rivale plutôt qu'un membre de la famille. Mais pas d'avoir dragué mon père alors qu'il était marié : elle l'avait fait tomber comme une gazelle blessée avant d'en épouser la carcasse.

Mon père n'était pas un saint (et ne l'est toujours pas), mais Anthonia avait tout fait pour l'aider à tomber dans la disgrâce. Certains naissent pour être artistes ou comptables. Le Thon était né pour détruire une famille. Elle avait même le physique pour : seins en silicone débordant de pulls trop moulants, minijupes noires, sans collants (même en hiver dans le Minnesota !), escarpins de putes.

Et pour que le stéréotype soit total, elle était conne ! Et blonde… Une fois, elle m'avait même demandé si les lesbiennes avaient leurs règles. J'avais réussi à retenir mon fou rire le temps de lui expliquer. « C'est pas logique ! » avait-elle rétorqué.

Ma mère avait gardé la maison et supporté l'humiliation de savoir que son mari l'avait laissé tomber pour un modèle plus jeune et plus mince. Mon père, lui, avait gagné le Thon et une promotion : elle était la femme trophée par excellence, ce qui l'aidait beaucoup dans sa carrière, je le reconnais. Quant à moi, je m'étais retrouvée, à l'âge délicat de treize ans, avec une belle-mère de vingt-huit balais.

Les premières paroles qu'elle m'avait adressées avaient été : « Fais attention à mon tailleur ! » Et les deuxièmes : « Ne touche pas à ça ! » « Ça », c'était le vase ancien que ma mère m'avait offert avant d'être mise à la porte par Anthonia.

Elle avait fait des prisonniers avant d'emménager. Quant à moi, pour être honnête, je n'avais fait aucun effort pour apprendre à la connaître. Établir des liens avec la femme qui avait détruit le mariage de ma mère ne m'intéressait pas. De plus, c'est difficile d'apprécier quelqu'un qui vous déteste d'emblée.

Environ une semaine après son arrivée, je l'avais entendue traiter ma mère de « grosse vache de banlieue ». En deux temps trois mouvements, son collier en or avait fini dans le mixeur, et sous les cris effarés de ma belle-mère, j'avais appuyé sur le bouton « purée ». Ça m'avait valu un petit tour chez le psy. Le premier d'une longue série…

Le Thon était une adepte des thérapeutes. Des professionnels payés pour écouter la moindre de vos plaintes : le pied ! Très tôt dans notre relation, elle m'avait fièrement expliqué qu'elle souffrait de dépression. Une bien étrange maladie que celle-ci : les médicaments n'y faisaient rien. Seuls des bijoux pouvaient la soulager. Elle n'était jamais suffisamment dans son assiette pour assister à mes représentations à l'école, mais se sentait très bien lorsqu'il s'agissait de sortir en grande pompe avec mon père.

Mon paternel, ce pauvre bougre, se contentait de faire profil bas. Au moins, il n'avait jamais laissé ma garde exclusive à ma mère, comme le Thon le voulait. Il avait obtenu la garde alternée et alternée elle resterait ! Alors, il la calmait à grand renfort de quincaillerie et m'achetait avec des chaussures, pendant qu'il partait le plus souvent possible en séminaires à l'extérieur de la ville. J'acceptais les pompes, mettant de l'eau dans mon vin. Pour sa défense, Anthonia avait arrêté d'insulter ma mère devant moi et plus aucun métal précieux n'était tombé dans nos robots ménagers. Mais je ne prenais le parti d'aucun des deux. Ils avaient fait leur choix.

Je me garai devant leur maison ridiculement grande – comme si deux personnes avaient besoin de 325 mètres carrés ! – et sautai de la voiture. Apparemment, ma maison et ma voiture n'avaient pas été vendues. En fait, personne ne s'était encore occupé de mes maigres possessions. Après tout, je n'étais morte que depuis quelques jours. Ma famille, enfin, ma mère et mon père, devaient encore être sous le choc.

Quand je poussai la porte d'entrée, j'entendis la douce voix de ma belle-mère :

— Putain, Arnie ! Tu devrais les saigner jusqu'au trognon ! Ils ont perdu le corps de ta fille ! Maintenant, l'enterrement va être repoussé à je ne sais quand et on va devoir annuler nos vacances, bordel !

« Cling ! » Mon père mit un glaçon dans son verre de Dewars.

— Tu n'es pas la seule à être en colère, Thoni, mais laisse une chance aux pompes funèbres ! Je sais qu'ils font tout leur possible. S'ils n'ont pas retrouvé… (Sa voix se brisa légèrement. Rien que pour ça, je pouvais lui pardonner une grande partie de mon adolescence.) retrouvé Betsy demain, je les appellerai.

— Si on annule maintenant, on perdra notre acompte pour la croisière ! lui rappela le Thon. (Coincé sur un bateau avec cette femme ? Quelle horreur ! À quoi pensait donc mon père ?) Trois mille dollars qui partent en fumée !

— Pour le moment, c'est le cadet de mes soucis, répondit-il doucement.

Oh, oh... Elle allait avoir des ennuis ! Je connaissais ce ton. Je pouvais compter les fois où il l'avait utilisé sur les doigts de la main.

Le Thon, créature agissant uniquement à l'instinct, eut la bonne grâce de marquer une pause.

— Oh, dans ce cas-là, je vais y aller toute seule, pendant que tu resteras ici pour... tu sais, t'occuper de tout ça.

— Bon sang, Thoni ! Je sais que tu ne t'entendais pas bien avec Betsy, mais pour l'amour du ciel, ta belle-fille est morte ! Et toi, tu ne penses qu'à tes foutues vacances ! (J'entendis mon père vider son cocktail à grandes gorgées.) Qu'est-ce qui ne va pas chez toi ?

— Rien ! répondit-elle hâtivement. Je suis juste... sous le choc, je suppose. Je ne pense pas un mot de ce que j'ai dit. Je suis désolée, mon petit ours en sucre. Tu as l'air si triste. Mon pauvre bébé ! Viens là, maman va te remonter le moral.

Je faillis m'étouffer et m'enfuir le long du couloir pour éviter d'entendre davantage de préliminaires.

— Stop ! m'exclamai-je en entrant dans le salon avec les deux mains rivées sur les yeux. Rassurez-moi, vous êtes habillés ? J'ai supporté beaucoup de choses ces dernières

24 heures, mais là, ce serait la goutte d'eau qui ferait déborder le vase !

J'écartai les doigts pour observer au travers. Mon père était affalé sur son fauteuil tandis que ma belle-monstre, figée, était accroupie près de lui, une main tendue vers ses cheveux. Le regard qu'elle me lançait valait bien la peine d'être morte et revenue.

— Génial ! Vous êtes encore décents. Me revoilà ! Hey, le Thon ! Qu'est-ce que tu as fait de mes chaussures ?

Le silence de mort (ah ah !) fut brisé par le verre de ma belle-monstre qui explosa sur le sol. Alors que toute couleur abandonnait son visage, j'aperçus le réseau de pattes d'oie qui s'étiraient au coin de ses yeux. Après tout, elle avait quinze ans de plus que moi et à cet instant, elle les accusait plus que jamais.

— Betsy ?

Mon père essayait de sourire, mais le coin de ses lèvres tressaillait. Il avait peur. Quelle horreur ! Mon père avait peur de moi !

Pas le temps de m'en préoccuper tout de suite. Je continuai à avancer vers sa femme.

— Tu as refilé un tailleur rose aux pompes funèbres alors que tu sais pertinemment que je déteste cette couleur ! Tu leur as donné des chaussures à deux balles alors que tu connais mon amour pour les chaussures de grandes marques ! Et après, tu as osé te glisser chez moi pour me voler les miennes ! Et comme si ça ne suffisait pas, tu as décidé de partir en croisière. Après avoir séduit mon père... Encore ! Le jour de mon enterrement, qui plus est !

Je ne savais pas ce qui me mettait le plus en rogne.

Elle avait reculé jusqu'à la cheminée. Un peu plus et elle rentrait dans le foyer. Je m'arrêtai à quelques centimètres de son visage. Son haleine sentait le homard. Sympa ! Un dîner aux chandelles pour fêter l'enterrement de sa belle-fille !

— Où sont-elles ?

— Thoni ? Tu as vraiment fait ça ? demanda mon père. C'était bien le genre de mon père : éviter le gros problème (fille qui se relève d'entre les morts) pour se concentrer sur quelque chose qu'il pouvait gérer (salope de femme qui vole les chaussures de sa fille morte). Tu sais pourtant qu'elle économisait pour acheter...

— Pour l'amour du ciel, elle était morte !

Même dans un moment pareil, ma belle-monstre avait le culot de paraître insultée et persécutée.

— Sans fondement ! criai-je en retour. (J'entendis quelque chose se briser derrière moi, mais choisis de ne pas me retourner.) Où sont-elles ?

— Elizabeth, je, tu, tu n'es pas... tu n'es pas toi-même, c'est tout !

— Anthonia, vieille bique, tu n'as jamais été aussi proche de la vérité. Tu ferais mieux de me dire où sont mes chaussures, menaçai-je en me penchant vers elle, tout sourires. (Blanche comme la mort, elle eut le souffle coupé.) Si tu savais ce qui est arrivé aux deux derniers gars qui m'ont énervée...

— Elles sont sûrement dans sa chambre, murmura quelqu'un dans mon dos. (Je me retournai pour faire face à ma meilleure amie, Jessica, qui se tenait dans l'entrée, les yeux injectés de sang. Elle portait une longue jupe noire transparente par-dessus un legging noir avec un pull col roulé noir. Ses cheveux, eux, étaient coiffés en un chignon si serré que ses sourcils semblaient figés en une expression de surprise. Elle avait fait l'impasse sur le maquillage, sans doute pour exprimer le deuil. C'était la première fois que je voyais Jessica sans mascara depuis le collège.) Mme Taylor n'aura pas perdu de temps à les mettre de côté ! s'exclama-t-elle avant d'éclater en sanglots. Oh ! Liz ! Je croyais que tu étais morte ! Tout le monde le pensait !

— Ne m'appelle pas comme ça, tu sais que je déteste ce surnom ! Pour ce qui est du reste, techniquement, on peut dire que je le suis…, répondis-je tandis qu'elle accourait vers moi. (Avant qu'elle arrive, je posai la main sur le visage de ma belle-monstre et la repoussai très, très délicatement… Elle fit un vol plané et se réceptionna sur le cul.) C'est une longue histoire. Prépare-toi à l'entendre.

Alors, ma plus vieille amie se mit à pleurer dans mon cou pendant que je la guidais vers la chambre du fond. En jetant un regard en arrière, j'aperçus ma belle-mère qui nous observait silencieusement, sous le choc, tandis que mon père se servait un autre verre.

Chapitre 7

— Alors j'ai décidé de venir récupérer mes chaussures et me voilà ! Chérie, tu peux me lâcher une minute ?

Tout au long de mon récit, Jess n'avait cessé de serrer mes mains dans les siennes. Elle me libéra à contre cœur.

— Je n'arrive pas à y croire ! répétait-elle en boucle, secouant la tête si fort que j'en avais mal pour elle. Je n'arrive tout simplement pas à y croire !

Nous étions assises dans le dressing du Thon. J'examinai mes chaussures les unes après les autres avant de les placer à l'intérieur de la jupe de la robe de bal à 400 dollars de ma belle-mère (comme si une femme de quarante-cinq balais avait besoin d'une robe de bal !). Mon père et ma belle-mère se terraient dans le salon, trop effrayés pour venir me parler et me demander ce qui s'était passé. Je pouvais sentir leur peur et leur malaise – une odeur de plastique brûlé –, et, même si j'étais soulagée de ne plus avoir à leur faire face, je m'en voulais quand même un peu.

Mais d'ailleurs, qu'est-ce qui me prenait, de tout renifler comme ça ? Franchement, depuis quand les émotions ont-elles une odeur ? À croire que j'étais devenue Super-Truffe, tout à coup. Je me fiais à mon nez autant qu'à mes yeux et mes oreilles. C'était un peu déstabilisant au début, mais je dois dire que ça ne me déplaisait pas.

— Je n'arrive pas à y croire ! répéta Jess.

— C'est toi qui n'arrives pas à y croire ? demandai-je. Essaie de te réveiller morte, pour voir ! J'ai mis presque deux jours à me faire à la situation. Ou du moins, à essayer. Et je ne suis même pas sûre de savoir comment c'est arrivé ou ce que je suis supposée faire…

— On s'en fout de ça ! fit Jessica. Tu es vivante, enfin c'est tout comme… tu marches, tu parles, c'est tout ce qui m'importe ! (Elle me prit de nouveau dans ses bras. Avec ses quarante kilos, j'avais l'impression d'être collée contre un amas de brindilles.) Liz, je suis si heureuse que tu sois là ! Aujourd'hui, c'était le pire jour de ma vie !

— Quelle coïncidence ! plaisantai-je, nous faisant rire toutes les deux. Et ne m'appelle pas Liz, tu sais que je déteste ça ! ajoutai-je.

— Sinon quoi ? Tu vas me sucer le sang ?

— J'essaie d'éviter, admis-je sans m'empêcher d'observer son long cou d'ébène. Rien que d'y penser, j'ai envie de vomir. Encore et encore. Et puis, je n'aime pas la viande noire.

Cette remarque me valut un violent coup de coude. Je taquinais Jess dès que l'occasion se présentait. C'était mon privilège de meilleure amie, et elle avait trop de préjugés à mon goût, de toute façon. Elle pensait que tous les Blancs étaient faux et près de leurs sous, sa chère et tendre amie exceptée, bien sûr. J'avoue que parfois, j'avais du mal à prendre leur défense.

La première fois que nous nous étions rencontrées en 6e, les premiers mots qu'elle m'avait adressés avaient été : « Va crever, sale Blanche privilégiée de merde ! » Le fait qu'elle ait un sac Gucci dans les mains ne semblait pas la gêner. Ma réponse (« Va pleurer sur tes billets, chérie ! ») l'avait tellement étonnée qu'on était devenues amies. C'était comme ça que j'avais trouvé la plupart de mes amis : l'élément de surprise.

— Maintenant que tu fais partie du royaume des morts, continua Jessica, j'espère que tu vas arrêter de te moquer de moi et des différentes ethnies. Ça nous force à renier nos origines, fit-elle en prenant de grands airs.

C'était sans doute la chose la plus drôle que j'avais entendue ce jour-là. Jessica était aussi refoulée que Martha Stewart !

— Bien reçu.

— Est-ce que la soif te rend dingue ? demanda-t-elle comme si elle me proposait du lait pour mon thé.

Je ne pus m'empêcher de sourire.

— Pas dingue, non, mais j'ai super soif ! Comme si j'avais fait du sport pendant une heure au saut du lit ou dansé toute la nuit.

— Eh bien, garde tes distances… Je m'en voudrais d'utiliser ma bombe lacrymo sur ma meilleure amie.

— Après m'être jetée du haut d'un toit, fait écraser par un camion de poubelles, m'être électrocutée et avoir commis un double homicide, une bonne bombe lacrymo, c'est tout ce que je demande !

Elle sourit.

— Tu es immortelle maintenant. Cool ! Je n'ai vraiment pas besoin d'un autre coup de fil comme celui que j'ai reçu la semaine dernière.

— En parlant de ça… Depuis combien de temps suis-je morte ? Que s'est-il passé entre-temps ? Je ne peux pas leur demander à eux, fis-je en désignant le salon d'un signe de tête. Lui est sous le choc et elle, c'est une bonne à rien.

— Eh bien…, commença lentement Jessica. (Elle croisa les jambes et pressa ses mains l'une contre l'autre, comme pour prier. Elle avait l'air d'une mante religieuse.) Ton père m'a appelée mercredi soir. Quand il m'a appris ta mort, je lui ai raccroché au nez en le traitant de menteur de blanc-bec. Pour ta gouverne, je n'avais jamais traité qui que ce soit de blanc-bec avant, c'est hyper démodé ! Après, j'ai fondu en larmes… démodé aussi. Ça a duré environ huit heures, puis j'ai appelé ton boulot et parlé avec ce fameux flic…

— Nick Berry ?

— Il m'a appelée pour connaître les détails de l'enterrement. Je suppose qu'avec son job, il entend souvent parler d'accidents de ce genre. Il voulait assister à la cérémonie, ajouta-t-elle d'un air mutin.

Elle me taquinait avec mon aventure imaginaire depuis des mois.

— Oh ! je veux des détails ! Qui d'autre ?

— Hmm… tes collègues de travail. Même ton ancien patron ! Il te vire, tu meurs et ce connard de première a le culot de se montrer à ton enterrement. Il a même osé me demander si je savais où tu avais laissé le numéro du réparateur de photocopieuses ! Pff ! Enfin, il n'y a pas vraiment eu d'enterrement puisque… ils ont perdu ton corps ! Imagine la scène : tout le monde est debout, on attend que ça commence, lorsque le patron des pompes funèbres vient nous annoncer qu'il y a un léger problème. J'ai trouvé ça bizarre, mais c'était avant de mettre les pieds dans cette maison et de comprendre ce que « bizarre » signifie vraiment. En parlant de ça, tu n'as pas été embaumée ? Est-ce que ça n'a eu aucun effet sur toi ou est-ce que tes parents ont décidé de s'en passer ?

— Tu me demandes ça à moi ? Comment est-ce que je pourrais le savoir ? (Je réprimai difficilement un frisson. La simple idée d'une liposuccion m'effrayait, alors le tubage et les fluides d'embaumement, n'en parlons pas ! Voilà une énigme que je n'étais pas pressée de résoudre.) Au fait, qu'est-ce que tu fais ici ? Ça ne me dérange pas, bien au contraire, tu m'as sûrement empêchée de tordre le cou du Thon… Mais tu détestes mes parents ! Ne me dis pas que… tu as racheté leurs crédits pour les mettre à la porte !

— J'aurais dû ! Merci pour le tuyau. Non, j'ai simplement remarqué les nouvelles chaussures de Mme Taylor à l'enterrement. Je savais que ce n'étaient pas ses Prada. Alors j'ai décidé de venir les récupérer moi-même.

Je lui souris. Sous ses airs de reine égyptienne, elle se battait pour ses amis comme un coyote enragé. Elle détestait vraiment mon père et sa femme, pourtant, elle avait pénétré dans la maison de l'enfer le jour de mon enterrement pour reprendre mes chaussures.

— Oh ! Jess… Pourquoi ? J'étais morte ! Je n'en avais plus l'utilité !

— Peut-être pas toi, mais moi si ! répondit-elle le plus naturellement du monde. (Gros mensonge : Jessica avait les pieds de Magic Johnson.) Et puis, je ne pouvais pas la laisser faire ! Cette garce avait piqué les clés de ton père pour rentrer chez toi et te voler ! Je savais que tu n'aurais pas voulu qu'elle les ait. Je comptais les donner au *Pied*.

Je hochai la tête. Lorsqu'elle avait du temps libre (c'est-à-dire cinquante heures par semaine), Jessica s'occupait du *Bon Pied*, une source de conseils pour la rédaction de C.V. et le passage d'entretiens. Elle prêtait également tailleurs et accessoires aux femmes dans le besoin pendant leur recherche d'emploi. Je n'aurais pas imaginé meilleure fin pour mes chaussures.

— Excellente idée. Merci d'y avoir pensé. (Je tassai mes chaussures dans la robe de bal, transformée en baluchon que je rejetai sur mon épaule, à la manière d'un Père Noël vampire.) Évidemment, ce n'est plus d'actualité puisque je suis revenue d'entre les morts. Allons-y.

Après avoir attrapé la boîte à bijoux d'Anthonia, je fis un détour dans la cuisine. Je confiai mes chaussures à Jess qui, d'un œil intéressé, me regarda mettre les bijoux du Thon dans le mixeur et appuyer sur le bouton « purée ». Les grincements et chuintements la firent accourir. Mon père, comme d'habitude, préféra se cacher dans sa tanière, à proximité rassurante de son vieux whisky et de ses nouveaux pornos.

Au bout de quelques secondes, durant lesquelles nous observions toutes le mixeur vibrer, j'arrêtai le tourbillon de lames.

— Que je ne te reprenne pas à entrer chez moi sans ma permission ! Si tu touches encore mes affaires, morte ou non, je te ferai remonter le cul jusqu'aux épaules, dis-je d'une voix mielleuse tout en arrachant la poignée du frigo pour faire mon effet. Compris ? Génial ! On se revoit à Pâques !

La vision d'Anthonia O'Neill Taylor reculant à mon passage resterait à jamais gravée dans ma mémoire.

Chapitre 8

Après une ou deux prises de bec, Jessica et moi nous séparâmes et je me dirigeai vers la maison de ma mère. Maintenant que j'avais décidé de me construire une nouvelle vie (même si je ne savais pas encore comment), je ne pouvais plus laisser maman croire que j'étais morte.

— Je comprends, mais tu aurais quand même pu expliquer à ton père et Mme Taylor que la raison pour laquelle tu te balades est que tu es une vampire !

Sa voix se brisa sur le mot « vampire » et elle ne put réprimer un gloussement. Je ne pouvais pas lui en vouloir. C'était risible.

— Tu les as vus, contrai-je. Ils n'étaient pas vraiment prêts à entendre des explications. Papa n'a même pas osé sortir de son bureau pour me dire au revoir. Et le Thon était trop occupée à repêcher ses breloques broyées dans le mixeur.

— Tu marques un point.

J'avais demandé à Jessica de partager la nouvelle avec tous ceux qui voudraient le savoir, mais l'idée l'avait horrifiée.

— Dans les films, les vampires se cachent dans les bas-fonds ! Leurs amis et leur famille les croient morts !

— A) On n'est pas dans un film et B) je ne laisserai pas mes amis et ma famille croire que je suis morte alors que je suis toujours là. Ce n'est pas un secret ! Pas question de passer les deux cents prochaines années dans l'ombre comme ces abrutis anémiques.

— Et qu'est-ce que tu fais des politiciens ? Des scientifiques ? Qu'est-ce que tu feras s'ils t'enlèvent pour t'étudier ? Sans parler de ton certificat de décès ! Ton numéro de Sécu ne marche plus, tes crédits ne t'appartiennent plus... Tu ne peux pas reprendre ton ancienne vie comme ça, Betsy, réfléchis un peu !

Je n'avais pas pensé à tout ça. Comment allais-je gagner ma vie à partir de maintenant ? Et si je devenais réceptionniste de nuit dans un hôtel ou quelque chose dans le genre ?

— Oui, ben... j'y ai pas encore réfléchi en détail. Mais c'est encore tout récent ! Il n'y a pas quarante-huit heures, j'étais toute nue sur une table en métal.

— Ouh ! On pourrait presque croire que tu avais fini par te dégotter un mec.

— Arrête, je vais mourir de rire. Non, sérieusement, je réglerai tout ça plus tard. Le plus urgent, c'est de passer voir maman.

— C'est vrai. Je t'accompagne.

— Laisse tomber. J'aurai déjà du mal à lui expliquer que je suis revenue d'entre les morts, alors je n'ai vraiment pas besoin que tu nous serves tes blagues foireuses en prime.

— Mais tu ne vas quand même pas y aller toute seule !

— Pourquoi pas ? Il ne peut rien m'arriver, pas vrai ?

— Mouais...

Je montai dans ma voiture, claquai la portière et baissai la vitre.

— Que tu en parles ou non, ça revient au même pour moi. Je ne veux pas en faire un lourd secret, c'est tout. Comment te sentirais-tu si je ne t'avais rien dit ?

— C'est pas pareil, on est presque sœurs.

— Oui, les gens disent souvent qu'on se ressemble, rétorquai-je, tout sourires.

Jessica leva les yeux au ciel.

— Ce que j'essaie de te dire, c'est que tu n'es pas obligée d'en parler à tout le monde. Ta famille et moi, c'est largement suffisant. Peut-être l'inspecteur Nick aussi. Tu pourrais l'inviter un soir… mettre une musique d'ambiance, quelque chose d'horrible comme Sade, et lui sauter dessus ! Il pourrait te servir de premier repas.

Même si une partie de moi salivait à l'idée que Nick soit mon premier, je ne pouvais m'empêcher de repousser l'idée.

— Tu es malade ! Tu sais très bien que je déteste Sade. Rentre chez toi et repose-toi un peu.

— Je ne suis pas malade. Je suis en panique. Et à choisir, je préfère. Dis bonjour à maman Taylor de ma part. Mais réfléchis quand même, grande bouche ! Les films contiennent forcément des parts de vérité.

Preuve que Jessica n'allait pas assez souvent au cinéma…

J'étais garée devant la petite maison à étage de ma mère, à Hastings, dans la banlieue de Saint Paul. Il était presque minuit, pourtant, toutes les lampes du rez-de-chaussée étaient allumées. Ma mère avait toujours souffert d'insomnie, même quand tout allait bien. Et ce soir-là, ce n'était sûrement pas le cas.

Après avoir grimpé les marches du perron, je frappai deux coups sur la porte et tournai la poignée. Elle n'était jamais fermée à clé, une chose que j'appréciais à Hastings.

Quand je pénétrai dans le salon, j'aperçus une vieille dame assise dans le fauteuil de ma mère. Elle avait les mêmes cheveux blancs bouclés qu'elle (ses premiers cheveux blancs étaient apparus au lycée) et portait le même tailleur noir et son collier de perles, cadeau de mariage de ses parents.

— Qui…

« … êtes-vous ? » manquai-je de demander. Pourtant, c'était ma mère, il n'y avait aucun doute. Le choc et le deuil l'avaient vieillie de vingt ans. Elle avait appris qu'elle était enceinte un mois après la fin du lycée. Aussi, on nous prenait souvent pour des sœurs. Cette nuit-là, ça ne risquait pas.

Son regard était rivé sur moi. Elle essaya de parler, mais ses lèvres tremblaient trop. Elle serrait les accoudoirs du fauteuil si fort que j'entendis le bois craquer. Je me précipitai à travers la pièce et me jetai à ses pieds. Son apparence me terrifiait.

— Maman, c'est moi ! Tout va bien ! Je vais bien !

— C'est le pire cauchemar que j'aie jamais fait, remarqua-t-elle pour personne en particulier. (Elle leva la main pour la poser sur ma tête.) Oui, le pire…

— Ce n'est pas un rêve, maman. (J'attrapai sa main et la serrai contre ma joue.) Tu vois ? Je suis réelle. (Je la pinçai à travers sa jupe, juste assez fort pour la faire réagir.) Tu vois ?

— Fille ingrate, je vais avoir un bleu énorme, fit-elle tandis que je sentais ses larmes couler sur mon visage. Méchante, méchante fille. Un tel fardeau ! Un tel…

Elle laissa libre cours à ses sanglots sans pouvoir finir les plaintes familières, remplies d'amour.

Nous restâmes ainsi dans les bras l'une de l'autre pendant un long moment.

— N'aie pas peur, fis-je au bout d'une demi-heure, mais je suis une vampire.

— Comme le dirait si bien Jessica, « Je m'en fous complètement ». Tu savais que tu bougeais trop vite pour l'œil humain ?

— Quoi ?

Maman ajouta une poignée de parmesan fraîchement râpé dans le risotto et remua.

— Quand tu as couru vers moi, tout à l'heure. J'ai à peine cligné des yeux que tu étais déjà à mes pieds. Tu bouges trop vite pour que je puisse te suivre. Alors, à part si tu as pris part à des expérimentations scientifiques top secrètes gouvernementales sans jamais m'en parler…

— Non, mais c'en est une bonne. Il faudra que je m'en souvienne.

— Ou alors, il y a une explication surnaturelle.

Je clignai des yeux. Ma mère avait toujours été cartésienne, pourtant elle semblait étonnamment bien s'adapter à ma nouvelle condition de morte-vivante.

Mon expression dut trahir mes pensées car elle me lança :

— Ma chérie, tu étais morte. J'ai vu ton corps à la morgue. Je l'ai vu. Et maintenant, tu es de retour parmi nous. Je me moque de savoir pourquoi. Tout ce que je sais, c'est que mes prières ont été entendues. Enfin, sauf que je n'ai pas vraiment prié. Ces derniers jours, j'étais vraiment furieuse contre Dieu.

Silencieuse, je m'imaginais la douleur qu'elle avait dû ressentir… Je l'imaginais remonter lentement le corridor empestant le désinfectant et une touche de mort, les néons fluorescents, un docteur professionnel et compatissant. Puis, l'identification : « Il s'agit bien de ma fille, ou du moins ce qu'il en reste. »

— Il existe des légendes sur les vampires dans toutes les civilisations. J'ai toujours pensé qu'il devait y avoir un semblant de vérité derrière toutes ces histoires, sinon pourquoi y en aurait-il autant ?

— Si tu suis cette logique, remarquai-je, je ferais mieux de me préparer à l'arrivée des cloches de Pâques !

— Très drôle. Du risotto ?

— S'il te plaît. (Maman avait arrêté de pleurer, s'était nettoyé le visage et avait enlevé le tailleur qu'elle portait à mes funérailles pour me préparer mon plat préféré : côtes de porc et risotto. Comme Jessica, elle n'arrêtait pas de me toucher, mais ça m'était égal.) J'ai une faim de loup ! Et ça sent super bon.

J'engouffrai le tout en trente secondes, puis passai les cinq minutes suivantes dans la salle de bains à vomir. Ma mère releva mes cheveux et me tendit un linge humide tandis que je me laissais tomber, dépitée, sur le carrelage de la salle de bains. Je me mis à pleurer, de ces étranges pleurs sans larme qui semblaient être devenus ma spécialité.

— Je ne peux plus manger de nourriture normale ! Plus de risotto, de crevettes, de homards, de…

— De cancer, sida, meurtre, viol…

Je relevai la tête. Ma mère me lançait ce regard empli de compassion et d'objectivité qui la caractérisait. J'avais eu le droit au même lorsque je lui avais annoncé que j'abandonnais l'université. Elle m'aimait plus qu'elle ne s'aimait elle-même. Pourtant, ça ne l'avait jamais empêchée de me dire la vérité, même si je n'avais pas envie de l'entendre.

— J'aimerais compatir davantage, dit-elle, mais je suis trop contente de t'avoir de nouveau près de moi pour ça. Si c'est difficile pour toi, pense à ce que j'ai ressenti pendant ces trois derniers jours, à ce que ton père et tes amis ont ressenti… J'ai cru que Jessica allait s'évanouir à la morgue ! Je ne pensais même pas que cette fille pouvait pleurer, pourtant elle a failli fondre en larmes aujourd'hui. Et ton père était tellement secoué qu'il ne m'a même pas reconnue. Ta belle-mère, elle, était… contrariée.

Je secouai la tête à l'écoute de ces vérités et de ce mensonge final.

— Oh… maman !

— Heureusement, je n'ai plus à m'inquiéter de retourner à la morgue, sauf si tu trébuches sur un pieu en rentrant chez toi. Pour le reste, on fera avec ! Après tout, c'est ce qu'on fait depuis que tu as treize ans.

Je fis la grimace.

— Les personnes qui peuvent manger du risotto ne devraient pas avoir le droit de donner leur avis.

— Idiote, ce n'est que du carburant. Allez, brosse-toi les crocs et on discutera un peu plus.

— Très drôle ! lui criai-je tandis qu'elle battait en retraite avec un sourire malicieux.

Chapitre 9

Il était 4 h 30 lorsque je me garai devant chez moi. Je me sentais encore patraque à cause de la nourriture solide que j'avais avalée, mais le discours de ma mère qui voulait que je devienne une petite vampire modèle m'avait vraiment remonté le moral. La nuit avait été longue et productive. J'allais boire cinq litres d'eau, ce qui n'étancherait en aucun cas ma soif, avant de me mettre au lit. Il y avait une voiture que je ne connaissais pas dans ma rue : une Taurus blanche. En passant devant, je jetai un coup d'œil à l'intérieur et aperçus une loupiotte familière : un flic. Dès que je pénétrai dans mon appartement, je sentis l'odeur fraîche et caractéristique de l'inspecteur Nick Berry. Pourtant, les seules odeurs dont je me souvenais lors de mes visites au commissariat étaient celles des vieux croissants (les donuts sont un mythe) et du café froid.

Se précipitant hors de ma cuisine (qu'est-ce qu'il fabriquait ? il se faisait un sandwich ou quoi ?), il s'arrêta net en me voyant. La mâchoire crispée, il eut le réflexe de porter la main à son arme.

— Oh ! génial ! fis-je d'un air agacé en claquant la porte derrière moi tout en lâchant la robe de bal. Tu n'as pas intérêt à pointer une arme sur moi dans ma propre maison ! Tu as un mandat, au moins ?

— Je n'en ai pas besoin, tu es morte. Et tu as encore oublié de fermer ta porte à clé.

— Putain, Jessica ne pouvait simplement pas attendre pour te le dire, pas vrai ? (Je ne manquerais pas de l'étrangler la prochaine fois que je la verrais. Mon retour n'était pas un secret, mais ce n'était pas la peine de se précipiter chez les flics non plus ! Son côté entremetteuse finirait par me tuer ! Ou pas...) Cette idiote... parfois les amis sont autant une malédiction qu'une bénédiction.

Il fixait ses yeux sur moi comme un chien zombie prêt à fondre sur une côte de porc.

— Je ne l'ai pas crue, je pensais qu'elle me faisait une blague de mauvais goût, mais je lui ai promis de venir vérifier.

— Et le fait que sa famille possède les deux tiers de l'État n'a pas influencé ta décision, rétorquai-je.

— Mon chef m'a demandé de m'en occuper rapidement, c'est vrai, admit-il. Je n'arrive pas à croire que je discute avec une morte !

— C'est toi qui dis ça ?

— Tu ne sais pas que c'est illégal de simuler son propre décès ? L'administration ne va pas apprécier.

— Crois-le ou non, Nick, pour le moment, c'est le cadet de mes soucis !

Pendant notre conversion, son regard ne m'avait pas quittée et quand je retirai mes baskets, il traversa la pièce pour me rejoindre. À mon grand étonnement, il me prit dans ses bras comme le héros d'un roman à l'eau de rose.

— Hein ? Mais lâche-moi !

— Mon Dieu, dit-il en me regardant dans les yeux. (Nous faisions exactement la même taille, ce qui était un peu agaçant. Ses yeux étaient bleu clair avec des taches dorées. Il avait les pupilles tellement dilatées que je me voyais dedans, éberluée.) Tu es tellement belle !

La stupéfaction m'avait figée. Nick m'avait déjà touchée pour me serrer la main, par exemple, ou, une fois, nos doigts s'étaient effleurés lorsqu'il m'avait tendu un Milky Way... mais il était toujours resté détaché et amical. Le parfait gentleman. Comme il n'avait jamais manifesté le moindre intérêt à mon égard, je n'avais jamais tenté ma chance. C'est pour ça que les sous-entendus et encouragements de Jessica devenaient très lourds. Mais maintenant...

— Mon Dieu, répéta-t-il avant de m'embrasser, ou plutôt d'essayer de me dévorer. (Quand il fourra sa langue dans ma bouche, nous partageâmes la même respiration. Pas désagréable... Étonnant, plutôt.) Aïe ! s'exclama-t-il soudain en portant une main à ses lèvres pour en retirer du sang. Tu m'as mordu !

— Dévolée, tu m'as furprise ! Je veux dire que tu m'as fait furfauter. Oh ! fais fier ! (Je ne pouvais détacher mon regard de cette petite goutte de sang. Elle étincelait. Elle m'appelait. Elle me suppliait de la goûter.) Nick, tu devrais y aller. Tout de fuite !

— Mais tu es si belle, murmura-t-il avant de m'embrasser de nouveau, plus tendrement.

À l'instant où je goûtai son sang, quelque chose s'enclencha en moi. Avais-je vraiment ressenti de la soif auparavant ? Le besoin le plus puissant que j'aie jamais connu m'envahit. Alors, je lui rendis son baiser, suçant sa lèvre inférieure, douce et pulpeuse. C'est pour mieux te manger, mon enfant ! Puis, nous nous arrachâmes nos vêtements comme des adolescents en chaleur. J'entendis l'étui de son revolver tomber par terre (il n'aurait plus manqué qu'un coup parte tout seul !), le tintement de la monnaie dans la poche de son pantalon qui finit en boule dans un coin, le bruit du tissu qui se déchire – j'allais devoir acheter un nouveau tee-shirt. En revanche, je n'avais pas la moindre idée de ce qui était arrivé à mon legging. Dans mon état, il aurait bien pu le manger que je ne l'aurais pas remarqué.

J'arrachai ma bouche de ses lèvres et repoussai son visage sur le côté pour pouvoir le mordre dans le cou. Je n'étais pas plus horrifiée que ça. Je n'eus aucun mouvement de recul, aucun geste de damoiselle effarouchée à l'idée de boire du sang comme un Cosmopolitan. Je ne pouvais plus attendre. Je n'attendrais plus.

Je m'étais mentalement préparée à donner un bon coup de dents, mais en réalité, mes canines s'enfoncèrent dans sa peau comme la lame d'un bistouri, libérant son flot sanguin dans ma bouche. Mes genoux cédèrent sous la tension de cette vie qui m'emplissait pour la première fois depuis que l'Aztek m'avait balancée contre un arbre. Tout me semblait soudain clair, vif et brillant. Les battements du cœur de Nick tonitruaient dans mes oreilles. Les lumières tamisées de la pièce brillaient comme les spots d'un stade. Je sentais son excitation – comme des copeaux de cèdre fraîchement taillés.

Nick s'était crispé dans mon étreinte diabolique, mais à en croire le membre ferme contre mon ventre, il ne la trouvait pas repoussante. Dieu merci. Je n'aurais pas été capable de m'arrêter. Il essayait en vain de retirer son slip. À chaque tentative, il se tortillait et tremblait contre moi.

Pour tout vous dire, je peux compter le nombre de mes partenaires sexuels sur les doigts d'une main. Sur trois doigts, pour être précise. Je ne suis pas une salope. Et avec chacun d'entre eux, il m'a fallu beaucoup de temps et de manipulations pour en retirer du plaisir. Cette histoire de « trois petites caresses et c'est parti pour l'orgasme » n'est qu'un mythe. J'ai de la peine pour les femmes qui y croient et pensent que le problème vient d'elles alors qu'il leur faudrait simplement plus d'attention.

Cela dit, rien que de sentir Nick grogner et trembler contre moi alors que son sang coulait dans ma bouche, j'atteignis instantanément l'orgasme. Sans avoir été ne serait-ce qu'effleurée par sa queue. Elle était toujours bien rangée dans son slip en coton et j'avais encore ma culotte du vendredi sur moi (alors qu'on était jeudi, en plus ! n'importe quoi !). Ce n'était pas un orgasme très puissant, un peu de ceux que l'on obtient lorsqu'on se caresse toute seule et qu'on ferme les genoux juste au bon moment. Mais un orgasme reste un orgasme (je devrais me broder ça sur un coussin). Boire du sang avait rendu les choses plus tangibles, les sensations avaient été plus intenses et avaient ouvert une veine de sensualité dont je n'avais jamais soupçonné l'existence.

Il donnait des coups de rein contre mon ventre. Son large torse de nageur était pressé contre le mien assez fort pour m'écraser les seins. Il transpirait, haletait, gémissait. Soudain, je me rendis compte que je n'avais plus besoin de boire. La soif avait disparu et je me sentais mieux que jamais. J'avais envie de faire des bonds par-dessus la maison. Qui sait ? J'en étais peut-être capable.

Après avoir arrêté de boire, je m'écartai et léchai les traces de morsure pour récupérer les dernières gouttes. Ses mains se crispèrent sur mon corps alors qu'il s'efforçait de garder l'équilibre ; ses yeux roulaient comme des billes et sa lèvre supérieure était perlée de sueur. J'étais surprise de le voir dans cet état. J'aurais pu courir (et gagner) un marathon. Nick, lui, avait l'air à moitié mort.

—Oh ! mon Dieu !

—Ne…, murmura-t-il contre ma nuque.

—Nick, je suis désolée, je…

—Ne t'arrête pas, finit-il. Continue. Mords-moi. Encore.

Ce qu'impliquait sa demande me frappa en plein visage. Dans mon horreur, je faillis le laisser tomber par terre. Je me rappelai alors l'homme de ménage de l'église.

(*Ce que tu es mignonne*)

… et le pasteur…

(*Une très belle inconnue*)

… et à quel point ça m'avait semblé bizarre. Toutefois, comme je ne pensais pas clairement non plus à ce moment-là, je n'y avais pas prêté attention. Mais, à présent, je me retrouvais face à Nick, un homme bien sous tous rapports qui ne m'avait jamais montré le moindre intérêt… Nick, dont les fringues lacérées traînaient par terre et qui avait du sang dans le cou. Nick qui voulait que je le morde encore. Encore !

Non contente de survivre aux accidents de voiture et à l'électrocution, non contente de pouvoir envoyer valser des hommes adultes comme de vulgaires magazines, je pouvais aussi les ensorceler. Moi ? Bien sûr, j'étais déjà mignonne au lycée, et j'avais tout fait pour m'entretenir jusqu'à aujourd'hui, mais les garçons ne s'étaient jamais bousculés au portillon pour sortir avec moi. Ils préféraient Jessica, surtout après avoir jeté un coup d'œil à son compte en banque…

Mais à présent, ils me remarquaient et me désiraient. Peu importait que je les vide de leur sang du moment qu'ils pouvaient me prendre dans leurs bras.

J'étais sur le point d'hurler d'horreur et de frustration avant de me ressaisir…

(*Tu as assez eu de réactions exagérées durant ces deux derniers jours.*)

… au lieu de ça, je pris Nick dans mes bras et le portai jusqu'à ma chambre comme s'il était une version masculine et blonde de Scarlett O'Hara et moi, un Rhett Butler mort-vivant.

—Alors, ça existe vraiment !

—Quoi donc, Nick ?

—Les vampires.

—Oui, ils existent. Je suis vraiment, vraiment désolée. J'étendis mes bras au-dessus de mon visage. Je ne pouvais pas le regarder dans les yeux. Maintenant que j'avais étanché ma soif, je me sentais extrêmement gênée. Vous parlez d'un faux pas au premier rendez-vous !

Il s'appuya sur un coude pour se relever et m'observer. Je le savais parce que j'avais jeté un coup d'œil entre mes bras. Ça faisait cinq minutes que nous étions allongés côte à côte sur mon lit, en silence. J'étais à la fois soulagée et terrifiée qu'il entame la conversation.

—Ne sois pas désolée, ça n'avait jamais été aussi bon, même si nous n'avons pas vraiment… Bref. Est-ce que tu as… (Il s'interrompit.) eu assez à manger ?

Je tressaillis.

—Oui. Je vais bien. Merci. (Suivait à présent le moment gênant entre deux connaissances qui couchent ensemble et doivent se faire la conversation.) Euh… Et toi, ça va ?

Il porta une main à son cou. Je fus surprise de constater que les traces de morsure étaient déjà pratiquement guéries.

— Je n'ai presque pas mal. (Il rougit comme un gamin. C'était bizarre de voir ça dans le noir, mais c'était trop mignon.) Et j'ai joui dans mon caleçon. Ça ne m'était pas arrivé depuis…

— La semaine dernière ? demandai-je avec un clin d'œil.

— Très drôle, répliqua-t-il en se tâtant le cou. C'est vraiment incroyable, je ne sens déjà plus où tu m'as mordu.

— Comme un chien. J'ai sûrement des enzymes dans ma salive qui accélèrent le processus de guérison.

Il éclata de rire. Merci, mon Dieu. Puis, il se glissa sur moi et se mit à me mordiller le cou.

— Encore un verre ? me demanda-t-il avec une impatience si peu dissimulée que je sentis mon estomac se retourner.

— Non ! (Je le repoussai, mais il reprit sa position au-dessus de moi.) Il n'en est pas question !

— Ça ne me dérange pas…

— Putain ! Bien sûr que ça te dérange ! Au fond de toi, je suis certaine que tu as plein d'objections à formuler. Nick, je t'ai mordu ! J'ai bu ton sang sans te demander ton autorisation.

— Et moi, je t'ai sauté dessus, dit-il doucement, sans te demander ton autorisation.

Je ne pus réprimer un ricanement.

— Crois-moi, tu n'aurais rien pu faire sans mon accord. Tu n'aurais pas pu me faire de mal. En fait, tu ne peux pas me forcer à faire quoi que ce soit. Je crois que tu ne saisis pas bien qui est la victime, là.

Peut-être que le vampirisme provoquait une sorte de syndrome de Stockholm.

Allongé sur moi, son corps était toujours collé au mien. Et il était de nouveau dur comme du béton. Épatant pour un gars dans la quarantaine !

— Je ne me sens pas du tout en position de victime. Allez, fit-il d'un ton cajoleur. Laisse-moi entrer, et je ferai pareil.

— Non, non et non. Plus jamais, inspecteur Barry. Ce serait une sorte de viol. Non, c'est un viol. Et puis, il est temps pour toi de rentrer prendre une douche.

Il éclata de rire avant d'arrêter net en entendant mes paroles suivantes.

— Qu'est-ce que tu ressentais pour moi avant que je meure ?

— Je pensais que tu étais une fille bien. Mignonne, aussi.

— Déjà eu l'idée de me plaquer contre un mur pour essayer de me baiser pendant que je buvais ton sang ?

— Euh…

— Voilà. La réponse est : jamais. Pourtant, tu es prêt à recommencer tout de suite et ça ne te dérange pas que je boive ton sang pendant qu'on se pelote comme des ados. Oh ! Hé ! Ce n'est pas un comportement normal. Ce n'est pas moi que tu désires. C'est ce qui fait de moi une vampire. Un pouvoir surnaturel ou un truc dans le genre, mais certainement pas moi. Sûrement mes phéromones de morte-vivante. Et pour toutes ces raisons, on va s'arrêter là.

Tout en faisant la sourde oreille à ses protestations, je l'aidai à retrouver son revolver, à s'habiller et je dus faire usage de la force pour lui faire passer le pas de la porte qu'il martela pendant cinq bonnes minutes en me suppliant de le laisser rentrer.

Je me réfugiai dans ma chambre, mais même avec un oreiller sur la tête, je l'entendais toujours.

Dans les films, on nous montre toujours des vampires arrogants et puissants qui se servent des gens comme de mouchoirs. À présent, je comprenais pourquoi. Un gentil garçon bien sous tous rapports qui vous laisse boire son sang et en redemande, il y a de quoi faire n'importe quoi.

Vraiment n'importe quoi.

Chapitre 10

— Crève, démon buveur de sang !

À l'instant où j'ouvris les yeux, je me rendis compte qu'on m'attaquait avec un pieu. Mon agresseur bougeait vite pour un humain, mais à mes yeux de vampire, il avait l'air d'avancer au ralenti. Je l'attrapai par le poignet pour lui faire perdre l'équilibre.

Quand il vola au travers de la pièce, une bouffée de *Chanel N° 5* et de sauce tartare parvint jusqu'à mes narines. Au lieu de se faire mal, il atterrit sur un matelas qu'il avait clairement installé à cet effet pendant que je dormais comme un animal repu.

— Putain, Jessica ! À quoi tu joues ?

Elle s'assit en riant.

— Et maintenant, continua-t-elle d'une voix faussement dramatique, le buveur de sang se relève de sa tombe pour punir le mortel qui a essayé de mettre fin à son existence diabolique !

— Tu as perdu la tête ?

— Je t'aide à te préparer, répondit-elle, tout sourires. Qui dit vampires dit chasseurs de vampires ! Ils ne feront pas la différence entre les méchants et toi... alors j'ai pensé qu'on pourrait s'entraîner. (Soudain, je remarquai son accoutrement. Je sais, je suis longue à la détente ! Elle portait un jean avec un pull large, des protections aux genoux et aux coudes, ainsi qu'un casque de vélo. Elle ressemblait à un tatou.) Développer tes réflexes face aux pieux, par exemple.

— Il me faut un café, grognai-je en me dirigeant vers la salle de bains. (J'étais parfaitement réveillée et je n'avais pas la moindre envie de pisser, mais j'avais bien l'intention de maintenir une certaine routine.) Oublie ton délire !

— Pas question ! Je compte faire tout mon possible pour t'éviter de mourir encore ! Je ne tiens pas à revivre ça de sitôt. Liz… Est-ce que tu es prête POUR ÇA ? cria-t-elle en se jetant sur mon dos. (Malheureusement pour elle, j'eus tout le temps nécessaire pour m'éloigner. Elle s'aplatit contre le mur comme un moucheron, avant de tomber à genoux devant mon armoire.) Très bien ! s'exclama-t-elle d'un air approbateur. Tu ne t'es même pas retournée ! Je n'ai plus qu'à ajouter l'ouïe surdéveloppée à la liste de tes pouvoirs.

— Arrête, la suppliai-je. J'ai l'intention de passer toute la journée à la maison à me morfondre. Toute la nuit, je veux dire.

— Pourquoi ?

Bonne question. Je ne pouvais pas lui parler de Nick. J'avais trop honte de moi. Et puis, comme Nick avait… fini, Jessica verrait ça comme une RC : une relation charnelle. Je la voyais déjà sortir son calendrier sexuel pour y faire une croix. Comme ma vie sentimentale stagnait, elle avait décidé de tenir les comptes. Autant vous dire que le nombre pathétique de RC que j'avais accumulées l'année précédente n'était pas très flatteur.

— Parce que je suis un monstre, pardi ! Alors file, microbe !

— Pas question ! Ce soir, on sort combattre le crime !

— On ?

— Exactement. Au fait, tu as la peau toute bizarre : moite mais sèche. J'ai essayé de te prendre le pouls tout à l'heure. Ton poignet était glacé. Je sais : on va prendre ta température !

Je frissonnai. Est-ce que j'étais à température ambiante à présent ? Une créature à sang-froid comme un vulgaire serpent ? Quelle horreur !

— Ou pas.

— Je n'arrivais pas à te réveiller. Et pourtant, j'ai fait un boucan pas possible en entrant ! Je t'ai même secouée deux ou trois fois. Aucune réaction ! Tu dormais comme une mo… comme quelqu'un de vraiment très fatigué.

— Alors pourquoi est-ce que j'ai réagi quand tu m'as secoué un pieu sous le nez ?

Sans un mot, elle me désigna la fenêtre. Il faisait très sombre.

— J'ai simplement attendu que le soleil se couche.

Je haussai les épaules. Je me tenais dans la salle de bains, les yeux fixés sur les toilettes. Je n'avais aucune envie de m'y asseoir. Il était temps de leur trouver une nouvelle utilité… Pourquoi ne pas les assécher et y planter des iris ?

Prendre une douche ne me fit pas le bien escompté. Elle me lava, mais n'eut pas l'effet régénérateur qu'elle m'apportait d'habitude le matin. Le soir. Bref.

Après m'être séchée, je m'habillai rapidement et retrouvai Jessica dans la cuisine. Miss Jamais-sans-mon-pieu n'avait pas chômé pendant que je me reposais (je ne pouvais pas appeler ça « dormir », c'était un sommeil bien trop profond, sans rêve… mortel.). Elle avait téléchargé toutes les nouvelles du jour sur mon ordinateur pour me tenir au courant des actualités au saut du (cercueil) lit. Elle avait également racheté ma maison.

—Ma maison, répétai-je lentement.

—Oui. « Maison : nom commun féminin. » L'endroit où tu habites, quoi ! (Face à mon manque de réaction, elle précisa :) Elle aurait été mise en vente à la fin du mois, de toute façon. Rappelle-toi, tu es morte ! Techniquement, tu n'habites plus ici et comme tu avais encore onze ans de crédit à rembourser, la banque a été ravie de récupérer l'argent. (Elle me tendit une pile de documents.) Je me suis occupée de tout.

J'observai les feuilles d'un air perplexe.

—Jess… Je ne sais pas quoi dire. C'est vraiment gentil… et malin de ta part. Je n'ai pas pensé aux détails comme la maison ou ma voiture…

—Je l'ai aussi achetée.

—Déjà ? Ça ne fait pas une semaine que je suis morte ! Comment as-tu réussi à accomplir tout ça en une journée ?

—Une fortune démesurée ouvre toutes les portes, chérie, rétorqua-t-elle en toute modestie. Sans oublier que je suis ton exécuteur testamentaire…

—Je pensais que tu plaisantais !

—Et les papiers que tu as signés, c'était une blague aussi ?

—Tu ne peux pas m'en vouloir, je n'ai rien à coucher sur un testament !

—Pas faux, répondit-elle d'un ton moqueur. Quoi qu'il en soit, j'ai commencé à régler tout ça le jour où on m'a appris ton décès. J'avais besoin de m'occuper l'esprit. Et puis, je ne voulais pas que Mme Taylor mette la main sur tes affaires. Une fois que tout aurait été légalement en ma possession, j'aurais eu le temps de tout organiser tranquillement avant de les remettre sur le marché.

Je secouai la tête.

— Pas étonnant que tu aies battu tous les records au test d'admission à l'université ! OK, de toute façon, que je rembourse la banque ou toi, ça ne change pas grand-chose.

— Non, non, pas question.

— Jessica…

— J'ai dit « non ».

— Je ne peux pas te laisser tout payer sans…

— Tu es morte. Je ne peux pas t'entendre.

— … te rendre quoi que ce soit en retour…

— Lalalalalalala…

Elle avait posé ses mains contre ses oreilles et fermé les yeux le plus fort possible. Je lui donnai un léger coup dans la cheville en prenant bien soin de ne rien lui casser.

— Très bien !

Quand elle ouvrit les yeux, tout sourires, elle se pencha pour se frotter la jambe.

— Aïe ! Tu sais, ce n'est pas vraiment un cadeau. Après tout, tu n'auras pas de rentrée d'argent avant un long moment… Surtout si tu passes tes nuits à traquer les criminels.

— Je n'ai encore rien décidé !

— Comme ça, on est quitte, finit-elle de son ton borné habituel. Pas la peine de te prendre la tête avec le remboursement du crédit en plus du reste.

— Merci… Je ne sais vraiment pas quoi dire. Tu es trop bonne pour moi.

— Un peu, oui ! Je serai la mystérieuse donatrice de l'ombre qui te permettra de botter le cul des méchants pour la bonne cause ! Et Dieu sait que ce n'est pas avec ton salaire que tu pourras le faire ! Pardon : ton ancien salaire.

J'aurais sûrement dû protester davantage, mais la vérité, c'était que même si Jessica rachetait les crédits de tous les anciens élèves de notre lycée, elle aurait toujours un petit milliard à sa disposition. Si elle voulait m'aider, pas la peine de la contrarier. Je trouverais simplement un moyen de lui rendre la pareille.

Regarde-la dans les yeux et force-la à prendre ton argent, murmura une voix perfide à l'intérieur de mon esprit. Elle ressemblait un peu trop à celle de ma belle-monstre à mon goût. *Contrôle-la*.

Horrifiée, je repoussai l'idée en me convainquant que ça ne marcherait pas. Jessica était une femme. Elle se foutait bien de la couleur de mes sous-vêtements, elle.

Ça peut toujours s'arranger...

— Non !

— Quoi ? Tu craques déjà ? Il est à peine 7 h 30 ! C'est bien trop tôt pour sombrer dans l'hystérie. (La sonnerie de mon téléphone retentit.) J'y vais, jolie macchabée... Il faudra penser à s'occuper du téléphone aussi.

En jetant un coup d'œil à l'intérieur de mon réfrigérateur, je me rendis compte à quel point j'avais soif (surtout ne pas penser aux dizaines de pintes de sang délicieux que j'aurais pu tirer de mon amie montée sur pile). Des œufs ? Non. Les restes d'une salade de pâtes ? Non plus. Sa date de péremption avait été dépassée bien avant ma mort. Une orange ? Peut-être que ça ferait l'affaire. Je pouvais la découper en quartiers et en aspirer le jus.

Jessica revint dans la cuisine d'un pas guilleret.

— C'était ta mère. Elle te dit salut. Elle espère que tu seras prudente dans ta lutte contre le crime. Elle est vraiment trop cool ! La plupart des gens s'enfermeraient dans une cellule capitonnée si un de leurs proches revenait d'entre les morts. Comment ça s'est passé hier ?

— Je n'ai rien fait du tout !

— À ta mère ? J'espère bien que non !

— Oh ! Euh… Elle a réagi très calmement. À l'opposé total de mon père et du Thon. « Tu es une vampire, maintenant ? OK, fais attention à l'eau bénite ! » J'ai été surprise. Ça ne lui ressemble pas. Je suppose que ma mort l'a beaucoup touchée et qu'elle était simplement heureuse de me revoir, peu importent les détails.

— C'est aussi ce que j'ai ressenti. Et puis, je ne peux pas m'en empêcher, je trouve ça trop sensas' !

— Pitié ! Tu ressembles à une pom-pom girl quand tu dis ça !

— Je l'ai été, je te rappelle. Je n'arrête pas de penser à ta mère. Je donnerais n'importe quoi pour…

J'entendis ses dents s'entrechoquer quand elle s'interrompit. Je me retournai aussitôt et découpai mon orange pour faire bonne figure. En réalité, je lui accordai quelques secondes d'intimité pour se calmer.

Jessica était une fille loyale, aimante et merveilleuse sous bien des aspects. Pourtant, elle avait le caractère d'un crocodile femelle dont on menaçait la portée. Ce qui la faisait sortir de ses gonds, ce qui la rendait folle furieuse, c'était qu'on touche aux enfants. Pour la simple et bonne raison que son enfance avait été franchement sordide.

Son père avait inventé un circuit électronique dont tous les ordinateurs du monde avaient besoin pour fonctionner correctement. Il en possédait le brevet… M. Watkins était sûrement la seule personne sur Terre à avoir surpassé Bill Gates. L'argent avait commencé à entrer dans ses caisses et il était rapidement devenu l'un des hommes les plus riches du monde. Il gagnait davantage en un an qu'Oprah Winfrey en dix. Généreux de nature, il avait donné à de nombreuses œuvres caritatives, financé des campagnes politiques et avait participé à la construction de six parcs, quatre écoles et dix-sept terrains d'athlétisme qui portaient son nom. Et on parlait seulement de notre État.

Quand il n'était pas sollicité par la presse et le public, il ignorait méthodiquement son enfant unique. Ils vivaient sous le même toit sans vraiment communiquer, jusqu'à ce qu'elle entre dans l'adolescence. À ce moment-là, il avait commencé à lui porter un intérêt un peu trop pressant.

Jessica était d'abord allée voir sa mère : « S'il te plaît, maman, dis à papa que je n'aime pas qu'il me touche... il me chatouille trop fort ! » Mais Mme Watkins, ancienne stripteaseuse à Las Vegas (la beauté de Jessica n'était pas un hasard), ne l'avait pas écoutée. Elle n'avait aucune intention de se mettre à dos la pompe à fric.

Jessica avait de nouveau parlé à sa mère quand son père s'était présenté en sous-vêtements dans sa chambre. Tout ce qu'elle avait obtenu, c'était une gifle en réponse à ses mensonges.

La nuit où M. Watkins était venu lui rendre visite en tenue d'Adam, elle l'attendait avec une batte de base-ball, la seule arme qu'elle avait réussi à cacher discrètement dans sa chambre.

Elle l'avait presque tué. Puis, après avoir jeté la batte par la fenêtre, elle avait appelé la police et attendu calmement. Ce furent les policiers qui appelèrent une ambulance pour son père.

Au commissariat, Jessica leur raconta toute l'histoire.

Grâce au pouvoir des Watkins, la presse passa sous silence une grande partie de l'affaire. Les mois passèrent, des mois de remise en forme douloureuse pour M. Watkins pendant lesquels les voisins s'occupèrent de Jessica qui avait engagé un avocat et se préparait à s'émanciper légalement de ses parents. Les papiers leur furent présentés le jour où l'on annonça à M. Watkins qu'il pouvait de nouveau manger des aliments solides.

La pensée de perdre sa fille et ses biens à cause d'une cour qu'il pensait tenir dans sa poche le rendit fou de colère, si bien qu'alors qu'il se rendait à son restaurant quatre étoiles préféré, il perdit le contrôle de son véhicule et fonça tout droit dans l'immeuble de *Pillsbury*. Sa femme et lui n'avaient pas attaché leur ceinture de sécurité. Mme Watkins mourut sur le coup. M. Watkins résista trois semaines par simple esprit de contradiction avant qu'une sainte âme prenne l'initiative de le débrancher.

Du haut de ses quatorze ans, Jessica avait hérité de toute sa fortune.

Elle n'avait assisté à aucun des deux enterrements.

— Je vais essayer de boire le jus d'une orange pour voir si je le supporte, annonçai-je en sortant de mes pensées. (Jessica, comme tout le monde, méritait une mère comme la mienne, mais je ne pouvais rien y faire.) Je t'ai dit que je vomissais toute la nourriture solide que j'avalais ?

— Ça te fera un nouveau sujet de conversation. Au fait, le déjeuner est servi ! fit-elle en me tendant un verre. (Quelque chose me disait qu'il ne s'agissait pas de jus de tomate. Elle avait poussé le vice jusqu'à tremper le bord du verre dans du sel coloré et y ajouter une feuille givrée.) O négatif… la boisson universelle.

— Tu as décoré un verre de sang, remarquai-je. Avec du basilic et du sel à Margarita !

— Évidemment ! Je ne suis pas allée le chercher au *drive-in* de McDo ! Et *Aquavit* est fermé…

— Sérieusement, où est-ce que tu te l'es procuré ?

— Je ne te le dirai pas. Mais on devrait te faire une petite réserve ici pour t'éviter de traîner dans les ruelles sombres. J'ai engagé quelqu'un pour s'en occuper. Il me prend pour une héritière excentrique qui a peur de manquer de sang en cas d'accident. (Elle ricana.) Il n'a pas tort… Santé !

J'attrapai le verre avec autant d'enthousiasme que si elle m'avait proposé de la purée de serpent à sonnette. L'odeur me montait dangereusement à la tête. Sous le regard inquisiteur de Jess, je pris une gorgée et faillis la recracher illico. J'avais l'impression de boire du jus de piles vides, de feuilles mortes, de vieille bougie fondue. Ça n'avait aucun goût, ni aucun effet sur moi. Ma soif était toujours aussi intense qu'à mon réveil.

Secouant la tête, je lui rendis le verre.

— Raté. Pas assez vivant.

Son visage se décomposa.

— Et merde ! Mon plan tombe à l'eau. Tu n'assimiles vraiment pas les… nutriments ? Ça ne t'apporte même pas un petit quelque chose ?

— C'est comme si tu avalais des vitamines en guise de dîner. Tu mourrais rapidement de faim. Merci d'avoir essayé en tout cas, ajoutai-je en la voyant déçue.

Je l'étais aussi… parce que ça voulait dire que je devais chasser.

Je pensai alors à Nick. *Pourquoi est-ce que tu ne l'appelles pas ? Il se fera un plaisir d'accourir à ton secours.* Je secouai la tête pour m'éclaircir les idées.

Quand le téléphone sonna de nouveau, j'empêchai Jessica de décrocher.

— J'y vais. C'est sûrement mon père. Il a eu toute la journée pour s'en remettre.

Dans le salon, je me rendis compte que Jessica avait récupéré toutes mes affaires et les avait remises à leur place. Même si, parfois, elle me fatiguait, j'avais de la chance de l'avoir à mes côtés. Je ferais mieux de m'en souvenir.

— Allô ?

— Elizabeth Taylor ?

— Oui. Et pas de blague douteuse. On me les a toutes faites.

— Elizabeth Taylor du 7215 Louis Lane, Apple Valley ?

Je bâillai et passai la langue sur mes dents. Pas de canine.

— Oui. Et je ne suis pas intéressée par ce que vous vendez. Merci.

— Pourquoi répondez-vous au téléphone ? demanda la voix qui semblait appartenir un jeune homme d'une vingtaine d'années.

— Parce qu'il a sonné, gros malin ! Désolée, je suis occupée…

— Mais vous êtes morte !

Je me figeai. Comment gérer ce genre de situation ? À quelle société appartenait ce gars ? VISA ? La compagnie d'électricité ?

— Ne croyez pas tout ce que vous lisez, rétorquai-je finalement. Je vous ai déjà envoyé un chèque… mais comme je viens de perdre mon boulot, on ne pourrait pas s'arranger pour les mensualités ?

— Vous êtes une vampire et vous êtes chez vous à répondre tranquillement au téléphone ? Mais sortez de là tout de suite !

Le combiné faillit me tomber des mains.

— Un : comment le savez-vous ? Et deux : mon crédit a été payé, je reste donc ici si je veux ! Allez, salut !

Je raccrochai. Le téléphone sonna presque automatiquement. Si une sonnerie pouvait avoir des émotions, celle-ci aurait été furieuse. Ou peut-être que je ressentais simplement la colère de l'autre personne au bout du fil. Dans tous les cas, le combiné sauta presque entre mes mains.

— Allô ?

— Pourquoi répondez-vous au téléphone ?

— Parce qu'il n'arrête pas de sonner ! (Pourquoi, mais pourquoi n'avais-je pas demandé l'affichage du numéro quand j'en avais eu l'occasion ?) Maintenant, arrêtez de me harceler avant que je vienne vous botter le cul !

— Attendez ! Ne raccrochez pas !

Pouvait-il s'agir d'un autre vampire ? Et même si ce n'était pas le cas, il savait que j'en étais un. Peut-être pouvait-il m'en apprendre davantage sur ma situation et me guider. Ce serait toujours mieux que de passer les dix prochaines années à galérer.

— Eh bien, c'est que je suis très occupée, répondis-je d'un ton hautain.

— Rendez-vous au *Barnes & Nobles* du centre-ville... Vous savez où il se trouve ?

— Bien sûr.

Difficile de le rater, le magasin prenait tout un pâté de maisons.

— Rejoignez-moi au rayon Livres de cuisine après vous être nourrie.

— C'est dégueulasse ! protestai-je.

— OK… Rayon Humour alors.

— Pas tellement mieux, marmonnai-je. Vous êtes allergique au rayon Romance ou quoi ? Pas la peine de me nourrir. J'arrive tout de suite.

Une pause. Si longue que je crus un instant qu'il avait raccroché jusqu'à ce qu'il reprenne, dans un murmure :

— Vous n'avez pas besoin de vous nourrir ? Vous avez eu le temps de le faire plus tôt ?

— C'est pas un problème. Je peux tenir plusieurs jours sans boire. Qu'est-ce que ça peut faire ?

— Quoi ?

— Qu'est-ce que vous n'avez pas compris ? Vous m'écoutez au moins ? (Ce gars était-il bouché ou simplement stupide ?) De quoi avez-vous l'air ? Et si on se donnait un nom de code ? Ou une super poignée de main de la mort ?

— Pas la peine, répondit-il d'une voix tremblante. Je connais votre visage, Mlle Taylor.

— Comment ?

— Grâce à la rubrique Nécrologie. Je dois dire que la photo qu'ils ont choisie vous rend hommage. À dans une heure !

Clic.

— Ça ne me dit rien qui vaille…

Lassée de parler à la tonalité, je raccrochai. J'espérais seulement que ce n'était pas le Thon qui avait choisi la photo en question.

— Qu'est-ce que c'était ? demanda Jessica. (Je me contentai de l'observer un instant.) Allôôôôô ? Mes lèvres bougent. Tu comprends ce que je dis ? Qu'est-ce. Que. C'était ?

Convaincre Jessica que je devais rencontrer – seule – un mystérieux inconnu qui savait que j'étais morte n'allait pas être facile. Autant s'y mettre tout de suite.

Chapitre 11

J'adore mon chat. Elle peut être agaçante parfois, mais je peux compter sur elle. Elle, au moins, ne m'a jamais demandé de changer de tee-shirt parce que le bleu pervenche me faisait ressembler à une pute accro au crack. D'ailleurs, toute cette situation était en partie sa faute. Je ne l'avais pas mise dehors ni vidée de son sang pour autant. Je devais me faire une raison : j'étais une femme à chat.

C'est pour ça que j'avais du mal à accepter le fait que les chiens me trouvaient à présent irrésistible. Avant de me réveiller à la morgue, je ne leur accordais aucun intérêt et ils me le rendaient bien. Plus maintenant.

Je m'étais à peine éloignée de ma voiture qu'une dizaine de clébards me poursuivaient déjà. Leur adoration semblait être sans limite. Quand je me retournai pour les faire fuir, ils en profitèrent pour me lécher les chevilles, les babines retroussées en un sourire typiquement canin. J'ignorais pourquoi il n'en avait pas été de même lorsque j'avais remonté Lake Street à la recherche d'un moyen de me tuer. Peut-être que je n'avais pas tout de suite sécrété de phéromones vampiriques. Peut-être qu'il n'y avait pas eu de chiens dans le quartier à ce moment-là. Peut-être que j'étais devenue barjo.

Comme si la meute dégoulinante de bave ne suffisait pas, mes oreilles brûlaient encore de la remontrance de Jessica. Pour résumer, elle pensait que rencontrer un mystérieux inconnu qui savait que j'étais une vampire était : (a) complètement fou et (b) stupide. Et que j'étais moi-même (c) folle et stupide d'avoir accepté. J'avais remarqué que je le serais encore plus si j'amenais ma meilleure amie, frêle et mortelle, avec moi.

Quand elle avait menacé de me suivre, j'étais sortie dans l'allée pour retourner sa voiture. Trop facile... Dire qu'avant j'avais du mal à ouvrir la porte du garage ! Même si elle était impressionnée, Jessica n'avait pas caché sa colère. C'était la première fois que je sentais des émotions mitigées : une odeur étrange de pudding au chocolat avec un petit goût de brûlé.

Je l'avais laissée dans ma cuisine, occupée à semer la pagaille exprès dans mes placards. Elle savait que je devenais folle quand je ne trouvais pas quelque chose.

Après m'être garée dans un parking horriblement cher, je me dirigeais vers *Barnes & Noble* lorsqu'une limousine noire éclaboussée de boue s'arrêta près de moi dans un crissement. Les chiens (huit en tout : trois labradors noirs, un corgi, un golden retriever, deux gros caniches et un bâtard ; ils portaient tous un collier avec une laisse qui traînait derrière eux) sursautèrent. J'en profitai pour crier :

— Allez au diable !

Toutes les portes de la limousine s'ouvrirent.

— Hein ?

Aussitôt, plusieurs paires de bras m'attrapèrent.

— Hé !

Et me forcèrent à les suivre à l'intérieur. Les portes se refermèrent en claquant et la voiture redémarra.

— Je savais ce que vous maniganciez, grognai-je. Que les choses soient claires entre nous. Comme si j'avais pris cet appel au sérieux !

Mes kidnappeurs, au nombre de quatre, assis sur la banquette en face de moi (c'était du gros siège !), auraient fait de l'ombre à The Rock. Ils tenaient des crucifix en bois à bout de bras pour me maintenir à distance. L'un d'eux agitait également une fiole qui renfermait sûrement de l'eau bénite. Bien qu'un peu tendus, ils n'empestaient pas non plus la peur. C'étaient des habitués.

— Lequel d'entre vous m'a appelée ?

Silence de mort.

— OK, comme vous voudrez. Je n'ai pas peur de vous, vous savez ? Pour tout vous dire, j'ai l'impression de revivre mon bal de promo : mauvaises manières, limo de location, air maussade… J'ai l'impression que c'était hier !

Celui qui était en face de moi ricana, mais les autres restèrent de marbre. Ils ressemblaient à des clones : larges d'épaules, plus d'un mètre quatre-vingt, grandes mains et pieds puants. Ils avaient tous besoin d'un bon coup de rasoir, ils avaient tous les cheveux blonds et les yeux marron, et sentaient le déodorant avec une pointe de sirop pour la gorge à la cerise.

— Vous ne seriez pas frères par hasard ? demandai-je.

Aucune réponse.

— Bon alors… vous n'auriez pas tous un cocker anglais ? Parce que vous savez ce qu'on dit : au bout d'un moment, les maîtres commencent à ressembler à leur chien. Et vous avez vraiment le look de cockers anglais mal rasés qui se prennent pour des bipèdes ! Et qui pourraient parler. Enfin, si vous en êtes capables, bien entendu. C'est pas évident à déterminer quand aucun d'entre vous n'a encore ouvert la bouche. Il n'y a que moi qui parle ici. Pas grave. J'aime bien mener la conversation… même si ça a le don d'enrager ma belle-mère. C'est…

— Ta gueule, rétorqua finalement l'un d'eux.

— … vraiment incroyable ! Elle, elle a le droit de jacasser pendant des heures sur la mode, les dîners mondains ou encore la maintenance de la piscine, mais elle ne supporte pas que quelqu'un lui coupe la parole. C'est vraiment…

— Ferme ta gueule ! répétèrent-ils en chœur.

Je croisai les bras.

— Essayez de m'y obliger, pour voir, lançai-je avec tout mon courage et mon immaturité.

Le cocker qui se trouvait sur le côté me brandit son crucifix sous le nez. J'aurais pu m'en saisir pour le transformer en un tas de cure-dents, mais (a) je n'avais rien coincé entre mes dents, (b) c'était un peu irrespectueux et (c) je ne tenais pas à ce qu'ils découvrent mon secret… Ils se sentaient en sécurité avec leurs crucifix et leur eau bénite. Pas la peine de leur ôter leurs illusions sur les vampires.

Voilà qui donnait à réfléchir… Alors, c'est ce que je fis. Jusqu'à présent, j'avais supposé que si les croix et les Bibles n'avaient aucun effet sur moi, elles n'en avaient aucun sur les autres vampires. Et si je me trompais ? Si c'était le cas, pourquoi se seraient-ils armés de crucifix ?

Y avait-il d'autres choses qui marchaient sur les vampires normaux, mais pas sur moi ? J'allais devoir garder les yeux et les oreilles grands ouverts.

Alors que je redescendais de mon épiphanie, je me rendis compte que le cocker brandissait toujours sa croix à dix centimètres de mon visage.

— Non ! Ah, non ! Pitié ! Ça brûle ! répondis-je poliment.

Je décidai également de me taire puisque c'était ce qu'ils semblaient vouloir. Aucun problème. Je préférais regarder le paysage, de toute façon.

La voiture garée, je poussai un grognement de frustration en constatant que la limousine se trouvait devant… un cimetière ! Mouahaha ! Et pourquoi pas près de la Bouche de l'Enfer, pendant que vous y êtes ? Pitié, je vais vomir !

— C'est pas vrai, les gars ! protestai-je tandis qu'on me faisait sortir. Vous tenez vraiment à tous ces stéréotypes ? Je vous préviens : si vous m'emmenez devant un type qui porte une cape à haut col, je vais finir par me fâcher !

Nous nous frayâmes un chemin à travers le cimetière raisonnablement sinistre. Tout était là : le clair de lune de rigueur, les hululements des hiboux (à Minneapolis ?) et de grands mausolées silencieux à faire froid dans le dos. Nous nous arrêtâmes devant le plus massif de tous. Si j'en croyais l'inscription de quinze centimètres de large, nous venions de nous arrêter devant celui de la famille Carlson, un nom très courant dans cette région colonisée par les Norvégiens.

— Oooooh ! Le mausolée des Carlson ! me moquai-je pendant que les frères cockers se démenaient pour ouvrir la porte. Comme c'est sinistre ! Et après on aura droit à une assiette de lutefisk et à un bon vieux quadrille ? Vous avez besoin d'un coup de main ?

Apparemment non. La porte s'ouvrit enfin.

— Quoi ? Pas de gonds qui grincent ? Je suis déçue ! Vous feriez mieux de régler ce détail, ça ruine complètement l'atmosphère lugubre que vous entretenez... Hé ! Pas la peine de pousser, j'avance !

Après avoir descendu l'escalier, je passai devant un imposant cercueil en pierre (quelle horreur !), puis sous une arche, et gravis encore quelques marches. Même si elle était sous terre, la pièce était parfaitement éclairée par... des torches, bien sûr. Plusieurs personnes s'y activaient, mais mon regard se posa sur un homme en particulier.

Il était incroyable. De loin le plus bel homme que j'aie jamais vu, à part dans le magazine *Playgirl*... que je ne lisais absolument pas. Enfin presque jamais.

Il était grand, très grand même : au moins dix centimètres de plus que moi et je suis loin d'être petite. Ses cheveux longs et épais étaient coiffés en arrière en vagues brillantes. La coupe à la Elvis n'allait pas à tout le monde. Pourtant, il s'en sortait à merveille. Ces traits étaient d'une beauté presque banale : nez marqué, menton carré, joli front large. Il avait de beaux yeux inquiétants : d'un noir profond, avec une lueur de sévérité, un peu comme des étoiles qui étincelaient dans un ciel hivernal. Ses lèvres auraient pu sembler tendres si ce n'était l'expression cruelle qu'elles arboraient. Il avait l'air mauvais, mais qu'est-ce que ça lui allait bien !

Et ce corps ! Ses épaules étaient tellement larges qu'il devait avoir du mal à passer les portes et ses bras paraissaient forts et musclés. Le costume gris anthracite qu'il portait mettait en valeur sa carrure. Ses longs doigts, eux, semblaient très agiles : des doigts de pianiste, de chirurgien. Quant à ses chaussures... Ouah !

Était-ce vraiment des Ferragamo ? C'était surréaliste et merveilleux à la fois que de rencontrer un homme bien chaussé dans un mausolée. Étrangement, leurs extrémités étaient mouillées comme s'il avait couru dans l'herbe humide pour venir jusqu'ici. Bizarre. Il n'avait pas l'air du genre à se dépêcher souvent.

Alors que je m'approchais pour l'observer de plus près, je relevai les yeux vers son visage. Plus que sa beauté, le fait qu'il paraissait à peu près aussi enchanté que moi m'intriguait davantage.

Nous n'étions pas seuls. Enfin, probablement. Peu m'importait.

— Ah ! messieurs ! Vous voilà enfin de retour avec notre nouvelle recrue !

Une voix puissante – qui n'appartenait malheureusement pas au type que je reluquais – me ramena soudain à la réalité. Il y avait d'autres personnes dans la pièce. Des gens très pâles, pour être précise. Avec des yeux brillants et de longues dents blanches. Ils se tenaient parfaitement immobiles comme pour jouer à « Un, deux, trois, soleil ». Sauf qu'ils avaient l'air malades. Bien trop blancs, même pour des vampires (enfin… je crois… qu'est-ce que j'en savais, moi ?), et maigres, froids, couverts de guenilles… Ils avaient tous au moins une tache sur leurs vêtements. C'était navrant. Être mort n'est pas une excuse pour se négliger !

Serrés les uns contre les autres, ils observaient l'orateur. Je ressentais presque de la pitié pour eux. Ils étaient trop pathétiques pour faire peur à qui que ce soit.

— Bien, Mlle Taylor ! En tant que nouvelle recrue, vous serez bientôt autorisée à vous nourrir. Comme vous tous, d'ailleurs.

À ces mots, le groupe afficha une reconnaissance béate et complètement absurde.

L'orateur se rapprochait petit à petit de moi depuis l'autre bout de la pièce glacée. Il n'était pas aussi impressionnant que l'autre homme : de taille moyenne, environ une tête de moins que moi, quelque peu grassouillet, une fossette au menton (ce que Jessica, avec son tact inné, appelait une tête de cul), des yeux bleus larmoyants. Et, pour couronner le tout (je retins un grognement) : un smoking noir ! Ce n'était pas une cape, mais ça s'en rapprochait quand même beaucoup !

— Euh… Salut, répondis-je en observant le stéréotype sur pattes.

Au cinéma et dans la littérature, les vampires étaient tous séduisants, même les méchants. Visiblement, ce type n'en avait jamais entendu parler.

Il prit ma main dans la sienne et la serra fermement. Sa peau était froide. Plus que la mienne. Puis, il l'embrassa de ses sales lèvres glacées. Je me retins de justesse de vomir par-dessus sa tête penchée et dégarnie. Puis, Dieu merci, il se redressa et me relâcha. Je m'essuyai immédiatement sur ma jambe. Pas très poli, je sais, mais je ne pouvais pas m'en empêcher. Le baiser de cette espèce de chauve-souris était à peu près aussi ragoûtant que celui d'un poisson mort.

— Avant toute chose… J'exige la même chose de tous les nouveaux Enfants Non-Morts, dit-il d'une voix dans laquelle on entendait les majuscules. Tu vas te prosterner sur tes jolis genoux potelés et me jurer fidélité. Puis, tu seras officiellement des nôtres et nous nous réjouirons. Tu reposeras près de nous et tu deviendras ma nouvelle favorite.

— « Jolis genoux potelés » ? « Favorite » ?

Non mais pour qui il se prenait ce type ?

Je n'en avais vraiment pas l'intention. Sans blague, je n'en avais même pas envie. Pourtant, je me mis à rire si fort que je ne pouvais plus m'arrêter. Alors, tout le monde s'arrêta de chuchoter pour me dévisager d'un air choqué. Tous, sauf M. Beau Gosse, dans le coin. Haussant les sourcils, il ne souriait pas, mais ses lèvres eurent un soubresaut. Il se contentait de me détailler de son regard parfait et glacial.

— Il suffit !

— J'peux pas ! fis-je entre deux éclats de rire.

— Je t'ordonne d'arrêter ! Je te préviens : tu ne seras pas autorisée à boire aux gorges sacrées de nos…

— Arrête, arrête ! Tu vas me faire mourir de rire ! rétorquai-je en m'appuyant sur un buste de la famille Carlson pour éviter de tomber. Un peu plus et tu vas me dire que mon impertinence face à ton auguste personne aura des conséquences !

Il pointa un doigt dans ma direction. Rien. Il en sembla affecté (s'attendait-il que je tombe en poussière ?), puis énervé.

— Messieurs ! Punissez-la !

Mon fou rire redoubla. Armés de leurs crucifix, les Frères cockers avancèrent vers moi. L'un d'eux me jeta de l'eau bénite au visage. Je dus en avaler en rigolant car je me mis à éternuer, sans arrêter de pouffer. Quand je repris enfin le contrôle de mon corps, les cockers s'étaient cachés derrière le petit chauve en smoking et tous les vampires, à l'exception de l'un d'eux, avaient battu en retraite à l'autre bout de la pièce.

— Hou là là ! repris-je en m'essuyant les yeux. (Je n'avais pas pleuré, j'étais seulement mouillée à cause de l'eau bénite.) Merci bien ! Ça valait le coup de payer le parking en centre-ville. Et croyez-moi, ça n'arrive pas souvent. À part, peut-être pour aller manger à *L'Océanaire*.

— Tu es une vampire ! grinça le gars au smoking.

Sa voix n'avait plus rien de tonitruant.

— Merci pour l'info, mais je m'en suis aperçue à mon réveil à la morgue, tu sais ?

— Mais… mais tu…

— Oui, bon. Je me suis bien amusée, mais maintenant je pense que je vais y aller, salut.

— Mais… mais tu…

— Mais… mais j'étais curieuse alors je vous ai laissé m'embarquer. Si quelqu'un vous avait appelé en sachant que vous êtes un vampire alors que vous-même n'étiez au courant que depuis quelques jours, vous n'auriez pas fait pareil ?

— Vous appeler ? Je…

— Alors me voilà ! Et excusez-moi, mais c'est vraiment dégueulasse ici ! Et chiant comme la pluie, ce qui est bien pire. Si pour fréquenter d'autres vampires, je dois me conformer aux clichés, alors pas question ! Cimetières ? Recrues ? Des fêtes dans des mausolées lugubres ? Je passe mon tour.

— Tu…

— Oh ! Et personne ne porte un smoking à cette époque de l'année, sauf pour se rendre à un mariage ! Tu as l'air de sortir tout droit de *Dracula se tape Doris*.

Je m'arrêtai pour lui laisser le temps de me répondre, mais personne n'ouvrit la bouche. Ils se contentaient de m'observer de leurs grands yeux brillants. On m'avait plus reluquée en trois jours qu'en trente ans. Je ne savais pas encore si je devais bien le prendre.

Haussant les épaules, je sortis de la pièce, remontai les marches et me retrouvai aussitôt à l'air libre. La soirée s'était révélée plus décevante qu'éducative. Je n'arrivais pas à croire que les vampires soient aussi ringards et assommants ! Dans ma vie, j'avais l'habitude de lancer des tendances… Il faut croire que, même morte, j'allais devoir montrer le chemin du bon goût. Pas de répit pour les élégants !

— Attends !

Il ne s'agissait pas d'un cri, mais d'un ordre calme. Étrangement, mes pieds refusèrent de bouger, comme s'ils avaient été cloués au sol. Je les observai d'un air agacé. Sales traîtres !

Je me retournai. Le grand brun ténébreux s'approchait de moi. Il avait été le seul à ne pas me fuir dans le mausolée. Sur le coup, ça m'avait plutôt plu. Maintenant, je ne savais plus quoi en penser.

— Qu'est-ce qui se passe ? Je dois y aller ; j'ai déjà perdu assez de temps dans ce trou.

Sans porter le moindre intérêt à mes paroles, il m'attrapa le visage entre les mains et m'attira à lui jusqu'à ce que nos lèvres ne soient séparées que par quelques millimètres. Avec un couinement de colère, j'essayai de me débattre. Autant tenter de se défaire d'un bloc de ciment. Moi qui croyais que ma force était spectaculaire, j'avais tout faux : ce type était au moins deux fois plus fort que moi.

Il me touchait le visage, m'examinant comme un spécimen fascinant, écartant mes lèvres pour observer mes dents.

Quand je les fis claquer, ses lèvres eurent un soubresaut.

— Tu vas me lâcher, oui ? Je savais que je n'aurais pas dû me lever ce matin. Ce soir, je veux dire.

Je lui donnai un coup dans le menton que je regrettai aussitôt. Ça faisait un mal de chien ! Un peu comme frapper dans un mur. Sa réaction s'en rapprochait aussi.

— Toi, mon vieux, tu ne dois pas avoir beaucoup de deuxième rendez-vous…

— Tu es vraiment une vampire ! fit-il.

Ce n'était pas une question. Quand il me relâcha, je reculai si vivement que je tombai.

Clignant des yeux, il m'offrit sa main pour m'aider à me relever. Je la repoussai et me débrouillai seule.

— Quoi ? Tu veux une récompense pour ton impressionnante découverte ? Crois-moi, être morte…

— Non-morte.

— … est la seule raison pour laquelle je me suis retrouvée au milieu de ces cinglés pâles et mal habillés. Ce n'est pas du tout mon délire. Je me casse. Contente d'avoir fait ta connaissance, ajoutai-je d'un air sarcastique.

Aussitôt, il m'attrapa par le coude pour me retenir.

— Je m'en vais aussi et je pense que tu vas m'accompagner. (Son masque se fissura légèrement, révélant une ombre de sourire.) J'insiste. Nous avons beaucoup de choses à nous dire.

— Mon cul, oui !

— Si tu veux… mais il faudra me le montrer pour que je puisse vraiment donner mon opinion. S'il ressemble aux autres parties de ton corps, il devrait être plutôt agréable à regarder. Et puis…

Il m'attira contre son torse aussi facilement que s'il avait manipulé un mouchoir. Son regard noir et glacial sembla me sonder. Je sentis mon corps se refroidir instantanément. Un peu comme si j'avais été dévisagée par un yeti maléfique.

— Tu ne t'es pas encore nourrie ce soir. Pourtant, tu es pleine d'énergie. Tu n'as pas l'air d'avoir faim. Tu as l'air… en forme. Quel est ton secret ?

Je me raclai la gorge dans l'espoir de produire de la salive (chose difficile quand on ne sécrète presque plus de fluide corporel) avant de reprendre la parole.

— Premièrement : occupe-toi de tes affaires. Deuxièmement : c'est pas tes oignons ! Maintenant…

Mon ton se fit sévère et détaché. Je ne m'étais jamais entendue parler comme ça, pas même lorsque j'avais dit au Thon qu'elle n'avait pas intérêt à m'envoyer dans une école militaire.

— Retire ta main de là si tu veux continuer à compter jusqu'à cinq avec.

Il me dévisagea quelques secondes avant d'éclater de rire. C'était la première fois que j'entendais un rire aussi dénué de joie.

— Arrête ! rétorquai-je en tâchant de cacher ma nervosité.

— Oui…, ronronna-t-il. (Il me serrait si fort que je ne sentais presque plus mon bras.) Tu vas venir avec moi. Nous devons parler. De beaucoup de choses. Crois-moi, ma belle, c'est pour ton propre bien.

— Désolée, j'ai déjà promis un rendez-vous au loup-garou. Laisse-moi partir !

Je me débattis, furieuse que ma force ne me soit d'aucune utilité. Ça avait été l'un des seuls avantages de la situation jusqu'ici.

Portant une main à mon visage, il écarta mes dents avec ses doigts et frotta une de mes canines avec son pouce, jusqu'à faire jaillir une goutte de sang sur ma langue. Je fus choquée pour plusieurs raisons : il était froid, délicieux, bien plus que celui de Nick… mais surtout, je ne savais pas que les vampires saignaient.

— Je me demande…, reprit-il d'une voix qui ressemblait davantage à un murmure. (Son doigt allait et venait dans ma bouche, comme un étrange viol qui me révoltait autant qu'il m'excitait.) Je me demande quel goût tu aurais…

Pourquoi ne me mords-tu pas pour voir ? Attends ! À quoi est-ce que je pense ? On parle d'un sale type, là !

— Fa fuffit ! Ve vais te le répéter une dernière fois : laffe-moi !

Quand je le repoussai de toutes mes forces, je n'en crus pas mes yeux.

Même si la scène se déroula en quelques secondes, je la vécus au ralenti. Le grand brun, aussi cinglé que ténébreux, fit un vol plané comme s'il avait été catapulté par un canon. Il percuta un monument, une énorme croix, qu'il pulvérisa. La pierre éclata en morceaux à son contact et la veste de son costume prit feu. Toutefois, il continua sa chute jusqu'à venir s'écraser contre le mausolée et retomber comme un tas de poussière.

Je ne restai pas en arrière pour vérifier qu'il était mort (encore une fois) ou fâché comme un pou. Je pris mes jambes à mon cou.

Chapitre 12

Quand je finis par ralentir et me retourner, je me rendis compte que j'avais déjà parcouru plus de seize pâtés de maisons. À moi les jeux Olympiques d'été! Enfin, s'ils voulaient bien organiser les courses la nuit.

Je me trouvais dans la ruelle derrière le centre hospitalier de Minneapolis. *Je ferais mieux d'y entrer pour appeler un taxi. Qui sait? Peut-être qu'avec un peu de chance, je tomberais sur une conductrice?*

En tout cas, je ne retournerais au cimetière sous aucun prétexte. Je n'avais pas l'intention de revoir ces minables de sitôt. Et si je tombais de nouveau sur cette sale imitation d'Elvis psychopathe, je lui arracherais les yeux pour… pour faire un truc très dégoûtant avec.

Chaque fois que je repensais à ses mains sur moi, à son pouce dans ma bouche, j'avais un coup de chaud. Non! Un coup de sang, je veux dire! Ça me rendait furieuse! J'aurais voulu lui mettre mon pouce dans sa bouche à lui pour voir sa réaction… serrer mes doigts autour de son cou, lui enfoncer bien profond, les enrouler autour de sa…

Alors que j'avançais à grands pas, j'aperçus une meute de chiens un peu plus loin dans la rue. Un regard suffit à les faire décamper. C'est ça! Prenez garde à vous, les cabots! Dieu sait qu'il ne faut pas me foutre en rogne. Comment ce type avait-il eu le culot de poser ses sales pattes sur moi ? Moi ! C'était déjà rare que j'accorde un baiser lors du premier rendez-vous, alors permettre à un mystérieux vampire de fourrer son doigt dans ma bouche ? Et puis quoi encore ?

Je fus presque soulagée d'entendre une voix se détacher du bruit de fond de la ville :

— Adieu, monde cruel !

Génial ! Une distraction pour oublier les événements des dernières heures.

Je relevai la tête. Cinq étages plus haut, un type de quelques années mon cadet se rapprochait dangereusement du bord de l'immeuble. Je le voyais aussi clairement que s'il s'était trouvé à trois mètres de moi. Et il me regardait droit dans les yeux. Dans un roman à l'eau de rose, il y aurait eu des étincelles ou une connerie dans le genre, mais en réalité, il avait l'air éreinté, et je me contentai de l'observer avec la bouche grande ouverte comme une plouc fraîchement débarquée qui découvre les gratte-ciel.

Je compris tout de suite qu'il attendait que je me pousse pour éviter de m'éclabousser. Je me figeai.

Le bâtiment était ancien, entièrement construit en brique. Quand je posai les mains contre la façade, j'eus une idée… un véritable remue-méninge. Sans blague. Mes neurones remuaient vraiment. C'est comme s'ils entraient en collision et que « pouf » une nouvelle idée apparaissait. Quoi qu'il en soit, je me hissai et me mis à escalader l'immeuble comme un gros insecte blond. J'étais toujours en colère à cause de la scène dans le cimetière, je me faisais du souci pour le type sur le toit et, pourtant, j'arrivais encore à m'émerveiller de mes exploits. J'étais en train de grimper cinq étages à la verticale. Moi !

Alors qu'en sport, au lycée, j'étais incapable d'escalader cette foutue corde, même celle avec des nœuds !

À présent, l'exercice était presque trop facile. Je me sentais euphorique. Ça me demandait autant d'effort que pour ouvrir une boîte de *Pringles*. J'étais rapide, j'étais forte, j'étais… Spider-vampire !

Arrivée au sommet, je pris appui sur mes pieds, ce qui m'envoya à plusieurs mètres en l'air, avant de me réceptionner gracieusement sur le toit.

— « Tadam » !

Plutôt mignon, il portait une blouse qui – *miam !* – sentait le sang séché. Attendez, est-ce que j'avais dit « miam » ? Quelle horreur ! Encore un homme aux cheveux bien noirs. La différence avec M. Doigté, c'était qu'au lieu de transpirer la menace sous-jacente, il m'envoyait des vagues de désespoir et d'épuisement.

Il arborait une coupe si courte que je pouvais apercevoir le pâle éclat de son crâne. Il avait les yeux verts et une barbichette qui lui donnait l'air d'un diable fatigué. Il était presque aussi blême que moi et maigre. Presque trop. Il me regardait avec des yeux écarquillés.

— Qu'est-ce que tu as pris ? me demanda-t-il finalement.

Je m'assis sur le rebord près de lui.

— Je préfère éviter le sujet. C'est une longue histoire, et tu ne me croirais pas de toute façon.

— Je dois vraiment être fatigué, dit-il plus à lui-même qu'à moi.

— Bien essayé, mais je ne suis pas une hallucination. Dommage, d'ailleurs : ça voudrait dire que ce n'est pas moi dans ces vieilles tennis démodées. Si je peux me permettre, tu as une mine affreuse.

— Ça ne m'étonne pas, répondit-il honnêtement, je me sens affreusement mal.

— Je sais que ce ne sont pas mes oignons, mais pourquoi veux-tu sauter ? Il s'est passé quelque chose ?

Dansant d'un pied sur l'autre, il me regarda d'un air perplexe. Il ne semblait pas du tout nerveux à l'idée de me parler. Il pensait sûrement que je n'aurais pas le temps de le rattraper s'il se décidait à sauter. Il semblait si triste et malheureux que rien ne pourrait le surprendre ce soir-là.

— J'en ai marre de voir des gosses mourir. Je me suis endetté jusqu'au cou pour payer la fac de médecine ; mon père a un cancer ; je n'ai pas couché avec quelqu'un depuis deux mois ; on me vire de mon appartement parce que le propriétaire a vendu la maison ; j'ai des TAG et le valium n'a plus aucun effet sur moi.

— C'est quoi des TAG ?

— T.A.G : troubles anxieux généralisés.

— Pas de chance, acquiesçai-je. Je ne comprends pas bien cette histoire de TAG, mais ta liste est assez impressionnante. À part pour l'histoire de coucherie. C'est bien une réaction d'homme de vouloir se foutre en l'air parce qu'il n'a pas trempé son biscuit depuis huit semaines ! Si tu veux tout savoir, j'ai déjà tenu deux ans.

Il sembla réfléchir une minute avant de secouer la tête.

— Et toi ? Qu'est-ce qui t'est arrivé ?

Je croisai les jambes pour m'asseoir plus confortablement.

— Eh bien, je suis morte en début de semaine, j'ai découvert que je ne pouvais pas mourir une seconde fois, ma belle-mère m'a piqué mes chaussures, je ne peux plus rien manger de solide, j'ai pratiquement violé un homme bien sous tous rapports hier soir, j'ai rencontré une bande de vampires qui rendent hommage à tous les stéréotypes cinématographiques, balancé un lourdaud à travers une pierre tombale et découvert que je suis la créature la plus rapide du monde. Puis, je t'ai trouvé.

— Alors comme ça, tu es une vampire ?

— Oui, mais n'aie pas peur. Je suis toujours du côté des gentils.

— Quand tu ne violes pas des hommes innocents.

— Voilà.

Je lui adressai mon sourire le plus amical, mon sourire de battante qui m'avait fait remporter l'écharpe de Miss au lycée. Heureusement, le sang sur sa blouse était séché et n'avait pas une odeur trop appétissante, sinon, mes canines se seraient allongées.

— Et si on allait se raconter nos vies pathétiques autour d'un café ?

Il hésita. Le vent fit trembler sa tenue, mais ses cheveux bien trop courts n'eurent même pas un frisson. Son regard oscillait entre la rue et moi.

— Tu sais, une fois que j'ai pris une décision, j'essaie en général d'aller jusqu'au bout...

— Allez ! l'amadouai-je. Je viens de t'apprendre que je suis une vampire alors que tu ignorais qu'ils existaient.

— Eh bien...

— Pour tout te dire, c'était mon cas. Des vampires, quoi ! Qu'est-ce que j'ai fait pour me retrouver coincée dans un mauvais film ? Mais si on existe, pense un peu à toutes les choses fascinantes qu'il nous reste sûrement à découvrir ! Et si... Et s'il y avait des loups-garous, des fées et des sorcières ? C'est un peu trop tôt pour refermer le livre de ta vie, tu ne crois pas ? Tu as quoi ? Vingt-cinq ans ?

— Vingt-sept. Est-ce que tu essaies de me faire descendre pour satisfaire ta soif démoniaque ?

Pourquoi est-ce que les gens me demandaient toujours ce genre de chose ?

— Noooooooon ! Je veux t'empêcher de sauter, c'est tout. Je ne suis pas si pressée d'aller dîner !

— Je descends seulement si tu me promets que ce sera moi ton dîner.

Je faillis m'évanouir d'excitation à cette simple phrase.

— Qu'est-ce que tu as fumé ? On vient juste de se rencontrer ! Je suis un membre morbide du clan des morts-vivants !

— Tu es surtout trop mignonne pour m'effrayer et ces deux dernières minutes ont été plus exaltantes que ces trois dernières années. Alors… ?

Même si le compliment m'avait flattée, je me forçai à me concentrer sur le problème.

— Mon pote, tu ne sais vraiment pas ce que tu me demandes.

Alors que j'avais essayé de paraître calme et ferme, je ne pus m'empêcher de susurrer ma phrase comme une pom-pom girl en chaleur.

— Bien sûr que si ! Une des raisons pour laquelle je suis ici…

— Ton manque de vie sexuelle ?

Je crus apercevoir un semblant de sourire.

— Entre autres choses. Tu as raison. Il n'y a rien dans ce monde à part la mort et des gens qui se disputent pour un oui ou pour un non. Je n'aurais jamais dû devenir docteur. Je n'en ai jamais eu envie… mais mon père… Bref. Mort. Paperasse. Mort. C'est un cercle vicieux. Mon anxiété ne cesse d'augmenter, ce qui rend le travail plus difficile et me rend encore plus anxieux. (Quand il s'interrompit, je me rendis compte que ses yeux étaient remplis de larmes. Il cilla pour les chasser.) Désolé. Prouve-moi que j'ai tort. Prouve-moi qu'il n'y a pas que ça. Je veux savoir ce que ça fait. Je veux ressentir autre chose que ce vide.

Je me mordis les lèvres. Pauvre gars !

— Oublie, répondis-je tout en me rapprochant de lui.

Après tout, j'avais soif, face à un spécimen en bonne santé (du moins, physiquement) qui me proposait de servir de dîner. J'aurais été folle de refuser. Sinon, je devrais me résoudre à boire de force sur un sale type.

Pourquoi me rabaisser à effrayer et blesser quelqu'un alors que j'avais un généreux donateur juste devant moi ? En plus, celui-ci ne me bavait pas dessus. Il était sain d'esprit, curieux, volontaire… Où était le mal ? Et pourquoi je perdais mon temps à m'en convaincre ? Il fallait bien que je me nourrisse ! Qu'est-ce que je fichais là à me parler toute seule ?

— OK… Mais si je le fais, je veux que tu me promettes de ne pas sauter, avertis-je en imitant la réticence à la perfection. Enfin… presque.

— D'accord.

— Ça vaut aussi pour te jeter sous un camion, prendre un bain avec ton grille-pain ou te raser la tête avec une tronçonneuse.

Il rit, ce qui le fit paraître beaucoup plus jeune. Il n'avait pas peur du tout. Je sus que ma décision était prise.

— Je te le promets. Fais-le avant que je change d'avis.

Sautant du rebord, je l'attirai à moi doucement, comme un amant. Sa blouse avait un col en V, alors je me contentai de le rapprocher pour le mordre dans le cou. Hoquetant de surprise, il se raidit avant de me serrer au risque de me casser une côte.

Quand il se mit sur la pointe des pieds, ses hanches rencontrèrent les miennes. Le sang qui coulait dans ma bouche avait le goût du vin le plus raffiné et le plus alcoolisé que j'avais jamais bu. Pendant l'espace d'une seconde, ma soif s'accrut davantage, si une telle chose était possible, devenant presque insupportable. Puis elle s'atténua. Les sons se firent plus forts, la lumière plus brillante. Les battements de son cœur résonnaient à mes oreilles, comme sa respiration saccadée. Je sentais son sexe pressant avec insistance contre moi, une odeur de musc, de vie.

Je m'écartai. Encore un point sur lequel les films se trompaient. Un vampire n'avait pas besoin de vider sa victime de son sang pour se nourrir. Pour tout vous dire, j'avais à peine bu la moitié d'un verre et ça me permettrait facilement de tenir toute la nuit. Bien sûr, j'aurais pu boire davantage, mais ça aurait été pour le plaisir. Ça ne m'aurait pas étonné si le gars du cimetière buvait dix fois par nuit simplement parce qu'il le pouvait.

— Non, gémit mon repas.

— Si. Je n'ai pas besoin de plus.

— Non ! Encore, pitié… Encore !

— Merci, mais je ne crois pas que tu sois tout à fait toi-même.

Cette idée se confirma lorsqu'il m'attrapa par le coude pour que je le regarde dans les yeux.

— Recommence !

— Ne sois pas si gourmand ! Hé ! Qu'est-ce que tu… ?

Il m'avait relâchée pour se battre avec l'élastique de son pantalon qu'il tira pour libérer son érection. Il l'attrapa si fort que ses phalanges blanchirent. Sous mes yeux ahuris, il pompa une fois, deux fois, trois fois avant de se répandre sur ses doigts. Je m'éloignai rapidement.

Nous nous dévisageâmes un long moment avant qu'il se rhabille et noue de nouveau son pantalon d'une main tremblante. Il respirait si fort qu'il haletait presque. J'étais tentée de faire de même.

— Dieu m'en soit témoin, fis-je d'un air perplexe, je ne sais vraiment pas quoi te dire.

— Moi ? La question serait plutôt de savoir ce que TU m'as fait, remarqua-t-il d'un ton qui frôlait l'admiration. J'étais au bord de la dépression et voilà que tu débarques et que tu me fais penser à… tout à fait autre chose que la mort ! (Ses joues s'empourprèrent. J'entendis presque le sang s'y acheminer.) Je n'avais jamais fait ça devant qui que ce soit. Excuse-moi. Tu ne sais pas à quel point c'est étrange pour moi.

— Essaie de prendre ma place pour une journée… Enfin, je ne me plains pas. Le stade du choc passé, je me rends compte que ce n'est pas pire que ce que je t'ai fait. Merci d'avoir pris les choses en main et de ne pas avoir essayé de me sauter dessus.

— En vérité, tu n'as pas violé ce type, insista-t-il.

Son regard était d'une franchise effrayante. Je n'arrivais pas à m'en détacher.

— Si tu mords quelqu'un et qu'il veut plus, ce n'est pas du viol. Il le voulait vraiment. Non, il en avait sûrement besoin.

Je n'avais pas envie d'en parler. Être séduit par un buveur de sang au point de vouloir le sauter ne voulait pas dire que le vampire n'était pas le méchant de l'histoire. J'ai pas raison ? Bien sûr que si, comme d'habitude.

— Si tu le dis. Et si on descendait de ce toit, docteur… ?

— Marc.

— Moi, c'est Betsy.

— Betsy ?

— Ne commence pas. C'est pas ma faute si mon nom ne va pas avec mes pouvoirs démoniaques.

— Désolé. C'est juste que la liste commence à s'allonger de façon surréaliste.

— La liste ?

— Vampire, morte-vivante, citoyenne nocturne, soif démoniaque, violeuse d'hommes et… Betsy ?

— Tu as raison, acquiesçai-je. Tout ça peut paraître ridicule, mais qu'est-ce que je peux y faire ? Je n'ai pas demandé à ce que ça m'arrive. Je suis coincée. Tu peux m'appeler Elizabeth, si tu veux… même si personne ne le fait.

— Elizabeth…

— Oublie.

— Oh, allez !

— Non.

— Comme si ça pouvait être pire…

— Taylor. Elizabeth Taylor.

Il éclata de rire, comme tous ceux qui entendaient mon nom. C'est ce rire qui fit de nous des amis. Je n'avais rien à y redire.

Chapitre 13

— Tu as besoin d'un acolyte, annonça Marc alors qu'il engloutissait sa deuxième assiette d'œufs au bacon.

Pour ma part, je me contentai d'un thé au miel.

— J'en ai déjà un, répondis-je sombrement, mon amie Jessica.

— Je parle d'un dur à cuir, pas d'une secrétaire !

Je lui flanquai mon doigt sous le nez.

— Ne te moque pas des secrétaires ! Ce sont de vraies dures à cuir… Tu crois vraiment que ce sont les managers qui dirigent l'entreprise ?

— Tu en sais quelque chose ?

— C'était mon job jusqu'à la semaine dernière.

— Et après tu es morte ?

— Non, on m'a virée. C'est après que je suis morte. En fait, je devrais y retourner… Ils doivent être en train de mordre la poussière à l'heure qu'il est, fis-je avec un rire diabolique. Quand ils ont mis à la porte toute la section administrative, ils ont oublié qu'on appelait leurs clients, faisait fonctionner leurs ordinateurs, la photocopieuse, passait les commandes de matériel, mettait à jour les bases de données, organisait le budget, s'occupait d'affranchir le courrier, envoyait les chèques et des plis du jour au lendemain… Un vrai gâchis !

Je me permis un sourire revanchard avant de reprendre la conversation là où nous l'avions laissée.

— Jessica est deux fois plus intelligente que tous les occupants de cette table. Encore ? Combien d'assiettes comptes-tu manger ?

Pendant que je parlais, il avait rappelé la serveuse.

— Ces derniers temps, j'étais trop déprimé pour manger, répondit-il sur la défensive. Et après ce qui s'est passé sur le toit, je meurs de faim ! Tu es jalouse, admets-le.

— Pas faux, rétorquai-je en touillant mon thé. L'autre soir, ma mère m'a préparé mon plat préféré et j'ai tout vomi dans la salle de bains.

— Pourtant, tu peux boire… ? demanda-t-il en désignant ma boisson.

— Visiblement. Ça n'apaise pas ma soif, mais la familiarité du geste est rassurante.

— Je vois. Je reste aux urgences pour la même raison. Même si c'est déprimant et que je n'en tire aucun mérite, je sais m'y retrouver.

— Si tu es si malheureux ici, pourquoi est-ce que tu ne démissionnes pas ? Fais-toi embaucher dans une petite clinique familiale.

— Avec la conjoncture actuelle ?

— Si tu étais maçon, je comprendrais ! Mais tu es médecin. Le monde aura toujours besoin de toi.

Haussant les épaules, il observa longuement son assiette.

— Ouais, peut-être…

— Je veux dire que ça a l'air difficile. De travailler dans un hôpital pour enfants.

— C'est horrible. Tu n'imagines pas à quel point. Tu ne me croirais pas si je te racontais ce que certaines personnes leur font subir.

— Pas de détails, s'il te plaît, répondis-je aussitôt.

— Si, j'ai besoin de t'en parler ! Tu dois te nourrir après tout. Je pourrais te donner une liste de parents qui se servent de leur bébé comme cendriers ou qui brûlent le dos de leur enfant avec un fer à repasser parce qu'il a claqué la porte. Tu pourrais… tu sais. Arranger les choses.

— Comme un super-héros buveur de sang ?

J'étais horrifiée. Et intriguée. Mais surtout horrifiée.

— Tu as écouté ce que j'ai dit ? La semaine dernière, je n'étais encore qu'une secrétaire !

— Plus maintenant, fit Marc d'un air suffisant.

Après avoir retrouvé un but à sa vie, son comportement et même son odeur avaient changé. Adieu le garçon aux yeux tristes et au dos courbé. Il avait lui-même pris l'allure d'un super-héros.

— Tu m'as bien dit que tu assouvirais ta soif sur des criminels, non ? Alors pourquoi ne pas commencer par là ?

Je me contentai de secouer la tête et de remuer mon thé.

— Alors comment comptes-tu t'y prendre ? Attendre tapie dans l'ombre qu'une victime passe pour la séduire n'a pas l'air d'être ton style.

L'image me fit glousser.

— Autre chose : les vampires ne gloussent pas.

— Eh bien, moi si. Et avant que j'oublie…

Je l'attrapai soudain pour l'attirer à moi et le regarder dans les yeux. Il était grand temps d'utiliser mon sex-appeal de vampire pour la bonne cause.

— Je suis contente que tu te sentes mieux, mais si tu devais faire une rechute, Tu. Ne. Te. Suicideras. Pas.

Compris ? (Je m'interrompis, avant d'ajouter pour la forme :) Je te l'ordonne.

Il me rendit mon regard. La lumière intense du café avait réduit ses pupilles à l'état de points.

— Je ferais… Comme. Bon. Me. Semble. Bordel ! Merci quand même.

J'intensifiai mon regard. *Allez, petit pouvoir vampirique, tu peux le faire !*

— Ne. Te. Suicide. Pas.

— Pourquoi. Est-ce que. Tu parles. Comme ça ?

Je relâchai ses mains d'un air dégoûté.

— C'est pas vrai ! Je mène tous les hommes par le bout du nez depuis que je suis morte ! Même si c'était déjà le cas au lycée… Alors pourquoi est-ce que ça ne marche pas sur toi ? C'est quoi, ton problème ?

— Merci d'avoir l'air aussi dégoûté ! Pour répondre à ta question, je n'en ai pas la moindre idée. Je…

Soudain, sa mâchoire tomba et j'entendis presque son Q.I. dégringoler. Il regardait derrière moi d'un air rêveur. Quand je me retournai pour voir de quoi il s'agissait, je faillis tomber de mon siège. Le psychopathe du cimetière se tenait dans l'entrée du café, les yeux fixés sur moi. Je remarquai avec fierté qu'il était complètement décoiffé. En revanche, je ne voyais pas son dos, mais il sentait le coton brûlé. Parfait !

— Oh ! mon Dieu ! s'extasia Marc. Qui est-ce ?

— Un sale con, marmonnai-je en lui tournant le dos.

Je touillai mon thé si fort que j'éclaboussai ma main de liquide brûlant. Je ne sentis rien du tout.

— Il vient par ici ! fit Marc d'un air excité. Oh ! mon Dieu, oh ! mon Dieu, oh ! mon Dieu !

— Reprends-toi, tu veux ? rétorquai-je sèchement. Tu es pire qu'une midinette ! Ah ! c'était donc ça ! (J'avais toujours été un peu longue à la détente.) Tu es gay !

Quand tous les visages se tournèrent vers nous, je me rendis compte que j'avais crié. Ou alors ils observaient M. Danger qui se rapprochait de nous.

— Sans blague. Non, tu crois ?

— Quoi ? Comment est-ce que j'étais censée le savoir ? Je pensais que tu étais hétéro, moi !

— Parce que tu l'es.

Le regard planté derrière moi, il essayait de recoiffer ses cheveux si courts qu'ils ne bougeaient pas d'un millimètre.

— Moi, je pars du principe que tout le monde est gay.

— Statistiquement parlant, c'est idiot.

— Je refuse d'être insulté par une enfant du démon... Saluuut ! minauda-t-il, au moment où je sentis un poids sur mon épaule : la main de M. Connard.

La repoussant, je résistai à l'envie de la mordre comme un coyote enragé.

— Bonsoir, nous salua le sale type.

Comme si ça ne suffisait pas, il avait aussi une voix de baryton à tomber par terre.

— Va te faire voir, répondis-je chaudement.

Il se glissa sur le banc à côté de Marc. Quand j'entendis un hoquet de surprise, je crus qu'il allait s'évanouir.

— Comme on se retrouve...

— Ouais, youpi !

— Je ne crois pas que nous ayons été officiellement présentés.

— J'allais le faire quand tu as décidé de fourrer tes doigts dans ma bouche.

J'étais tentée de lui jeter mon thé au visage, mais il aurait été capable de se servir de Marc comme bouclier, ce cave.

— Ah ! En effet. Je m'appelle Sinclair. Et tu es…

— Très remontée contre toi !

— C'est ton nom de famille ?

Marc éclata de rire face à un Sinclair tout sourires.

— Un ami à toi ?

— Ça ne te regarde pas.

— Elle m'a empêché de sauter du cinquième étage, répondit Marc à mon nouvel ennemi juré. On s'est installés ici pour fomenter un plan contre les parents qui maltraitent leurs enfants.

— Même pas vrai !

— Si, c'est vrai !

Les narines de Sinclair se dilatèrent, puis il se pencha vers Marc pour examiner sa nuque. Il n'y avait plus de traces de morsure. À la place, un bleu commençait à se former. Il releva la tête vers moi.

— Tu t'es nourri de cet homme ?

Je rougis. Ou du moins, j'en eus l'impression. Je ne savais pas si j'en étais encore capable.

— Encore une fois : ça ne te regarde pas.

Alors qu'il tapotait la table, je dus me faire violence pour détourner le regard de ses looongs doigts fins. Je sentais presque leur puissance irradier de la table.

— Intéressant. Et vous voilà tous les deux ici. Hmm…

— Vous voulez vous joindre à nous ? proposa Marc. (Aucun des deux ne prêta attention à mon grognement menaçant.) Vous prendrez bien un café ou quelque chose ?

— Je ne bois pas… de café.

— Oh ! très drôle ! le coupai-je. Qu'est-ce que tu fais ici Saint Clair ? Si c'est pour la note du teinturier, tu peux aller te faire voir. Tu l'as bien mérité.

— C'est juste.

Son regard était froid. Ses yeux noirs ne quittaient pas les miens. L'éclate totale, quoi.

— On en reparlera plus tard. Je suis là pour ton propre bien, ma douce.

— Ne m'appelle pas comme ça.

— Moi, en revanche, tu peux m'appeler comme tu veux, intervint Marc.

— Après ce que tu as fait ce soir, Nostro veut ta tête. Le vampire qui la lui apportera sera richement récompensé.

— C'est qui, ce Noséeux à la noix ?

— Nostro. C'est un… je suppose que tu peux le considérer comme un chef de clan. Parfois, souvent même, les vampires se regroupent. Le plus fort prend alors le commandement.

— Pourquoi font-ils une chose pareille ? râlai-je. Pourquoi ne reprennent-ils pas leur vie comme tout le monde ?

— Parce qu'ils n'y sont pas autorisés ! Les vampires sont obligés de choisir un camp.

— Personne ne m'a forcée à faire quoi que ce soit.

— On en reparlera plus tard…

— Quoi ?

— Pour répondre à ta question, les vampires se rassemblent pour leur propre sécurité. Pour se protéger.

— Si je comprends bien, Nostruc est vexé parce que je n'ai pas joué le jeu ?

— Et parce que tu as osé lui rire au nez lorsqu'il t'a défiée.

Marc, qui suivait avidement notre conversation, me dévisagea.

— Le chef des vampires t'a demandé de faire quelque chose et tu t'es moquée de lui ?

— Pendant un bon bout de temps, ajouta Sinclair.

— Betsy ! Il aurait pu s'en prendre à toi ! Tu as de la chance d'être encore parmi nous.

— Il lui a infligé le pire châtiment pour un vampire et, pourtant, ça ne l'a pas empêchée de rire. (Une pause.) « Betsy » ?

— Oui. Betsy. Un problème ?

— Je n'oserais pas.

Était-ce un sourire moqueur que ce salaud essayait de cacher ? Quand il releva la tête pour croiser mon regard, son visage était dénué d'expression. Sûrement mon imagination.

— Tu es venu chercher ma tête pour la ramener à Nostruc ?

— Nostro. Et non, ce n'est pas mon intention. Tu es bien trop jolie pour que l'on te coupe la tête.

— Attends, je dois aller vomir. Nostro, c'est le diminutif de « Nostrodamus » ? Ce petit gars dodu aurait aussi peu d'imagination ?

— Oui et oui, répondit Sinclair, l'air affligé.

— Beurk !

— Nous sommes d'accord.

— Alors pourquoi es-tu là, *Saint Clair* ?

— Sinclair. Et je pensais que la réponse serait évidente, même pour toi…

— Hé !

— Tu es nouvelle parmi nous et, visiblement, tu arrives à te mettre en danger toute seule. Tu ne connais pas nos règles. Ça ne fait pas soixante-douze heures que tu t'es relevée et, pourtant, ta tête est déjà mise à prix. Bien joué, au fait. Je vais te prendre sous ma protection.

— Et en contrepartie… ?

Je ne voulais pas avoir l'air ingrat, mais je ne pouvais pas m'en empêcher. Je n'avais pas confiance en lui. Après tout, il m'avait jeté la première pierre… et moi, je l'avais jeté sur la deuxième. Il fallait vraiment que j'arrête les jeux de mots !

— Je veux dire que je doute que tu fasses tout ça par simple gentillesse.

— En contrepartie, nous découvrirons pourquoi tu es différente de nous. L'eau bénite aurait dû te mettre à l'agonie. Au lieu de ça, tu as juste éternué. Une fois que j'aurai compris…

— Non merci.

Il y eut un long silence. Visiblement, il s'attendait à tout sauf à un refus. Ooooh ! pauvre chou !

— Vraiment, j'insiste.

— Ça m'est égal ! Tu n'es pas mon père… même si tu es probablement assez vieux et bizarre pour l'être.

— Quel âge as-tu ? s'enquit Marc.

Sinclair daigna lui adresser un regard.

— Je suis né le jour où la Seconde Guerre mondiale a débuté.

L'horreur de la situation me fit hoqueter. J'étais attirée par un fossile ! À vrai dire, ce n'était pas tout à fait ma faute… Sinclair avait l'air d'avoir une trentaine d'années. Aucun cheveu blanc, aucune ride autour de ses yeux indéchiffrables.

— Baaaaah ! Ça te fait quoi ? Quatre-vingt-dix ans ? Est-ce que tu portes un corset sous ton costume ?

— Tu es la femme la plus fière, ignorante, vaniteuse…

— Il a la soixantaine, le coupa Marc. Du calme, vous deux. Je ne tiens pas à me retrouver au milieu d'une bagarre de vampires.

— Tu as raison. Endors-toi.

— Mais je ne suis pas… Zzzzzz.

Je tendis la main sur la table pour éviter que Marc se cogne la tête. Puis, je la retirai doucement et me tournai vers Sinclair d'un air furieux.

— Pourquoi as-tu fait ça ?

Et surtout : comment ? Je voulais essayer avec ma belle-monstre !

Il me rendit mon regard avec la froideur d'un bébé allongé sur un lit de glace.

— Il n'aurait pas dû en entendre autant sur nous. C'est un sujet dont je dois te parler. Est-il exact que tu as annoncé à ta famille que tu étais encore en vie ?

— Je ne suis plus en vie et ce ne sont pas tes affaires. Comment le sais-tu ?

Il éluda ma question.

— Tu n'aurais pas dû faire une chose pareille ! Tu mets en danger ceux que tu essaies de protéger.

— Ah oui ? Qu'est-ce que tu en sais ?

— Eh bien, je…

— Pas la peine de répondre, expliquai-je. C'était rhétorique.

— Pardon.

— Autre chose : on t'a déjà dit que tu parlais trop poliment ? T'oublies jamais aucune négation ! C'est comme ça qu'on parlait pendant la seconde guéguerre ?

— On t'a déjà dit que tu te déconcentres facilement ?

— Bien sûr ! répondis-je avant d'avaler mon thé d'un trait et de reposer lourdement la tasse. (Aucune réaction. Marc continua à ronfler.) Écoute-moi bien. Je n'apprécie pas qu'on me touche sans mon autorisation et encore moins qu'on me fourre ses doigts dans la bouche…

— Je serais tenté de mettre autre chose dans ta bouche, rétorqua-t-il d'une voix satinée.

— Ferme-la ! J'apprécie pas que tu me suives, ni que tu endormes mes amis !

— Ce n'est pas ton ami. Tu viens de le rencontrer ce soir.

— Je ne le connais pas depuis longtemps, certes, mais c'est un ami quand même, OK ? Encore une fois : mêle-toi de ce qui te regarde ! Casse-toi maintenant. Je peux prendre soin de moi, je n'ai pas besoin de toi, je n'ai pas envie de toi…

— Mensonges.

Même si ces insinuations réveillèrent des papillons dans mon ventre, je ne pus m'empêcher de foncer dans la mêlée la tête la première.

— Et laissez-moi en dehors de vos chamailleries de vampires. C'est pas parce que je suis morte que je dois me pourrir la vie. (Sinclair eut l'air de vouloir m'interrompre, mais je ne lui en laissai pas le temps.) OK, je l'admets, j'ai dit à ma famille que je n'étais pas morte, content ? Pourquoi est-ce que je m'en serais privée ? C'est pas comme s'ils allaient m'enfoncer un pieu dans le cœur en pleine nuit… pas mes parents en tout cas. J'essaie de m'adapter à la situation du mieux que je peux et je ne compte pas m'associer avec une bande de losers morts-vivants. Alors arrête de me suivre et de m'emmerder !

— Tu as fini ?

— Hmm… Laisse-moi réfléchir… Je peux prendre soin de moi… Je le dis à qui je veux… losers morts-vivants… Arrête de m'emmerder. Oui, on a fait le tour.

— Nous en reparlerons. Tu auras bientôt besoin de mon aide, Mademoiselle Solitaire. Alors, je te l'offrirai avec joie. Je ne suis pas rancunier, me dit-il en souriant.

Le tableau était effrayant : dents blanches et yeux brillants. Ses canines mesuraient au moins deux centimètres de long ! Comment avait-il fait ça ? Personne ne saignait dans le coin…

— Si tu me promets de me laisser mettre quelque chose dans ta bouche, bien sûr…

— Beurk !

— Bonne nuit.

Et « pouf », il avait disparu… ou avait bougé si vite que je ne l'avais pas remarqué. Dans tous les cas, le Houdini des cimetières m'avait abandonnée, tremblante de colère et – sauvez-moi – de désir. Marc bavait paisiblement sur la table en Formica.

Chapitre 14

Les quelques jours suivants se déroulèrent sans surprise, au grand dam de Jessica, ma vieille épine dans le pied, et de Marc, la nouvelle. L'excitation de mon retour d'entre les morts était retombée. Les vampires me laissaient tranquille. Mes relations avec ma belle-mère et mon père n'avaient pas bougé d'un poil. (Elle faisait comme si je n'existais pas. Il m'envoyait des chèques.) Et tout ça était trop banal pour mes potes. Pour ma part, ça me convenait parfaitement.

Quand je les avais présentés l'un à l'autre, ils avaient passé une heure à se disputer avant de décider de me partager. Je ne m'en mêlais pas. Du moment qu'ils ne se battaient pas, leurs arrangements ne m'intéressaient pas.

Jessica se sentait menacée chaque fois que je me faisais de nouveaux amis. J'avais bien essayé de lui expliquer que non, je n'aimais pas tous mes amis de la même façon et qu'elle serait ma préférée pour l'éternité, amen, mais ça tombait toujours dans l'oreille d'une sourde. Et c'était complètement à sens unique : Jessica avait une quantité astronomique d'amis dans la société, qui ne m'auraient même pas reconnue si je leur étais rentrée dedans. Et ça me convenait très bien. Comme le disait si bien Michael Crichton dans *Jurassic Park* : « Chez les gens riches, la connerie, c'est de naissance. »

En revanche, le docteur Marc Spangler, malgré son nouveau but dans la vie (à savoir une conspiration contre les parents abusifs) était encore fragile et je ne tenais pas à ce qu'on lui dise ou fasse quelque chose qui pourrait lui donner envie de remonter sur un toit. Il s'était installé chez moi en attendant de trouver un nouvel appartement. Ça nous arrangeait tous les deux : j'avais besoin d'un colocataire pour veiller sur moi pendant la journée et lui d'un lit.

Avant de mourir, je n'aurais jamais fait une chose pareille. L'envie ne me manquait pas, mais je n'aurais pas osé. Après tout, on ne connaît jamais tout à fait une personne, ce qui se cache derrière son sourire ou dans son cœur. Maintenant, en plus de ma soif sanguinaire, je possédais un très bon radar. Je savais que Marc était un type bien.

Pour tout vous dire, je n'ai jamais aimé vivre seule. C'est pour ça que je suis allée chercher Giselle au refuge. J'avais regardé trop de mauvais films d'horreur et étais restée éveillée toute la nuit, sursautant au moindre bruit. Ce qui me terrifiait le plus, c'étaient les zombies. Après avoir vu *Resident Evil*, j'avais fait des cauchemars pendant une semaine. Ironie du sort, je faisais maintenant partie de la catégorie des monstres invincibles. Mais je n'avais pas appris à aimer vivre seule pour autant.

Jessica avait râlé, mais avait arrêté lorsque je lui avais parlé de mon radar vampire. J'avais été très franche avec Marc dès sa première nuit dans la maison.

— Je dois t'avouer que je suis inquiète à ton sujet.

— Pour moi ? Pourquoi ? (Il était en train de beurrer un croissant, comme si ce n'était pas déjà assez gras comme ça !) Je pensais que tu avais bien d'autres choses en tête que ma petite personne.

Il cligna des yeux de manière innocente avant d'avaler son croissant en une seule bouchée.

— Je n'ai pas grand-chose à penser, ces derniers temps. Et non, je ne tends pas la perche, ajoutai-je alors qu'il ouvrait une bouche pleine de viennoiserie. C'est juste que… j'ai peur de te tourner le dos et de te retrouver prêt à sauter d'un toit en moins de deux.

— Ça n'arrivera pas, répondit-il d'un air confiant en postillonnant légèrement.

Je retirai les miettes de mes cheveux.

— Comment peux-tu en être si sûr ?

— Parce que j'ai des troubles de l'anxiété, pas des tendances suicidaires. Les gens comme moi n'arrivent pas à se suicider. La mort nous cause trop d'anxiété.

L'absurdité de cette phrase me frappa au visage. J'éclatai aussitôt de rire. Marc se contenta de sourire en engouffrant le reste de ses croissants.

Nous étions tous les trois en phase d'adaptation et je faisais l'effort de garder un équilibre entre mes relations avec Jessica et lui. C'était donc pour faire plaisir à ces deux névrosés que je me retrouvai à minuit sonnant dans une salle d'examen privée du centre hospitalier de Minneapolis au lieu de faire les soldes nocturnes sur les chaussures.

— C'est bien parce que c'est toi ! avais-je dit à Jessica. Et toi, je suppose, avais-je ajouté à l'attention de Marc.

Ils étaient tombés d'accord sur un point : comme je ne correspondais pas aux critères du vampire de base, il fallait en découvrir davantage sur mon métabolisme. Marc voulait créer une base de données – allez savoir ce que c'est. Jessica, elle, était simplement curieuse comme une fouine. Alors Marc nous avait trouvé une salle libre à l'hôpital et nous avions commencé les examens.

— Je vous préviens, je ne compte pas enlever mes vêtements.

Marc leva les yeux au ciel.

— Quel dommage ! Pas de sensations fortes pour moi, ce soir !

— Pour moi non plus, rétorqua Jessica. Cette fille a la couleur d'un ventre de crapaud et elle a bien besoin de couvrir ses racines.

— Même pas vrai ! m'exclamai-je, choquée. Je m'en suis occupée deux semaines avant ma mort. Mes racines sont impeccables.

— Je me demande ce qui se passerait si tu te coupais les cheveux, s'interrogea Marc en me glissant un thermomètre sous la langue. Resteraient-ils courts pour l'éternité ? Repousseraient-ils ? En seraient-ils seulement capables ? Est-ce qu'ils réapparaîtraient mystérieusement la nuit suivante ?

Il observait ma crinière avec tant de concentration que je me penchai le plus loin possible sans tomber de la table.

— Alors comme ça, ce Sinclair… il veut te prendre sous son aile ? demanda Jessica.

Elle s'amusait à traverser la pièce sur le fauteuil du médecin. Elle s'élançait vers un mur, cognait dedans et rebondissait de l'autre côté. Marc semblait habitué aux comportements étranges durant les examens, mais, moi, ça me rendait claustrophobe. Elle avait officiellement arrêté de porter le deuil. Ce soir-là, elle avait revêtu un tee-shirt jaune par-dessus un legging vert avec un imperméable saumon et des ballerines vertes.

— Il veut t'apprendre la vie vampirique ?

— Mon Dieu, il est tellement sexy ! marmonna Marc. (À l'inverse, il ressemblait à un tas de guenilles avec son jean troué et son tee-shirt délavé qui disait « Crève, Ève ». Un choix plus que douteux pour un docteur.) Incroyablement appétissant. Ah ! ça oui !

Après avoir observé le thermomètre, il le secoua et le fourra de nouveau dans ma bouche.

— Au fait, j'ai testé tous les équipements avant que vous arriviez. Je voulais être sûr qu'ils fonctionnent.

— En supposant que toi, tu fonctionnes normalement, remarqua Jessica avec un sourire moqueur.

— Personne ne t'a sonnée, Pleine-aux-as ! Où en étais-je ? Ah ! oui ! Sinclair. Si tu le voyais, Jessica ! Il ressemble au prince des ténèbres croisé avec un matador. J'étais en nage rien qu'en le regardant.

— Waouh, fit Jessica, impressionnée. Un cul blanc, je suppose ?

— Tu supposes bien, et n'oublie pas de dire qu'il est centenaire, me moquai-je.

— Soixante-trois ans. Dis-toi qu'il a une grande expérience et qu'il a eu le temps de tester toutes les positions possibles et imaginables. Ajoute à ça un corps athlétique, ferme et éternellement jeune... Et si je n'arrête pas d'y penser tout de suite, je vais devoir m'asseoir.

— Pitié...

Je n'avais pas envisagé la chose sous cet angle : une longue expérience, sans l'inconvénient d'un corps tout décrépi.

— De toute façon, j'en ai rien à carrer de ce que veut Sinclair. Je n'ai pas l'intention de tremper dans la politique vampirocrate. Je m'occupe de mes affaires et il ferait mieux d'en faire autant.

— Ou tu lui feras encore traverser une croix en pierre ? rétorqua Jessica. Je regrette d'avoir raté ça !

— Il n'y a pas de quoi, marmonnai-je. C'était stupide et effrayant. Si toutes les communautés vampires ressemblent à celle-là, je ne veux pas en entendre parler. Je n'y suis pas retournée et je n'ai pas l'intention de le faire. C'était affligeant et effrayant. Pas un mélange des plus propices.

Pendant ce temps, Marc me tendit un verre en plastique.

— Remplis-moi ça.

Je l'observai bêtement.

— Euh, je ne peux pas.

— Ne t'inquiète pas, tu peux aller dans…

— Non, je ne peux vraiment pas ! Je ne suis pas allée aux toilettes depuis que je suis morte.

— Oh ! Très bien.

Visiblement, ça ne l'était pas. Secoué, Marc passa à la suite de l'examen.

— Pense aux économies que tu vas faire sur le papier toilette ! s'enthousiasma Jessica.

— Merci, je me sens beaucoup mieux, raillai-je.

Marc glissa son stéthoscope sous mon tee-shirt.

— Respire profondément.

— Euh…

— Essaie, au moins ! lança-t-il d'un air exaspéré.

— Hé ! Parle-moi sur un autre ton ! C'est pas comme ça que je comptais passer ma soirée, figure-toi !

— On se calme, les enfants. C'est la première fois que Marc examine une morte qui parle, ne sois pas sévère.

— Piiitiiié !

— Essaie, répéta Marc.

Je m'exécutai… et faillis m'évanouir. En sentant l'air s'échapper de mes poumons, je manquai vomir.

— Doucement, doucement.

— Doucement toi-même ! (Je croisai les bras sur ma poitrine de manière défensive.) J'espère que tu as trouvé ce que tu cherchais parce que j'ai assez respiré pour aujourd'hui.

Il observait déjà mes yeux à l'aide d'une petite lampe.

— Hmm hmm…, fit-il d'une voix propre aux médecins. Hmm hmm.

Il recula pour éteindre la lumière… Aucun problème. Je voyais comme en plein jour. Il examina de nouveau mes pupilles.

— Merde !

J'entendis sa loupiotte tomber à terre.

— Quoi ? Quelque chose ne va pas ?

— Non, non.

Il examina le sol à tâtons. Comme il n'y avait aucune fenêtre dans cette antichambre de l'enfer, il devait faire très sombre. Jessica se tenait immobile de peur de se cogner contre un meuble. Marc continuait sa recherche. Si je ne leur disais rien et qu'ils finissaient par se rentrer dedans, ça pourrait être drôle.

— À dix centimètres de ta main gauche, dis-je finalement.

Il saisit l'objet avant de rallumer la lumière et de reprendre son examen.

— Ouvre grand, me demanda-t-il d'un air faussement enjoué. Montre-les-moi.

— Quoi ?

— Tes canines. Allez, sors-les !

Je clignai des yeux pendant que Jessica se rapprochait, intéressée par l'affaire.

— Je ne peux pas.

— Bien sûr que si ! Tu es une créature nocturne de la nuit.

— « Une créature nocturne de la nuit » ? releva Jessica.

— La ferme. Allez, Bets ! Je veux les comparer à tes autres dents.

Je me concentrai, laissai échapper un ou deux grognements. Rien.

— Je vous l'avais dit. Je ne peux pas.

— Essaie encore. Pense à du sang !

— Penses-y toi-même ! rétorquai-je, énervée. Je te le répète une dernière fois : je suis incapable de faire sortir mes canines toute seule ! Peut-être que j'y arriverai avec un peu plus d'expérience, mais pas cette semaine en tout cas.

Je l'attrapai par le bras avant qu'il ait pu s'éloigner de la table. Je savais très bien à quoi il pensait. Laissez-moi vous expliquer… Je ne lis pas vraiment dans les pensées. Je me contente d'observer le langage corporel et de déduire ce qui va se passer. Encore une technique vampirique bien utile !

— Et ne t'entaille pas exprès pour me faire réagir. Ma patience à des limites.

— OK, OK. Du calme.

Quand je le relâchai, je me rendis compte que je lui avais laissé la marque de mes doigts sur le bras. Il se massa le poignet avec un regard assassin.

— Putain, tu sers aussi fort qu'un anaconda ! Tu peux me laisser finir maintenant ?

— Comme si c'était mon idée…

Après vingt minutes de prise de bec, Marc avait enfin fini. Je fis semblant de ne pas remarquer la façon dont il me regardait. Il avait bien réagi lorsqu'il m'avait vue escalader un immeuble de cinq étages, qu'il m'avait servi de dîner ou emménagé chez moi, pourtant, le scientifique en lui se trouvait à présent face à des preuves indéniables. Il semblait secoué.

— Alors, docteur ? Est-ce qu'elle va vivre ? plaisanta Jessica.

— Eh bien, fit-il en s'éclaircissant la voix. Tu as une pression artérielle de cinq, ton réflexe de Babinski est inexistant, ta température corporelle ne dépasse pas les vingt-sept degrés, c'est pour ça que c'est déstabilisant de te serrer la main, ta respiration est de trois et tes battements de cœur de six. Rien de tout ça n'est viable.

— Wouah ! s'exclama Jessica, impressionnée. Tu entends ça ? Tu n'es pas viable !

— Et moi qui pensais que la seule chose avec laquelle je n'étais pas compatible, c'était le rose.

— Ça veut dire que tu vas devoir surveiller tes arrières, Bets, me prévint-il. Si quelqu'un panique en te trouvant dans la journée et appelle une ambulance, un médecin te déclarera morte et on te renverra illico à la morgue.

Jessica m'observait intensément.

— Tu ne respires que trois fois par minute ?

— Apparemment, répondis-je sur la défensive. Je n'y ai pas réfléchi. Et toi ? Tu te rends compte que tu respires ? Quand tu n'es pas enrhumée, bien sûr ?

— Au moins, tu n'as pas la peau moite, ajouta-t-elle pour se racheter. Quand on te touche, c'est aussi rafraîchissant que de se mettre à l'ombre.

— Merci... Sauf pour cette histoire d'ombre.

— Mais, reprit Marc, même si tes signes vitaux sont incompatibles avec la vie, tu es super forte, tu possèdes une agilité surhumaine et tu suis un régime à base de liquide. Et tu as toujours un PERRLA…

— En français, blanc-bec, intervint Jessica.

— Pupilles Égales et Rondes, Réaction à la Lumière et Accommodation normales.

— J'aurais dû étudier la médecine. En mettant de côté les maths, bien sûr !

— Tes pupilles fonctionnent deux fois mieux qu'une personne normale maintenant. Je n'ai jamais rien vu de tel.

— Qu'est-ce que tu veux que je te dise ? J'ai toujours été à part.

— Oui, acquiesça Jessica d'un air mielleux. Tu as même des jeux Olympiques rien que pour toi !

Marc ne nous prêta aucune attention.

— J'ai noté très peu d'activités au niveau cellulaire. Tu as arrêté de vieillir. Et d'excréter. Tu dis ne pas être allée aux toilettes depuis ta mort, ce qui n'a aucun sens étant donné que tu bois du liquide toute la journée, que tu ne transpires pas et que tu ne pleures pas.

— « She's a Barbie Girl in a Barbie wooorld », chantonna Jessica.

— Et Jessica dit que tu ne peux pas boire de sang en poche.

Il se tapotait les dents avec son stéthoscope pendant qu'il pensait à voix haute. Beurk ! J'espérais qu'il le ferait tremper dans l'alcool avant de l'apposer sur la peau d'un nouveau patient ignorant.

— Il doit y avoir un élément du sang frais – enfin, vivant – qui t'aide à survivre. Les électrolytes peut-être ?

L'énergie à l'état pur qui se trouve dans les cellules vivantes ? Je me demande si tu exploites le…

— La science ne peut pas tout expliquer, coupa Jessica. Ça doit être une connerie mystique.

J'éclatai de rire.

— Une connerie mystique ? C'est un terme technique, ça ?

Après avoir enfilé nos manteaux et éteint les lumières, nous nous faufilâmes par la porte de derrière le plus silencieusement possible. Marc ne travaillait pas ce soir-là et il n'avait pas envie d'expliquer pourquoi il avait emmené une morte ambulante dans sa salle d'examen.

— Je ne sais pas. Je n'y ai jamais cru. Jamais… putain, je ne lis même pas de science-fiction ! En revanche, j'ai vu tellement de choses dans cet hôpital que je peux t'affirmer que notre espèce sait s'adapter. Nous sommes capables de survivre à des situations qui anéantiraient n'importe quoi.

— Ah oui ? rétorquai-je, pas impressionnée pour un sou.

— Crois-moi. J'ai vu des gamins arriver aux urgences avec des barres qui leur traversaient le crâne. Et le jour suivant, ils mangeaient un énorme petit déjeuner et réclamaient des bonbons. C'est incroyable et complètement imprévisible. C'est pour ça que je suis persuadé qu'il existe une explication à… ce que tu es devenue. Peut-être qu'il s'agit d'une mutation. Peut-être que le mot « vampire » désigne en fait…

— Un monstre dégénéré ? C'est rassurant, merci.

— Imaginez un peu l'essai que je pourrais écrire là-dessus ! dit-il avec des yeux qui brillaient d'un fanatisme effrayant. Je deviendrais célèbre… jusqu'à ce qu'ils m'enferment dans le département de psychiatrie pour m'initier pendant un an à la purée d'abricots et à la peinture aux doigts.

On éclata de rire. Une fois la porte refermée derrière nous, nous empruntâmes la ruelle qui menait à la route principale. Au même moment, l'enfer s'abattit sur nous.

Je sentis qu'il y avait un problème avant Jessica et Marc. Ils ne s'aperçurent de rien jusqu'à ce que cette garce se jette sur nous. Mais je ne réagis pas assez rapidement. Je vis une image floue, puis une petite femme aux yeux les plus bleus que j'avais jamais vus s'empara de Marc. Le bras enroulé autour de sa gorge, elle le baissa jusqu'à sa bouche. Jessica, elle, était allongée dans la neige. La naine l'avait, au passage, jetée contre le mur pour l'assommer.

— Voici donc la fameuse Betsy, ronronna-t-elle.

Elle ne devait pas mesurer plus d'un mètre cinquante-cinq et peser quarante kilos. Pourtant, elle semblait aussi forte qu'un taureau sous stéroïdes. Son visage n'avait rien d'extraordinaire, vraiment banal : un nez des plus classiques, un menton à peine proéminent, un front court. Toutefois, ses yeux étaient aussi étonnants que jolis : grands, de la couleur d'un ciel de printemps, ils étaient bordés de longs cils charbonneux. Je vis ses canines s'allonger dans l'obscurité.

— Nous nous rencontrons enfin.

Pas la trace d'un zézaiement. Garce.

— Une amie à toi ? gargouilla Marc.

Le souffle court, il était tellement tiré en arrière qu'il semblait observer les étoiles. Je me rendis compte qu'il avait la chair de poule. Il avait la trouille, pourtant le ton de sa voix ne le trahissait pas : désinvolte, serein.

J'étais vraiment très fière de lui. Honnêtement, jusqu'à cet instant, je ne l'aurais pas cru aussi courageux.

— Peut-être une ancienne – grrrgl – de l'école ?

— Je ne l'ai jamais vue. Écoute, Schtroumpfette, tu vas gentiment lâcher mon copain avant que je te foute une croix dans le cul, compris ?

En réponse, elle se contenta de rire et de resserrer sa prise. Marc hoqueta de surprise, mais demeura silencieux. Quand elle fit courir sa langue dans son cou, il frissonna tout en se rapprochant d'elle.

— Oh ! oh ! Je vois que tu l'as goûté... Pas étonnant que tu le gardes près de toi.

— C'est mon repas. Va t'en trouver un autre ailleurs !

Alors que j'avançais, elle le mordit sauvagement. Rien à voir avec mon hésitation ou mon attention. Elle arracha même un bout de chair qu'elle recracha avant de laper le sang qui s'écoulait de la plaie comme un chien assoiffé un jour de canicule.

Le cri de Marc se perdit dans la nuit.

Je décidai de l'imiter.

— Arrête ça tout de suite !

La brutalité de l'attaque me donnait le tournis. Nous venions juste de sortir de l'immeuble, bon sang ! Même la réunion du cimetière ne m'avait pas autant effrayée !

— Arrête ça, OK ? Qu'est-ce que tu veux ?

Elle cessa de boire. Ses pupilles étaient affreusement dilatées. Était-ce ce que Marc avait voulu dire plus tôt ? Je repoussai l'idée pour me concentrer sur la situation actuelle.

— Toi, bien sûr. Mon maître réclame ta présence.

— Nonos ?

Ses narines se dilatèrent de fureur. Le sang brillait sur son menton… et pour tout vous dire, je me retins de le lécher. Je sais, c'est dégoûtant. Je sentis mes canines s'allonger, remplir ma bouche. J'avais tellement honte que je ne pouvais pas regarder Marc.

— Nonos ? C'est censé être une blague ?

— Non ! Ve fuis vufte nulle pour retenir les noms.

— Qu'est-ce qui ne va pas avec ta voix ?

— T'inquiète pas pour fa. Qu'est-fe que tu divais fur ton maître ?

— Nostro requiert ta présence. Il m'a autorisée à utiliser n'importe quel moyen pour attirer ton attention. Maintenant, je vais…

— OK.

Elle se figea.

— Quoi ?

— OK : je te suis. Autant se mettre en route tout de suite. Mais d'abord, relâche-le.

— Tu n'as pas intérêt, rétorqua Marc en direction du ciel.

— Marc, ta gueule.

— Ne disparais pas avec cette garce, Betsy. C'est une très, très mauvaise idée.

— Marc !

— Oui, Marc, ajouta-t-elle en lui serrant si fort ses côtes que je crus les entendre se fêler. (Ou peut-être était-ce un gémissement.) Ferme-la.

Elle réfléchit un instant. Visiblement, elle s'était attendue à plus de résistance de ma part.

— C'est d'accord.

Au bout d'une demi-heure, ou du moins j'en eus l'impression, elle relâcha enfin Marc qui faillit se casser quelque chose en s'éloignant d'elle. Il accourut immédiatement aux côtés de Jessica, s'agenouilla et chercha son pouls.

— Très bien. Suis-moi à présent.

— Marc. (Mes canines se rétractaient, Dieu merci.) Tu as trouvé son pouls ?

Tremblant d'adrénaline, il releva la tête vers moi. Il avait les yeux écarquillés et toute couleur avait fui son visage.

— Oui, je pense qu'elle va bien. Elle a simplement perdu connaissance.

Félicitations, demi-portion. Tu as gagné le droit de vivre une heure de plus.

— OK. Emmène-la aux urgences. Fais en sorte qu'on l'examine et qu'on regarde aussi ton cou. Désolée.

— C'est pas ta faute. Je trouverai une excuse. Je leur dirai qu'on a été attaqués par des voleurs ou quelque chose dans le genre.

— Je suis désolée, répétai-je en m'éloignant de la ruelle. (La naine nous observait d'un air méprisant.) À tout à l'heure.

— Rien n'est moins sûr, rétorqua-t-elle.

— Ferme ta gueule, sale chienne !

C'était la première fois que je me servais de cette insulte à voix haute. Je ne pouvais pas m'en empêcher : il lui allait à merveille. Son expression choquée (comme si je l'avais frappée en plein visage – dans un sens, c'était le cas, mais avec des mots au lieu de mes poings) me remonta légèrement le moral par rapport à ce qu'elle avait fait à mes potes. *Crois-moi, l'amie, t'as pas intérêt à baisser ta garde.*

Toutefois, elle n'était qu'un messager, un soldat. C'était Nostro qui l'avait envoyée en lui donnant l'ordre de tout faire pour m'amener à lui. Je devais d'abord mettre les choses au point avec lui.

Chapitre 15

— Mon maître va te…

— La ferme.

— Tu n'es pas autorisée à…

— La ferme.

Quand elle se tourna vers moi, ses yeux prirent la couleur du ciel au crépuscule.

— Crois-moi, tu ne tiens pas à te mesurer à moi, Betsy…

Ooooh ! Des yeux qui changent de couleur quand elle s'énerve ! Vraiment terrifiant !

— Tu veux parier ? Je t'attends, grosse vache ! Voyons comment tu t'en sors quand tu ne te caches pas derrière un de mes amis !

Je sus que j'avais réussi à exprimer toute ma rage quand elle hésita. Puis, elle croisa les bras dans une imitation remarquable de celle qui n'a peur de rien, se rassit normalement et regarda le paysage défiler à travers la fenêtre de la limousine.

Et oui, je me trouvais de nouveau à bord de la limo de Noséeux. Elle attendait à la sortie de la ruelle comme un présage mortel polluant. Pour m'amuser, j'avais arraché l'antenne radio et avais frappé la naine avec. Elle l'avait évitée de justesse. Silencieux, le chauffeur s'était contenté de m'ouvrir la portière.

— Je m'appelle Shanara.

— Ferme-la. (Je farfouillai dans mes poches. Saleté de pantalon en lin ! Il allait être tout froissé ! Ah ! trouvé ! Je lui jetai un billet de 5 dollars au visage.) Tiens, va t'acheter un vrai nom.

Elle laissa le billet glisser sur sa poitrine inexistante et décroisa les bras pour enfoncer ses longs ongles rouges dans l'accoudoir. Elle commençait vraiment à s'énerver ; pourtant, elle n'avait pas encore essayé de m'attaquer. Nostrouduc lui avait-il seulement donné la permission de blesser mes amis ?

Il était grand temps de le découvrir.

— Tu sais, les ongles rouge-pétasse, c'est dépassé depuis cinq ans. C'est pas parce que tu es morte que tu dois insulter la mode.

— Non-morte, rétorqua-t-elle.

— Morte, répétai-je d'un ton sans réplique. Quand est-ce que tu as mangé un steak pour la dernière fois ? Ou même une salade ? Putain, une tartine, quoi ! Les morts ne mangent pas. Nous ne mangeons pas. Conclusion : nous sommes morts.

— Nous sommes plus puissants que tous les mortels...

— Bla, bla, bla. Garde ça pour tes entretiens d'embauche. Quand es-tu morte ? Tu n'as pas l'air d'avoir plus de soixante ans.

Sa poitrine plate se souleva d'indignation.

— J'ai été glorieusement transformée en 1972.

— Ça explique les ongles et les pattes d'ef.

— Ils reviennent à la mode ! s'exclama-t-elle en me montrant son pauvre jean GAP.

— Non. Désolée. Je sais, je sais que ça doit être difficile de suivre. La plupart des gens ne sont pas assez malins pour y arriver.

Un bruit étouffé me parvint du siège du conducteur, comme un rire que l'on essayait de contenir.

Aussitôt, la naine cogna la vitre de séparation. Le verre se craquela, mais resta en place.

— Contente-toi de conduire, abruti.

— Ouh ! Susceptible, on dirait, remarquai-je. Au fait, Shanu, si tu t'amuses encore à toucher mes amis, je t'arrache les doigts un par un et je te les enfonce dans le nez, la menaçai-je avec un grand sourire. Ça marche pour Noséeux aussi.

C'était du bluff, bien sûr. J'étais secrétaire, pas héroïne. Secrétaire au chômage, en plus. Je n'avais jamais rien tapé d'autre qu'un rapport !

En revanche, je savais parler. Je pouvais lui rabâcher les oreilles jusqu'au jour du Jugement dernier.

— Tu me le paieras, dit-elle froidement. Demain, tu ne seras plus la même.

— En colère et ennuyée à mourir, c'est ça ? Mon Dieu, j'espère bien que non !

Elle tressaillit comme si je lui avais piqué l'œil avec une fourchette. Étrange. J'essayai de me rappeler mes dernières paroles. Colère ? Mourir ? Dieu ?

— Dieu, répétai-je. (Un nouveau tressaillement.) Jésus-Christ. Notre seigneur. Notre père qui êtes aux cieux…

— Pitié ! Arrête ! (Elle escaladait presque la porte pour s'éloigner le plus loin possible de moi.) Ne dis pas Ça ! Ne prononce pas ces Mots !

— Arrête de parler en majuscules et après on verra.

— Quoi ? Je ne comprends rien à ce que tu racontes !

— Pas étonnant, avec les chaussures que tu te paies… rétorquai-je avec un regard dédaigneux sur ses mauvaises imitations de Prada.

— Quand est-ce qu'on arrive, Schtroumpfette ?

— Bientôt.

— Quand est-ce qu'on arrive ?

— Bientôt.

— Quand est-ce qu'on arrive ?

— Bientôt.

— Quand est-ce qu'on arrive ?

— Ta gueule ! J'ai accepté de t'amener à lui, pas d'écouter les inepties que tu déblatères. Alors tu vas arrêter tout de suite !

— OK, OK ! Pas la peine de crier comme une poissonnière ! (Je me tus quelques secondes, avant de reprendre d'un ton enjoué :) Quand est-ce qu'on arrive ?

— Par bonheur, répondit-elle en serrant les dents, ça y est, on est enfin arrivés.

— Hé ! C'est impressionnant ce que tu fais avec tes canines ! Tu as faim ?

C'était fort probable. Elle avait l'air d'un fantôme : trop pâle, trop maigre, l'air hagard. À moins que ce soit la conséquence d'avoir été coincée avec moi dans une voiture pendant une demi-heure.

Une fois, le Thon, mon père et moi avions pris la voiture pour aller à la campagne. Ils n'avaient plus jamais retenté l'expérience.

— Ne pense même pas à te servir de moi comme en-cas.

— Dans tes rêves ! répondit-elle méchamment.

Quand la limo s'arrêta et que les portières s'ouvrirent, Shanara me tira par le bras pour m'entraîner à sa suite.

—Viens par là!

—Quoi? Pas de cimetière?

Nous nous tenions devant une grande maison à deux étages au bord du lac Minnetonka. Elle était verte avec quatre piliers. Bien sûr, toutes les lampes étaient éteintes.

—Je croyais que ton patron aimait les stéréotypes?

Pas de réponse. Elle se contenta de m'attraper de nouveau par le coude. Elle avait vraiment envie de me faire mal. Je le sentais. Une personne intelligente et sensée aurait saisi l'occasion pour chercher une manière de s'échapper en silence.

—Alors, Shanana? Tu es son chien d'arrêt ou quoi? «Je veux Betsy. Ramène-la-moi... Va chercher!» Je le fais bien? Ou est-ce que tu es si pathétique que ton seul but dans la vie, c'est de rester accrochée à la queue-de-pie de ce type? Hé! Fais attention à mon tailleur!

Je portais un tailleur pantalon en lin Anne Klein et des ballerines Helene Arpel de l'année précédente. Heureusement que je ne m'étais pas mieux habillée! Sinon, ces crétins allaient penser que je faisais des efforts pour eux...

Elle me mena dans la maison qui, même sans lumière, me paraissait bien éclairée. Puis, elle me fit passer (me poussa plutôt) par des portes battantes qui donnaient sur une salle de bal. Je levai la tête à la recherche d'une boule à facettes... mais heureusement, ils n'avaient pas poussé le vice jusque-là.

Dans la pièce se trouvaient une vingtaine de personnes toutes (ô surprise!) vêtues de noir. Les femmes portaient du rouge à lèvres dans toutes les nuances de rouge et les hommes des smokings. Beurk ! Des costards de location ! Il n'y a pas pire que ça !

— Ahhhh ! Elizabeth ! s'exclama Nostro en se levant de son (pitié !) trône.

Un vrai trône à l'autre bout de la salle. Très moche d'ailleurs : doré, brillant, avec un grand éventail à l'endroit où il appuyait la tête. Au moins, il ne portait pas de couronne.

— Merci de l'avoir amenée, Shanara.

— Ouaf, gentille chiennasse ! marmonnai-je dans ma barbe.

Elle siffla comme la bouilloire de ma mère avant de répondre :

— Vos moindres désirs sont mes ordres les plus pressants, Maître.

Je ricanai. Shanana m'adressa un regard chargé de venin pur auquel je ne prêtai pas la moindre attention.

— Pourquoi suis-je ici ? Pourquoi as-tu lâché ton chien sur moi ?

— Tu es partie bien trop vite la dernière fois, répondit Nostro d'une voix aimable.

Alors qu'il se rapprochait, je fus de nouveau frappée par son apparence quelconque. Dans les livres, le grand méchant vampire est toujours un beau gosse (ou une très belle femme), adepte des soirées mondaines. Nostro, lui, ressemblait à un moine mesquin, de ceux qui martyrisaient les souris pendant que ses frères priaient.

— Je suis heureux que tu aies choisi de revenir.

— Va te faire voir !

Des murmures outrés résonnèrent dans l'assistance, mais personne ne se leva ou ne me fit de remarque directe.

Tout sourires, Nostro continua comme si de rien n'était.

— À présent, nous allons pouvoir terminer la cérémonie. Tu seras enfin des nôtres. (Il indiqua les autres occupants de la pièce d'un geste ample du bras.) Ils sont tous impatients de t'accueillir parmi eux.

— Oui, ils ont vraiment l'air d'une bande de joyeux lurons. Écoute, Nostro, cette situation ne me plaît vraiment pas. Je n'ai pas choisi de venir ici et tu le sais parfaitement. Ton bulldog mal chaussé a agressé l'un de mes amis pour m'y forcer. Je ne prendrai part à aucune cérémonie. Je veux que tu me laisses tranquille, OK?

Encore des murmures. Aussitôt, Nostro se retourna comme un cobra à la recherche de souris, mais personne n'osa le regarder dans les yeux. Ils baissaient tous la tête. Sauf moi, bien sûr. Trop blonde pour avoir peur, je suppose. Ou trop folle.

Nostro me fit de nouveau face avec un sourire forcé. Pour la première fois, je remarquai que ses pupilles étaient cernées de rouge. Voilà qui était plus effrayant que la grande maison, le stupide smoking, le trône pathétique et ses fausses bonnes manières. Tout ça me donnait plutôt envie de rire. Alors que ce qu'il ne contrôlait pas, ses yeux inquiétants, faisait vraiment peur.

— J'insiste, reprit-il d'une voix douce. Je requiers ta présence lors de cette cérémonie et je ne tolérerai PAS… (Quand il cria soudain, je ne pus m'empêcher de sursauter. Il reprit alors plus posément:) que tu te ligues avec Sinclair!

(Note à moi-même: soit la mort avait rendu ce type complètement barjo, soit il l'était déjà.)

— Sinclair ? (J'aurais pu m'évanouir de soulagement, mais ce n'était pas mon genre.) Tu as peur que je m'allie à ce connard ? N'y pense plus, chef ! Même pour un pari, je ne m'approcherais pas de lui. Quelle horreur !

Nostro cligna doucement des yeux, un peu comme une grenouille. Une grosse et méchante grenouille morte.

— Tu ne veux pas te mettre sous la protection de Sinclair, ni sous la mienne ?

— Dieu, merci ! Je crois qu'il a enfin compris !

Alors que j'avais espéré récolter des rires, un silence de mort me répondit. Je toussai avant d'élaborer.

— Non. Je ne veux rien avoir à faire avec vous. Je me moque des cérémonies, de la politique vampirocrate et je ne supporte pas que l'on agresse mes amis chaque fois que quelqu'un veut me parler. Sans vouloir vous offenser, bien sûr, ajoutai-je face à sa mine renfrognée.

— Aucun problème, répondit-il d'un air faussement sincère.

Je fis tout mon possible pour ne pas paraître sarcastique.

— Je désire simplement vivre ma mort de la même façon que je vivais ma vie. (Je jetai un coup d'œil à travers la pièce, tentant de croiser le regard de quelqu'un… n'importe qui.) Oh, allez ! dis-je plus fort. Je ne dois pas être la seule à le penser. Ne voulez-vous pas voir vos amis ? Retrouver votre ancien patron pour l'effrayer un bon coup ? Montrer à vos parents que vous n'avez pas la bouche pleine de racines de pissenlit ? Pourquoi devrions-nous nous entasser dans ses assemblées de morts-vivants ?

— Pour se protéger, pour…

— Mensonges ! Il ne faut pas croire toutes les histoires qu'on nous a racontées. Nous avons conservé notre âme, par exemple ! Pourquoi ne pouvons-nous pas continuer à vivre seuls ? Pourquoi ne pouvons-nous pas allumer la lumière ? Pourquoi portez-vous tous du noir ? Pourquoi ressemblez-vous aux figurants d'un film de série B ? Bon Dieu, sérieusement, qu'est-ce qui ne va pas chez vous ?

À l'évocation du mot « Dieu », Nostro tressaillit comme l'avait fait Shanara avant lui. Ce fut sa seule réaction à mon discours.

— Assez ! s'exclama-t-il en voyant certains visages m'observer avec surprise et curiosité. Je n'aime pas utiliser un cliché, mais…

— Pas possible !

— … si tu n'es pas avec nous, tu es forcément contre nous, c'est-à-dire avec Sinclair. Alors, quel camp choisis-tu ?

— Aucun ! Vous n'êtes que des cinglés avec des noms ridicules !

— Ridicules ?

— Nostro ? Je te parie tout ce que tu veux que ce n'est pas ce qui est écrit sur ton acte de naissance. C'est quoi ton vrai nom ? George ? Fred ? Je suis sûre que c'est un truc banal à pleurer. Parce qu'apparemment, tu as besoin de compenser…

Au moment où les mots franchirent mes lèvres, je sus que j'étais allée trop loin. En un clin d'œil, il avait franchi les deux mètres qui nous séparaient et m'avait sauté à la gorge pour m'étrangler. Ce qui aurait posé problème si j'avais eu besoin de respirer.

— Rejoins-moi ! cria-t-il.

— Glkk, répondis-je… ou un truc dans le genre.

J'aurais dû faire plus attention et je le savais, mais je ne pouvais pas avoir peur d'un tel énergumène ! C'était plus fort que moi. Au moins, dans les films, le méchant était un grand et bel homme… comme Sinclair ! Être attaquée par Nostro, c'était comme si un Père Noël de supermarché se jetait sur moi à la fin d'une mauvaise journée.

Alors qu'il me secouait comme un cocotier, la horde se joignit à lui. Toutefois, ils étaient bien trop nombreux pour m'atteindre. Tout ce que je vis (et sentis) fut un nuage de poings levés. Puis, Nostro me relâcha et je l'entendis s'exclamer :

— Qu'on la jette dans la fosse !

— Qu'on me jette dans la fosse ? croassai-je. Pitiiié ! Non mais tu t'es entendu ? Attends, j'ai compris. C'est pas la fosse, mais La Fosse ! Roulements de tambour, tout ça…

Alors, la horde m'entraîna avec elle. Je ne fis pas mine de me débattre. À quoi bon ? Je ne pouvais pas faire grand-chose à vingt contre un. Au lieu de ça, je tâchai de suivre leur rythme, ce qui était dur car ils avançaient tellement vite que je sentais à peine le sol sous mes pieds.

Un escalier nous mena plus bas, toujours plus bas et avant que j'aie pu observer la pièce dans laquelle nous nous trouvions, on me jeta dans l'obscurité. Mais on ne m'y jeta pas seule.

Chapitre 16

Il s'agissait d'une fille. Elle avait peut-être une centaine d'années pourtant, elle avait l'air de s'être fait choper pour avoir acheté des cigarettes. Malgré l'obscurité de la fosse dans laquelle nous nous trouvions, mes yeux non-morts fonctionnaient à la perfection. Je pouvais très bien voir son apparence pâle et délicate : cheveux blonds, menton marqué, pommettes saillantes et de grands yeux impressionnants. Des yeux de biche bordés de longs cils noirs. Moi, je devais porter du mascara L'Oréal pour prouver que j'en avais...

Nous nous observâmes. Elle paraissait si jeune, si fraîche, à tel point que je n'aurais pas été étonnée si elle avait sorti ses pompons de pom-pom girl.

Au lieu de ça, elle se mit à genoux, s'inclinant si profondément qu'elle faillit embrasser le sol crasseux de la fosse.

— Majesté, j'implore votre pardon... Je n'ai pas pu venir à votre secours. Ils étaient trop nombreux.

— Ne m'appelle pas comme ça, lève-toi. Et ne t'en fais pas. Hé ! Je t'ai dit de te lever ! C'est dégueulasse, par terre ! (Je fis quelques pas pour prouver mes dires. Bingo ! Mes chaussures collaient au sol comme après une représentation de *The Rocky Horror Picture Show*.) Non, sans blague, lève-toi.

Je me penchai pour l'attraper par le bras et la remettre debout.

— Majesté…

— Betsy.

— Reine Betsy…

— Bet. Sy.

Elle détourna la tête un instant, avant de recroiser timidement mon regard.

— Je ne peux pas. Pourriez-vous appeler la reine Elizabeth II « Betsy » ?

— Sûrement pas, admis-je, mais quelqu'un d'autre le fait probablement. De toute façon, je ne suis pas reine.

— Pas encore, répondit-elle sur un ton mystérieux.

Je ne relevai pas. Elle était bien mignonne. Dommage qu'elle soit timbrée !

— Où sommes-nous ? Je veux dire… Pourquoi est-ce qu'on m'a jetée ici ? C'est une sorte de donjon ?

— Si seulement, Majesté !

— Arrête de… « Si seulement » ? Qu'est-ce que ça veut dire ?

— C'est ici que le Maître garde ses Monstres.

— Ôte-moi d'un doute : « monstres » n'est pas un nom de code pour « lapins », pas vrai ?

— Il s'apprête à baisser le levier d'un instant à l'autre.

— J'aurais dû me douter qu'il y avait un levier. C'est moi ou on est encore coincées dans un mauvais film ?

Elle cligna des yeux, visiblement surprise par mon interruption. Que voulez-vous ? Je parle encore plus quand je suis nerveuse.

— Les portes des cages vont être relevées, expliqua-t-elle comme si elle parlait à un gamin attardé. Les Monstres vont nous sauter dessus.

— Il ne manquait plus que ça !

J'étais nerveuse, mais pas morte de trouille. Pas encore. Je trouvais la pom-pom girl très intéressante. Pourquoi avait-elle sauté avec moi ? Et pourquoi s'était-elle mis dans la tête que j'étais reine ? D'accord, j'avais été élue reine du lycée, mais quand même !

— Les murs sont raides. Ils ne veulent pas qu'on les escalade pour s'échapper. Des suggestions ?

— Oui.

La pom-pom girl sortit alors une enveloppe à bulles de la poche de son jean. Le genre qui sert à envoyer des CD. Elle me la jeta pratiquement au visage, pressée de s'en débarrasser.

— C'est pour vous. Vous êtes la seule à pouvoir vous en servir.

— Euh… merci. C'est bête, j'ai rien à te donner en échange.

J'ouvris l'enveloppe pour regarder ce qu'elle contenait. Je souris alors que j'en faisais glisser un collier en or, froid, dans ma main. Il s'agissait d'une croix montée sur une chaîne si fine que, même avec ma vue surnaturelle, j'avais du mal à la voir dans l'obscurité de la fosse. Pardon. La Fosse. Après m'être débattue avec le fermoir, je réussis à l'accrocher autour de mon cou.

— Merci beaucoup ! Ça tombe bien, j'avais laissé la mienne à la maison.

— C'est la raison pour laquelle vous êtes reine. Ou que vous le deviendrez. Votre existence a été prédite, vous savez ?

— Non, justement. Je n'en sais rien. Qui es-tu, au fait ?

— Je m'appelle Tina.

— Ouf ! m'exclamai-je si fort qu'elle fit un pas en arrière. Enfin quelqu'un qui n'a pas un nom ridicule !

— C'est un diminutif pour Christina Caresse Chavelle.

— Au moins, on peut dire que tu as fait de ton mieux...

Tout à coup, un crissement désagréable retentit. On faisait très lentement tourner des gonds crasseux. J'avais envie de me plaquer les mains sur les oreilles, mais je me retins. Je ne voulais pas décevoir Tina qui avait été assez courageuse pour sauter dans la fosse avec moi et m'avait offert un cadeau.

— Qu'est-ce que c'est que ce truc ?

— Les portes s'ouvrent. Les Monstres seront bientôt lâchés. (Malgré son ton impassible, elle se mordillait les lèvres.) N'ayez pas peur.

— Qui essaies-tu de convaincre ? Toi ou moi ?

— Les deux, admit-elle.

— Je suppose qu'on aurait dû moins papoter pour mieux grimper. Maintenant, c'est trop tard. Tu sais, si c'était vraiment un film, je jetterai du pop-corn à la tête de cette héroïne avec un petit pois dans la cervelle !

— Je devais répondre à vos questions, Majesté.

— Alors, c'est ma faute ? C'est ça ! Mets tout sur le dos du monarque ! grognai-je.

Elle releva la tête vers moi. Elle était vraiment toute petite. Un joli bout de femme qui atteignait à peine mon épaule.

— Ils devront d'abord me passer sur le corps, Majesté.

Je me retins de rire.

— Merci, Tina, mais une reine ne devrait pas se cacher derrière ses sujets, non ? Et puis, tu pèses combien ? Quarante kilos ?

Un bruissement, comme le vent pris dans un drapeau, retentit soudain et j'aperçus leurs yeux, brillants comme des braises. J'en comptai dix. Visiblement, la fosse possédait une autre entrée que le trou béant par lequel on m'avait poussée. Mais elle était probablement bloquée pour empêcher les Monstres de gambader sous la pleine lune comme de gros chiens démoniaques. Si nous arrivions à leur régler leur compte (si), nous aurions probablement le temps d'escalader les parois. Et après ?

À l'instant où le premier monstre avança dans notre direction, Tina se plaça devant moi. Ce fut la première fois que je regrettai de voir aussi bien dans le noir. Ils avaient l'air vaguement humain… comme le diable dans les tableaux. Même s'ils avaient deux jambes, ils avançaient à quatre pattes. Leurs cheveux, pour un homme (ou une femme, je n'arrivais pas à distinguer leur sexe), étaient longs, plats et leur tombaient dans les yeux. Leur bouche était hérissée de crocs acérés effrayants. Leurs joues étaient tellement creusées qu'elles auraient rendu jaloux n'importe quel mannequin. Ils portaient des guenilles incroyablement sales et déchirées. Même s'ils s'apprêtaient à m'attaquer, je ne pouvais m'empêcher de ressentir de la pitié pour eux. Il s'agissait des animaux de compagnie de Nostro, pourtant, il s'en occupait mal.

— Reculez, les gars, lançai-je d'une voix qui résonna dans l'espace clos. Croyez-moi, vous ne voulez pas vous mesurer à une secrétaire au chômage. On s'énerve pour un rien.

Les monstres reculèrent. Sûrement pas à cause de ma menace. Je me rendis alors compte que ma vision s'était encore affinée.

La croix. La croix que je portais autour du cou brillait.

Pas beaucoup. Elle n'étincelait pas de mille feux comme dans les films. C'était une faible lumière, un peu jaunâtre, qui indisposait les montres. Et Tina. Elle se protégeait le visage de ses bras.

—Attendez un peu!

Les cheveux... leur façon de marcher... le fait qu'ils ressemblaient plus à des animaux qu'à des humains... Je les avais déjà vus quelque part.

—C'est vous qui m'avez attaquée! Vous êtes les salauds qui m'ont attaquée devant *Chez Khan* cet automne!

J'avais envie de m'évanouir. De les frapper dans les côtes. L'idée était traumatisante, toutefois, je venais de comprendre comment j'avais été transformée en vampire. Ces... *choses*... m'avaient contaminée. Puis, l'Aztec m'avait renversée et avait réveillé ce que les morsures et blessures des monstres avaient fait passer dans mon sang.

Était-ce pour ça que les règles vampiriques ne s'appliquaient pas à moi? Parce que je n'étais pas morte aux mains d'un vampire? Que j'avais simplement été blessée par l'un d'eux? Enfin, cinq?

Je secouai la tête comme un chien mouillé pour m'éclaircir les idées. Pas le temps de jouer au pantin de bois, la bouche grande ouverte. Les monstres se terraient le plus loin possible de moi, de la croix. Je savais à présent pourquoi Nostro m'avait jetée ici. Ces créatures auraient réduit en miettes n'importe quel vampire nouveau-né. Si je n'avais pas rencontré la courageuse Tina, ils n'auraient fait qu'une bouchée de moi.

—Il faut sortir d'ici, murmurai-je en faisant un pas en avant.

Aussitôt, ils tentèrent de rebrousser chemin.

—Viens, ma belle, continuai-je. Il faut trouver un moyen de sortir d'ici. Crois-moi, j'ai deux mots à dire à ton chef.

—Nostro n'est pas mon chef, rétorqua Tina, l'air gravement offensé. (Quand je cachai la croix sous ma chemise, elle baissa les bras.) C'est vous.

—On en reparlera plus tard. Suis-moi.

Nous n'eûmes aucun problème à escalader les parois. Elles étaient faites en brique et possédaient de nombreuses prises accessibles aux vampires que nous étions. Arrivées en haut, surprise : personne ne montait la garde. Nostro devait être persuadé de notre mort. Sale con présomptueux ! Encore quelqu'un qui n'avait pas regardé de *James Bond* ! Il ne faut jamais quitter les gentils des yeux, c'est bien connu.

Comme Tina connaissait le chemin de la sortie, je me contentai de la suivre. Quelques vampires nous aperçurent, mais ils étaient trop effrayés pour élever la voix. Au lieu de ça, ils évitèrent à tout prix de croiser nos regards. Intéressant.

Même si elle m'avait sauvé la vie et que j'avais des sentiments amicaux envers elle, la suggestion que me fit Tina ne me plut pas du tout.

—Pas question !

—Je vous en prie, Majesté…

—C'est Betsy ! Putain !

—C'est pour votre sécurité. Sinclair doit savoir ce que Nostro a essayé de faire. C'est notre chance de le vaincre une fois pour toutes ! Si vous vous alliez à Sinclair, Nostro serait détruit.

—Je déteste ce type.

—Lequel ?

— Les deux ! Mais je ne supporte pas ce sale prétentieux de Saint Clair.

— Eh bien… (J'avais l'impression que Tina pesait ses mots.) Si vous nous aidez à vaincre Nostro, vous deviendrez la reine. Vous pourrez ordonner à « ce prétentieux » de quitter la ville.

— Voilà qui est mieux, répondis-je d'un ton approbateur. Mais je n'ai pas les qualifications pour devenir reine.

— Faux, murmura-t-elle. Je l'ai vu. Votre venue était annoncée.

Un inconscient avait laissé ses clés sur le contact de sa Lexus déverrouillée. En un instant, nous grimpâmes à l'intérieur et démarrâmes en direction du sud. Je ne me sentais pas coupable. Quelle idée de vivre dans un quartier de vampires, de toute façon ! Il s'agissait peut-être même de l'un d'eux. Et puis, je laisserais le véhicule bien en vue pour qu'il soit retrouvé. Après les événements de la semaine passée, j'avais du mal à m'émouvoir pour un vol de voiture.

— Annoncée ? répétai-je, alors que Tina prenait presque le virage sur deux roues. C'est la deuxième fois que tu en parles.

— Il existe un livre que nous, vampires, appelons la *Tabla Morto* ou le *Livre des Morts*. Les vampires sont au courant de votre venue depuis des milliers d'années :

« Et apparaîtra une reine dont les pouvoirs dépassent ceux d'un simple vampyre. La soif ne la consumera pas. La croix ne la blessera pas. Les bêtes l'aimeront. Ainsi, elle régnera sur les morts. »

Tina hocha la tête, satisfaite.

— Eh ben !

Je toussai. La partie sur les bêtes expliquait la réaction des chiens… Alors que nous marchions jusqu'à la voiture, tous ceux du quartier s'étaient échappés pour venir me voir. Tina me regardait, les yeux écarquillés, pendant que je jurais et tentais de les repousser. Ils aboyaient toujours quand elle avait démarré. Au temps pour la discrétion.

— Quelle charmante histoire !

Même pas un sourire.

— C'est vous, Majesté. Vous êtes la première vampire, depuis des millénaires, à être capable de tenir une croix sans crier, vomir ou vous brûler !

— Et encore, tu n'as pas tout vu : j'ai d'autres tours dans mon sac !

— Nostro vous a jeté de l'eau bénite au visage et pourtant, vous avez ri. Vous avez ri ! s'exclama-t-elle d'un air admiratif. Les chiens vous obéissent…

— Faux. Ils ne me laissent jamais tranquille quand je le leur demande. Ils ne font que me lécher les mollets et baver sur mes chaussures. Mes chaussures, quoi !

Elle s'autorisa un léger sourire.

— Ils ne partent pas parce qu'ils savent que vous n'êtes pas réellement en colère après eux. Ils veulent simplement être à vos côtés. Vous feriez mieux de vous y habituer.

— Génial !

Si j'avais déjà matière à réflexion avant de tomber dans la fosse, maintenant, je ne savais plus où donner de la tête.

— Si c'est vrai que je suis la super vampire annoncée par la prophétie, pourquoi est-ce que tu es la seule au courant ? Ou à sauter dans la fosse avec moi ? Merci, au fait ! C'était très courageux de ta part. Je ne savais pas à quoi m'attendre, mais toi si. Pourtant, tu n'as pas hésité à me suivre. (Je posai la main sur son épaule.) Si tu as besoin de quoi que ce soit, n'hésite pas.

Elle m'adressa le plus grand sourire que j'avais jamais vu.

— Oh ! Majesté ! Ce n'était rien du tout ! C'était la moindre des choses. Si j'avais pu y descendre toute seule, je vous aurais évité ce désagrément. (Son sourire disparut aussi vite qu'il était apparu.) Si je suis la seule à vous avoir suivie, c'est que les partisans de Nostro sont des putains de lâches !

— Tina !

Je n'avais rien contre la grossièreté, sauf quand elle sortait d'une bouche aussi délicate que celle de ma compagne. Ça détonnait complètement avec ses manières polies.

— Ils refusent de se battre, continua-t-elle, bornée. Ils exécutent ses ordres à la lettre. Même s'il s'agit de blesser des innocents. Et puis, vous êtes davantage un mythe qu'une réalité. Un peu comme vous savez qui…

— Le Christ ?

Elle frissonna si fort que la voiture chancela.

— Oui. Tout le monde en a entendu parler, pourtant combien croient vraiment en lui ? ou le reconnaîtrait s'il revenait à la vie ? Ils parlent de miracle, de marcher sur l'eau, de transformer l'eau en vin, mais, personnellement, si je voyais quelqu'un faire ça, je serais terrifiée ! Comme beaucoup, je pense. Voilà ce que vous représentez, Majesté.

— Euh… Je ne crois pas que tu devrais crier sur les toits ma ressemblance avec Jésus-Christ. Ne le prends pas mal. C'est juste mal vu. Quand les Beatles ont voulu se comparer à lui, ça a mal tourné.

Elle ne prit pas la peine de me répondre.

— Tous les vampires connaissent votre existence… mais très peu y croient.

— Et Sinclair ?

— Il a été le premier à avoir des doutes sur votre véritable identité. Un de ses hommes vous a appelée pour vous donner rendez-vous dans une librairie… Vous vous souvenez ? La nuit où vous avez été enlevée ?

— Laquelle ? marmonnai-je. J'ai du mal à m'y retrouver.

Pourtant, je m'en souvenais parfaitement. Alors comme ça, c'était un homme de Sinclair qui m'avait contactée. Visiblement, il y avait une taupe dans leur équipe, puisque Nostro avait agi en premier. Sinclair avait dû piquer un sprint pour arriver au cimetière avant moi. Je me souvenais avoir remarqué ses chaussures et avoir fait un pas en avant pour les observer de plus près. Il avait laissé des traces humides derrière lui comme s'il avait marché dans l'herbe.

— Alors comme ça, tu travailles pour Sinclair ?

— Oui.

Hmm… Intéressant. Toutefois, je n'arrivais pas à lui faire tout à fait confiance. Pourquoi connaissait-elle aussi bien la maison de Nostro ou la façon de sortir de la fosse si elle n'était pas de son côté ?

— Et, continuai-je d'un ton qui se voulait encourageant, quelle est ta relation avec Capitaine Je-saute-sur-tout-ce-qui-bouge ?

Elle ne m'accorda même pas un sourire.

— Sinclair m'a sauvée des griffes de Nostro, répondit-elle simplement. S'il n'avait pas été là, j'aurais rejoint cette bande de créatures dénuées d'âme.

— Je dois t'avouer, Tina, que ça ne me plaît pas que tu bosses pour ce sale type. Tu es son messager ou quelque chose dans le genre ?

— Je suis son serviteur, oui.

Ah ! ah !

— Il est comme Nostro, alors !

— Non.

Oh !

— J'ai choisi de rester à ses côtés, continua-t-elle. Si demain, je décidais de le quitter pour m'installer en France et ne plus jamais lui parler, il ne m'en tiendrait pas rigueur. Pour tout vous dire, c'est moi qui l'ai transformé.

L'espace de la voiture sembla se refermer sur moi. Je l'observai attentivement pendant qu'elle conduisait.

— Tu as transformé Sinclair en vampire ? répétai-je d'une voix suraiguë.

— Oui. Je n'avais pas le choix. Nostro nous laissait mourir de faim. C'est sa façon de nous contrôler. Ainsi, il est sûr que nous ne deviendrons jamais aussi forts que lui.

— Quel connard !

— Je ne vous contredirai pas. J'ai rencontré Sinclair dans un cimetière. Ses parents venaient de mourir. Ils avaient été assassinés. Il était seul au monde. Il m'a vue… J'étais affamée, je tenais à peine debout et il m'a vue.

La voix de Tina mourut. Elle avait du mal à trouver ses mots. C'était comme si elle ressentait de nouveau la honte de ce qu'elle avait fait des années plus tôt, il y avait si longtemps.

— Il m'a ouvert les bras. Il m'a invitée à lui. Il savait que j'étais l'un des monstres, mais ça lui était égal. Alors je l'ai pris. Je l'ai tué.

— Eh bien… c'est ce que vous faites en général, non ?

Elle secoua la tête.

— Nostro l'interdit. On ne peut créer de nouveaux vampires qu'avec sa permission, mais j'avais très faim. Je ne pensais plus de façon cohérente. Nostro se prend pour un savant fou. C'est pour ça qu'il a créé les Monstres… Je m'éloigne du sujet. Pour résumer, Sinclair a payé le prix de ma négligence. Je suis restée à ses côtés jusqu'à son réveil.

Je tentai de digérer ce que je venais d'entendre. Cette histoire ne me plaisait pas pour diverses raisons, la première étant qu'elle me faisait sympathiser avec Sinclair. J'imaginais parfaitement la scène : lui, vêtu d'un costume noir, pâle comme le deuil, seul, n'ayant plus le goût à rien. Et Tina s'approchant de lui, maigre, tremblante de faim. Et la façon dont il avait reconnu ce qu'elle était et l'avait accueillie à bras ouverts. Il avait tout perdu. Plus rien n'avait d'importance. Pas même la mort aux canines d'une vampire.

— Ouah… C'est quelque chose ! Et il t'a éloignée de Nostro ?

— Sinclair a été très fort dès son réveil. Ça arrive parfois. Rarement.

— Comment ça se fait ?

— Personne ne le sait. Pourquoi y a-t-il des peintres ou des mathématiciens ?

— Pas faux… J'ai jamais rien compris à la trigonométrie.

— La volonté de Sinclair est… extraordinaire. Nostro n'a pas osé se mesurer à lui. Personne n'a osé en fait. Alors il l'a laissé partir…

— Pourquoi ne pas l'avoir tué ?

— Entre autres choses, Nostro est complètement fou, rétorqua-t-elle. Vous vous en êtes sûrement rendu compte. Son jugement est tout sauf fiable. Il était peut-être curieux. Peut-être qu'il avait peur.

— Ou que c'est un idiot ! Ce type doit à tout prix regarder les *James Bond* ! C'est le guide du méchant par excellence ! Donc, il a laissé Sinclair partir et…

— Oui, Sinclair m'a emmenée avec lui. Et depuis, nous sommes fidèles l'un à l'autre.

— Quel âge as-tu au juste ?

— Je suis née…, répondit-elle en s'engageant sur une route en terre (quand avions-nous quitté la ville ?), le jour où la guerre de Sécession a commencé.

— Oooh ! OK. Ma mère adore cette période de l'histoire. Elle aura plein de questions à te poser. En attendant, quel âge a Nostruc ?

Elle réprima un éclat de rire comme si elle avait fait une boulette.

— Personne ne le sait. Si on prend en compte sa force, je dirais environ quatre cents ans. Peut-être plus.

— Incroyable. (Je secouai la tête.) Il a l'air très puissant ; pourtant, je ne peux m'empêcher de lui rire au nez.

— C'est un problème, répondit Tina.

— Ne me dis pas que tu as peur de lui !

— Je l'ai vu en pleine action. Il a massacré une classe de CP devant mes yeux. À l'époque, j'étais trop faible et affamée pour l'en empêcher. Je l'ai vu briser leurs os pour en manger la moelle. Je l'ai vu…

— OK, j'ai compris. Ça suffit ! (Je me retins de vomir sur les sièges en cuir.) Euh, tu as dit qu'il doit être vieux à cause de sa force – ce dont je ne peux m'empêcher de douter, soit dit en passant. Qu'est-ce que ça signifie exactement ?

— Je vous ai expliqué que Sinclair était né avec sa force actuelle, mais la majorité des vampires acquièrent leur puissance au fil du temps. Plus vous buvez, plus vous apprenez et plus votre force augmente. Un homme de quatre-vingts ans a plus d'expérience que vous, n'est-ce pas ? Il a, euh… roulé sa bosse ? Maintenant, imaginez le même homme à l'intérieur d'un jeune corps qui ne ressent jamais la fatigue, et dont la force et la vitesse ne connaissent pas de limite.

— Bien reçu !

Enfin quelque chose de compréhensible dans tout ce qui m'était arrivé récemment…

— En résumé, un vampire de trois cents ans sera bien plus fort qu'un vampire né la veille. Je suspecte Sinclair d'avoir été un homme exceptionnel pour s'être relevé avec une telle puissance.

— Ooooh ! Tina, tu n'aurais pas le béguin pour ton chef, par hasard ?

Elle me sourit.

— Non, Majesté. Je l'admire énormément, mais pour le reste… j'ai laissé tomber il y a des siècles.

— C'est sûrement la chose la plus déprimante que j'ai entendue de toute la semaine, ma puce. Oh ! pardon…

Malgré ses allures de pom-pom girl, elle aurait pu être mon arrière-arrière-arrière-arrière-grand-mère. Au temps pour les surnoms condescendants…

— Majesté, vous pouvez m'appeler « Carpette », si ça vous amuse. Votre simple compagnie est un plaisir.

— Assez. (Si j'en avais été capable, j'aurais rougi.) Et je n'ai pas encore accepté de me rendre chez Sinclair.

— Pourtant, nous y sommes, répondit-elle d'un air contrit.

Alors que le portail s'ouvrait, elle accéléra si brusquement que je me retrouvai collée au siège. Quand j'entendis un « clac » derrière nous, je compris pourquoi.

— Eh bien ! Il ne laisse pas la porte ouverte très longtemps, c'est le moins que l'on puisse dire !

— C'est un homme prudent, se contenta d'expliquer Tina.

Je marmonnai dans ma barbe. J'étais sûre que Tina m'avait entendue le traiter de connard, mais elle était trop polie pour relever.

Elle se gara devant un hôtel particulier rouge de style victorien. Très joli. Toutefois, après avoir grandi auprès d'une multimillionnaire et vu la baraque de Nostro, je commençais à me lasser des palaces. Ces gens-là n'avaient jamais vu de maison normale ?

Alors, Tina coupa le contact et vint m'ouvrir la porte si vite que je n'eus même pas le temps de m'en apercevoir.

— Arrête ça, lançai-je en sortant.

— C'est comme pour les chiens, répondit-elle avec un sourire. Je sais que vous ne le pensez pas vraiment. Dois-je vous porter jusqu'en haut des marches, Majesté ?

— Seulement si tu cherches à recevoir un coup de pied au cul, la menaçai-je.

Elle sourit de plus belle. J'en fus rassurée. Après tout, Tina était un peu intimidante… et vieille ! Comme Nostro et Sinclair, à la différence que je l'appréciais.

À notre approche, la porte s'ouvrit et un homme à peine plus grand que Tina nous invita à entrer. Il avait une petite tête lisse et une moustache fine. Avec ses yeux rapprochés et ses traits délicats, on aurait dit un lévrier. Il portait une chemise blanche bouffante, un pantalon noir ajusté et des bottes en cuir. Quelle élégance !

— Salut ! fis-je en m'adressant à son crâne, puisqu'à ma vue, il avait plongé en une profonde révérence. Je m'appelle Betsy.

Surpris, il se redressa aussitôt.

— Betsy ?

— Dennis…, le menaça Tina.

— La reine des vampires, ma reine, s'appelle Betsy ? C'est une blague ?

— Hé ! répondis-je sur la défensive. C'est le diminutif d'Elizabeth, mais ne m'appelez pas comme ça. Je n'aime pas ça.

— Elizabeth est bien plus approprié pour votre statut.

— Et alors ? Je ne compte pas devenir la reine de qui que ce soit, de toute façon. J'ai assez de problèmes toute seule sans prendre sous mon aile une bande de parasites à deux pattes. Par pitié, est-ce que quelqu'un peut éloigner ces chiens ?

Sinclair avait décidément toutes les qualités du monde : il possédait même une centaine de clébards ! Bon, six en fait, de bons gros labradors noirs, bien baveux. Heureusement que mes chaussures dataient de l'année précédente !

— Je suis sous le choc, c'est tout, reprit Dennis en me détaillant des pieds à la tête. Vous êtes différente de l'image que je m'étais faite de vous. (Une pause.) M'avez-vous traité de « parasite à deux pattes » ?

— Hé ! Je reconnais ta voix ! Tu es le gars qui m'a donné rendez-vous à la librairie !

Il s'inclina de nouveau.

— Je suis heureux d'avoir pu être utile.

— Ouais, bon boulot. J'ai été enlevée par les frères cockers, les hommes de main de Noséo.

— Euh… Quoi ?

— Je ne te remercie pas, terminai-je, triomphante.

— Dennis, aide-moi à éloigner les chiens, lui ordonna Tina.

Elle avait l'air sévère, pourtant dès qu'elle fit entrer les animaux dans l'autre pièce, je l'entendis rire. De moi, de Dennis, des chiens stupides ? Je n'en avais aucune idée. Peut-être les trois à la fois.

Je jetai un coup d'œil autour de moi. Il s'agissait d'une grande pièce à haut plafond avec un escalier qui semblait sortir tout droit d'*Autant en emporte le vent*. Dieu sait que j'adore ce bouquin ! Le contraire aurait été impossible. Après tout, l'héroïne est une garce superficielle à la dernière mode. Je l'avais lu dix fois de suite l'année où je l'avais découvert, au lycée. Et depuis, je le relisais au moins deux fois par an. L'escalier de Sinclair ressemblait vraiment à celui des *Douze chênes*.

Tina revint enfin sans les chiens.

— Si vous voulez bien rester ici, Maj… Mlle Taylor, je vais informer Sinclair de votre présence. Dennis s'occupera de vous en attendant.

— Bien entendu, répondit Dennis en se rappelant ses manières. Thé ? Café ? Vin ?

— Je ne dirais pas non à un verre de vin de prune, admis-je.

Il cligna des yeux avant de sourire.

— Bien sûr. Notre chef aime ça, lui aussi. Pas moi, si voulez tout savoir. J'ai l'impression de boire du sirop de sucre à même le verre.

Je le suivis jusqu'au bar qui trônait dans un coin.

— C'est pour ça que j'aime. La majorité des vins que j'ai bus ressemblaient à du jus de raisin. Le vin de prune est le seul qui soit assez goûteux. (Levant la tête, j'aperçus un miroir au-dessus de nos têtes.) Eh ! Ce miroir est plus grand que ma chambre !

Suivant mon regard, Dennis baissa la voix.

— Mlle Betsy, je dois vous avouer que j'ai été choqué de me rendre compte que j'avais toujours un reflet après ma transformation. J'ai mis des jours à m'en remettre. J'avais l'impression que les films m'avaient trahi.

— Et pourquoi n'aurions-nous pas de reflet ?

Il ouvrit une bouteille neuve avant de me tendre un verre. Je le portai à mes narines. Miam ! L'odeur était sucrée comme des prunes bien mûres, prêtes à exploser. Malheureusement, comme le café et le gasoil (ne me demandez pas comment je le sais), le goût ne suivait jamais tout à fait.

— Parce que nous n'avons pas d'âme ?

— Bien sûr que si ! Sinon, on passerait notre temps à faire des mauvais coups. Tu sais, comme les politiciens.

Son masque de majordome disparut pour faire place à un visage plein d'espoir. Il parut soudain plus jeune.

— Vous le pensez vraiment ?

— J'en suis persuadée, répondis-je d'un ton rempli de conviction. Je le tiens d'un prêtre.

— Un prêtre ? Quand ?

— Juste après que je me sois relevée. Je suis allée à l'église pour me suicider, mais ça n'a pas marché.

Si Dennis continuait à écarquiller les yeux comme ça, ils allaient finir par sortir de leurs orbites.

— Vous vous êtes tenue dans un lieu consacré ? Vous avez réussi à en franchir le seuil ?

— Oui, oui, mais ce n'est pas le problème. Cette histoire selon laquelle les vampires n'auraient pas de reflet à cause de leur absence d'âme est ridicule. Lève la tête. (Il obéit aussitôt.) Tu vois le bar ? Les bouteilles ? Ou encore la chaise dans le coin ? Ils se reflètent dans le miroir. Comme les chiens et les chats. Ou les bébés et les grenouilles. Ils possèdent tous un reflet.

— C'est vrai, mais ça ne prouve pas que les vampires conservent leur âme.

— Ta seule existence le prouve. Et la mienne aussi. Comprends-moi bien : tu détestais déjà les jeans avant ta mort, je me trompe ?

Il frissonna.

— Du calme. Ne vomis pas partout. Tu n'as pas une pile de jeans cachée dans ton armoire, pas vrai ? Tu es toujours toi-même. La seule chose qui a changé, c'est ton régime à base de liquide. (Je pris une gorgée de vin.) Comme moi !

— Vous êtes vraiment spéciale, vous savez ? dit-il d'un ton pensif.

Il avait tourné la tête pour reporter son attention sur moi. Il me remplit de nouveau mon verre.

— Vous avez du charisme. Même si vous dites des âneries, je ne peux pas m'empêcher de vous écouter.

— Euh… merci !

— Franchement, Sinclair et Tina sont les seuls vampires que je supporte.

J'y réfléchis un instant.

— Je n'en suis pas un depuis très longtemps. C'est peut-être pour ça.

— Non, répondit-il d'un air sérieux. Les nouveau-nés sont les pires. Ils ne pensent qu'à se nourrir. Vous ne pouvez pas avoir une vraie conversation avant au moins cinq ans.

— Quelle poisse ! Ils passent vraiment leur temps à boire ?

— Et à dormir, oui.

— Si je comprends bien, ils ont tout du nouveau-né humain… les canines et le mauvais caractère en plus ?

— Exactement.

— Eh bien, je suis contente que ça ne me soit pas arrivé !

— Tout le problème est là, n'est-ce pas ? remarqua-t-il en me dévisageant. Pourquoi êtes-vous différente ?

— Euh… une bonne hygiène de vie ?

— Non, c'est plus que ça.

Comme la conversation commençait à me rendre mal à l'aise et que Dennis commençait à m'observer comme un insecte fascinant, je choisis de changer de sujet.

— Pourquoi Tina est-elle si longue ? Où est Sinclair ?

— Je pense qu'il se nourrit auprès de ses dames de compagnie, répondit-il simplement. Je vais voir si je peux aider Tina. (Après avoir rangé la bouteille, il se dirigea vers l'escalier.) Excusez-moi. Je reviens tout de suite, lança-t-il par-dessus son épaule avant de disparaître au sommet des marches.

J'attendis une minute avant de m'exclamer :

— Et merde !

Je vidai mon verre d'un trait et le reposai. C'est alors qu'un cri retentit.

En une fraction de seconde, je pris le même chemin qu'avait emprunté Dennis.

Chapitre 17

Il ne s'agissait pas d'un cri de détresse. Mais d'un bon cri… d'un cri de plaisir, en fait. Comme ceux que je poussais à l'annonce des soldes chez Gucci. Dames de compagnie ? Plutôt un harem, si vous voulez mon avis !

Même dans un palace comme celui-ci, je réussis à trouver facilement la pièce en question. Il suffisait de suivre les gémissements et les grognements. Je savais à présent que personne n'était en danger, mais la curiosité me poussait à continuer. La contrariété aussi. Si j'étais si importante pour la communauté vampire qu'on me l'avait laissé croire, pourquoi Sinclair se permettait-il de me faire attendre ?

Quand j'ouvris la porte au bout du couloir, j'aperçus Tina, debout, devant une énorme vitre. Elle se retourna aussitôt et leva les mains en signe d'excuse.

— Ils sont très occupés, expliqua-t-elle. Je n'ai pas réussi à attirer leur attention. Ça ne devrait plus être très long.

Curieuse, je m'approchai davantage. La vitre était transparente. Elle ressemblait à celles qu'utilisent les policiers lors d'interrogatoires. À travers elle, j'aperçus Sinclair en compagnie de deux… Ah ! non, encore une paire de seins… de trois femmes. Ils se tortillaient, gémissaient et ronronnaient sur un lit plus large qu'un *king size*, si une telle chose existait. Sans rire, le lit ressemblait à un demi-hectare recouvert de satin !

Il s'agissait d'un lit à baldaquin dont les colonnes avaient l'air de troncs d'arbre. Il était recouvert de draps en satin marron glacé (au moins, ils n'étaient pas rouges : la mode de l'année passée, selon *Cosmo*), mais les neuf coussins avaient été poussés par terre.

Sinclair paraissait heureux. Il souriait presque ! Pas étonnant, entouré de toutes ces femmes ! Elles avaient toutes de longs cheveux noirs et des formes... pas de mannequin anorexique en vue. L'une d'elles avait même un joli ventre rond. Deux d'entre elles étaient blanches. La troisième avait une peau couleur chocolat et les pommettes saillantes de la royauté égyptienne.

Elles étaient humaines. La facilité avec laquelle je m'en étais rendu compte me surprit. Elles possédaient une aura, une vitalité qui manquait à Sinclair et à Tina. Peut-être à cause des battements de cœur qui les obligeaient à respirer plus souvent que nous.

Je toussai.

— Euh... Est-ce qu'on ne devrait pas éviter de les espionner ?

Tina parut surprise.

— Ils ne peuvent pas nous entendre. Cette vitre fait huit centimètres de large. Et puis, ça ne dérange pas Sinclair. Il y a toujours quelqu'un ici.

— C'est dégoûtant !

— Non, c'est du bon sens.

— On n'en a pas la même définition, alors !

— Connaissez-vous le nombre d'hommes de pouvoir qui ont été assassinés entre les draps ?

— Je peux t'assurer que je n'en ai pas la moindre idée.

— Beaucoup. Je vous ai dit qu'il était prudent. Il ne laisse jamais retomber sa vigilance. Même durant ces moments-là.

Je demeurais (inhabituellement) silencieuse. C'était une des pires choses que j'avais jamais entendues. Si l'on ne pouvait même pas se détendre pendant l'amour, en particulier dans un décor pareil, la vie ne devait pas être très drôle. Je comprenais la prudence... pas le besoin de s'enterrer vivant.

— Il ne peut pas s'arrêter ? (Mal à l'aise, moi ? Jamais !) Je veux dire... ça ne me dérange pas d'attendre s'il s'agit d'une réunion habillée, mais pourquoi devrais-je passer après ses galipettes vampiriques ? J'avais l'impression que tout cela était important.

— Ça aussi, répondit-elle sérieusement. Nous ne sommes pas comme vous, Betsy. Nous avons besoin de nous nourrir. Nous ne pouvons pas attendre le lendemain ou le surlendemain. Parfois, nous ne pouvons même pas attendre une heure ou deux. Pour Sinclair, c'est vital... la chose la plus proche de la vie que nous possédons. Rien d'autre ne doit passer avant.

J'entendis un nouveau cri d'extase.

— Proche de la vie ? rétorquai-je.

Je détournai les yeux avant de voir quelque chose de peu catholique. Puis, comme la femme de Loth, je regardai de nouveau, juste à temps pour voir Sinclair se positionner derrière l'une d'elles. Même si ça me faisait mal de l'admettre, ce type avait la plus belle paire de fesses qu'il m'avait été donné de voir. Ferme, musclée, arrondie aux bons endroits. Miam !

— Comment ça se fait qu'on les entend ? croassai-je en me rendant compte à quel point ma bouche était sèche.

Sans un mot, Tina désigna un haut-parleur accroché au mur.

— C'est dégoûtant, répétai-je.

Je me retournai pour m'assurer que l'étalage de dépravation continuait. Après tout, quelqu'un devait s'y coller pour attester du porc qu'était Sinclair.

— Elles sont tellement belles, murmura Tina. (Elle posa une main sur la vitre.) Si vivantes, si fraîches, si jeunes.

Jeunes ? Tina n'avait pas tort, toutes ces femmes avaient un physique agréable. Toutefois, elles devaient avoir plus ou moins quarante ans. Elles ressemblaient à de vraies femmes : ventre arrondi, cuisses rondelettes, pattes d'oie. Sinclair ne se satisfaisait pas de filles de dix-neuf ans.

Cet aspect de sa personnalité me plaisait assez.

Au bout de quelques minutes, Sinclair se retira et se pencha pour murmurer à l'oreille de l'une d'elles, trop faiblement pour que je puisse l'entendre. Avec un sourire satisfait, elle ferma les yeux. Puis, il porta son attention sur une autre femme.

C'était vraiment quelque chose à voir. Une partie de mon esprit me commandait de sortir d'ici, de leur laisser une certaine intimité. Après tout, je n'avais pas l'habitude de regarder des films pornos, même sans le son… Alors faire la voyeuse !

Pourtant, j'avais du mal à détacher mon regard de la scène. C'était incroyablement érotique. À cause de l'endurance de Sinclair, mais aussi de ses compagnes. Il n'y avait aucune jalousie entre elles : elles semblaient heureuses de leur sort, d'attendre leur tour. Je n'aurais jamais pu imaginer une chose pareille. Je pensais que dans un ménage à… comment devait-on appeler ça ?

Bref, je pensais qu'avec quatre amants, quelqu'un était toujours mis de côté. Apparemment, j'avais tort.

— Tu as le plus beau cul que j'ai vu depuis cinquante ans, dit-il à sa partenaire.

Il ne paraissait pas essoufflé. En fait, il avait plutôt l'air amusé. Son ton me fit dresser les cheveux sur la nuque. Il n'était pas tout à fait détaché… mais il aurait pu dire la même chose à n'importe laquelle d'entre elles.

— Au moins cinquante ans.

— Mille ! s'exclama l'intéressée avant d'éclater de rire avec ses amies.

Quand Sinclair ricana en se retirant d'elle, je ne pus m'empêcher de hoqueter de surprise. Je ne sais pas pourquoi j'étais étonnée. Après tout, Sinclair était très grand, avec des épaules larges, des bras et des jambes puissants, et pas une once de graisse. J'aurais dû me douter que les autres parties de son corps seraient également… plus larges que la normale. Dans tous les cas, je ne pus m'empêcher d'être choquée.

— Mon Dieu, jurai-je. Pas étonnant qu'il ne se tape pas des jeunettes !

Si une jeune clubbeuse jetait un coup d'œil là-dessus, elle aurait sûrement opté pour le fouet. Tina, ma narratrice érotique, acquiesça d'un hochement de tête.

— Sinclair préfère des maîtresses plus âgées. Si elles n'ont pas… d'expérience, il pourrait les blesser. Pas intentionnellement bien sûr, mais le résultat serait le même.

Pendant ce temps, à Sodome, Sinclair avait encore faim. Ces gestes étaient tendres, mais fermes. Il se saisit d'une femme à moitié endormie pour la mordre dans le cou. Elle eut un spasme.

— Oh ! oui, encore ! Encore !

Pendant qu'il buvait et la menait à l'extase, sa tête roula sur le côté. Puis, Sinclair recula. Comme un filet de sang coulait sur son menton, il le nettoya d'un coup de langue. Tout à coup, son pénis se retrouva à l'air libre, abandonné par ses amies.

— Ne t'arrête pas, se plaignit-il avant de s'apercevoir que sa partenaire se trouvait au bord de l'évanouissement. Quelqu'un d'autre.

Aussitôt, une nouvelle femme s'agenouilla devant lui. Il l'attrapa par les cheveux pour la rapprocher davantage. Après l'avoir allongée sur le dos et avoir écarté ses cuisses, il la mordit dans l'artère fémorale.

— Ils tiennent vraiment la forme, commentai-je, la gorge sèche.

Je tentais de me la jouer calme, mais la vérité, c'était que je ne m'étais jamais sentie aussi excitée. J'aurais pu les observer toute la journée. Je comprenais mieux à présent pourquoi Tina n'avait pas voulu les séparer pour annoncer à Sinclair qu'il avait un visiteur.

La nouvelle partenaire gémissait tandis qu'il s'activait entre ses cuisses dodues. Elle pressait ses seins si fort qu'elle y laissait des marques blanches.

— Encore, encore, encore ! criait-elle au plafond, comme une litanie.

Non, mais qu'est-ce que tu fabriques ?

Morte ou non, vampire ou non, j'étais en train de regarder ce sale type coucher avec son harem. Ça ne me ressemblait pas ! Betsy Taylor ne regardait pas de film porno et se conduisait encore moins comme une voyeuse.

— Je dois y aller, lançai-je avec peu de conviction. Ils ont bientôt fini, de toute façon.

— Oui, Majesté.

— Comme ça, on pourra raconter à Sinclair ce qui s'est passé ce soir.

— Oui, Majesté.

— Et discuter de la suite des événements.

— Très bien, répondit Tina avec autant de vitalité qu'un mannequin de cire.

— Ça va ?

— Il faut que je vous embrasse.

Les pupilles dilatées, elle se retourna pour me saisir le bras. J'essayai d'avoir l'air plus choquée que je l'étais en observant sa jolie petite frimousse. Je n'avais jamais embrassé une femme de ma vie. Je n'avais même pas été curieuse. Toutefois, je n'avais rien contre l'homosexualité. Du moment que les deux personnes étaient consentantes, ça ne me concernait pas. Pas la peine de s'afficher devant moi.

— J'implore votre générosité, continua Tina.

Elle se mit sur la pointe des pieds. Sa bouche était peinte en rouge sombre, entourée d'un crayon de la même couleur (j'approuvais totalement : employer des teintes différentes était complètement dépassé) et sa lèvre inférieure ressemblait à un arc tendu. Elle ressemblait à une enchanteresse… une gentille, j'espérais.

— Juste… un… baiser…

— Pas question ! m'exclamai-je, en brisant le charme.

Pendant quelques secondes, on aurait dit qu'elle avait réussi à m'hypnotiser. D'abord voyeuse et maintenant lesbienne ? Je ne crois pas, non !

— Mon Dieu ! Vous êtes tous de grands malades ! Est-ce qu'il fait ça tous les soirs ? Pas la peine de répondre. Et toi ! Ne me touche pas !

Je la repoussai. Le coup la fit voler au travers de la pièce.

— Je pensais, marmonnai-je (même si j'étais dans mon bon droit, je me sentais un peu coupable), que tu avais abandonné tout ça il y a des siècles ?

— Les hommes, précisa-t-elle en m'adressant un regard triste. J'ai laissé tomber les hommes. Je suis extrêmement désolée. Je n'ai pas pu m'en empêcher. Je ne me suis pas encore nourrie ce soir et vous êtes très belle. Je suis vraiment désolée.

— Eh bien… (Le compliment manqua de me distraire. Je me fis violence pour rester concentrée. *Reprends-toi, putain, reprends-toi !*) Mourir est une chose, observer Sinclair avec ses dames de compagnie en est une autre… surtout quand tu décides de faire ressortir mes tendances lesbiennes latentes… totalement inexistantes en fait. Je n'ai jamais pensé à poser mes lèvres sur celles d'une femme ! Bon, il y a bien eu cette fois en colonie de vacances où Cheryl Cooper m'a défiée de l'embrasser avec la langue à Action, Chiche ou Vérité. Et comme une conne, j'ai choisi « Action » et… Où est-ce que je voulais en venir ?

— Je n'en ai pas la moindre idée, Majesté.

— Oublie. Oublie tout ça. Je m'en vais.

— Je vous en prie, ne partez pas ! C'est ma faute. Tout est ma faute ! Je suis terriblement désolée. (À ma grande horreur, elle se laissa tomber à genoux et… Non ? Elle n'oserait pas ? Si ! Elle embrassait mes chaussures !) S'il vous plaît, Majesté, pardonnez mon impertinence. Je vous en conjure !

— Arrête ça tout de suite ! soufflai-je en reculant pour que ses lèvres soient hors de portée de mes pieds.

Elle se releva d'un bond pour échapper à ma colère. Ce qui me fit me sentir coupable. Et du coup, encore plus en rogne.

— Ne t'avise plus d'embrasser mes chaussures ! Dieu tout-puissant (elle gémit tandis qu'un frisson la parcourait), pourquoi les vampires doivent être bizarres sur tous les points ? Pourquoi suis-je la seule à vouloir mener une vie normale, bon sang ?

Un autre frisson. Alors, je laissai sortir toute la colère et l'inquiétude qui avaient grandi en moi depuis ma transformation.

— Dieu, Dieu, Dieu ! lui criai-je au visage, en me réjouissant de son malaise. J'en ai marre de ces conneries ! Est-ce que tu te rends compte que je suis morte la semaine dernière ?

La relâchant, je quittai la pièce comme une furie puis descendis l'escalier si rapidement que je faillis renverser Dennis.

Heureusement pour lui, il réussit à s'écarter à temps.

— Quelque chose ne va pas, Mlle Betsy ?

— Non. Si, tout ! Je dois y aller.

— Pitié, ne partez pas ! cria Tina du haut des marches. Restez ! Nous avons besoin de vous !

— Eh bien pas moi ! répondis-je alors que je courais presque. Et j'en suis bien contente !

Alors, j'entendis un bruissement et Sinclair se retrouva devant moi. J'eus la peur de ma vie.

— Aaaaaah ! (Je relevai la tête. Aucun doute : il avait sauté depuis le premier étage pour me barrer la route.) Et toi, tire-toi de… Hé !

M'attrapant par le coude, il me traîna jusqu'à une porte de l'autre côté de la pièce. Je tentai de le ralentir, en vain. Au moins, il avait eu la décence de s'enrouler un drap autour de la taille.

La porte claqua derrière nous et nous nous retrouvâmes dans une obscurité presque totale (enfin, grâce à mes yeux d'immortelle, j'y voyais quand même pas mal), laissant Tina et Dennis derrière nous.

— Elizabeth, commença-t-il calmement comme si nous nous étions croisés dans la rue. C'est gentil de passer nous rendre visite.

— Non, non, non. (Je tentai de me libérer de son étreinte sans trop de succès.) Lâche-moi, sale pervers ! Je veux m'échapper de cette maison… cette maison du péché !

— Mais je ne veux pas que tu partes, répondit-il. Pas encore.

— Dommage parce que je ne veux rien avoir à faire avec toi ! Sale… Sale putain !

— Elizabeth…, fit-il sur un ton de reproche (il ne manquait vraiment pas d'air). Est-ce que je suis venu chez toi pour critiquer la façon dont tu vis ?

— La façon dont je vis ? Mon Dieu, je peux encore sentir leur odeur sur toi ! Beurk !

— Jalouse ?

Je faillis rendre mon vin de prune.

— Dans tes rêves. Maintenant, laisse-moi tranquille. Je m'en vais.

— Tu as beaucoup contrarié Tina, tu sais ?

— Rentre-toi bien ça dans la tête : tu es dégoûtant. Je me fous de ce que tu penses ou que Tina soit sous le choc. Lâche-moi !

— Dans une minute, répondit-il avant de se servir de cette force exaspérante dont il avait déjà fait preuve dans le cimetière pour m'attirer à lui et presser ses lèvres contre les miennes.

Aussitôt, j'ouvris la bouche pour crier ou le mordre. Grossière erreur : il en profita pour y fourrer sa langue. Je lui donnai des coups de poing dans le torse, si fort que j'entendis quelque chose se briser. Pourtant, il fit comme si de rien n'était et approfondit le baiser. Comble de l'agacement, je sentis mes genoux fléchir. Je n'avais jamais été attirée par quelqu'un que je détestais. C'était révoltant !

Sa main, posée sur mes reins, me rapprocha davantage de son corps, si bien que je sentis son membre érigé contre mon ventre. Comment pouvait-il encore avoir envie de quelqu'un après la scène qui s'était déroulée à l'étage ? N'avait-il pas besoin d'une sieste ? Ou d'une douche ?

Il recula si rapidement que je manquai de tomber.

— Là, reprit-il d'un air indécemment satisfait. Maintenant, tu vas rester ici et nous allons discuter calmement.

La claque que je lui assenai résonna dans l'espace clos. Je me réjouis de le voir déséquilibré.

— Touche-moi encore une fois et je te tue.

J'étais si en colère que j'aurais pu en pleurer. Après avoir trouvé la poignée à tâtons, je m'échappai de la pièce en courant.

Je ne prêtai aucune attention au regard de Dennis, ni aux appels de Tina alors que j'ouvrais la porte d'entrée.

— Regardez-moi bien, dis-je sombrement, parce que c'est la dernière fois que vous me voyez.

Tina éclata en sanglots à l'instant même où je claquai la porte. Je ne me sentais pas coupable. Pas du tout. Non. Aucun remords.

Aucun.

Sinclair, je te hais.

Chapitre 18

Pour rentrer à la maison, je m'amusai à voler une voiture. Une fois à l'extérieur, j'avais fait le tour de la maison et étais tombée sur le garage de Sinclair. Il était rempli d'une bonne demi-douzaine de bolides lustrés dont les clés, numérotées, étaient gentiment accrochées sur un panneau près de la porte. J'avais alors attrapé celles de la Jaguar avant de m'éclipser. Personne n'avait essayé de m'arrêter. Heureusement pour eux !

Je conduisis comme une folle sans attacher ma ceinture. À quoi bon ? Comme si un accident pouvait changer quelque chose à ma situation ! Après la journée que je venais de vivre, passer à travers le pare-brise était le cadet de mes soucis. Et la voiture était un vrai bijou : noire avec un intérieur en cuir qui sentait très bon et une pédale d'accélérateur vraiment sensible. J'avais parcouru soixante kilomètres en vingt minutes.

Avec un dérapage contrôlé, je me garai devant chez moi et laissai les clés sur le contact en sortant. J'espérais que quelqu'un la volerait. Puéril, je sais. Pourtant, imaginer Sinclair assis dans un commissariat me remontait étrangement le moral.

Tout à coup, je me rendis compte qu'il y avait une énorme fissure sur ma porte d'entrée, comme si quelqu'un y avait frappé pendant des heures. Je m'arrêtai devant les marches.

Autant l'admettre tout de suite: savoir qui avait fait ça ne m'intéressait pas le moins du monde. Non. J'en avais assez. Peu importait de qui il s'agissait, je voulais bien leur prêter mes draps en coton, ma vaisselle sale ou mes tapis de bain magenta.

Je me retournai pour aller pleurer dans les jupes de ma mère pendant trois ou quatre heures quand…

— Bets! C'est toi? s'éleva la voix de Jessica.

— Rentre vite! (Je reconnus celle de Marc.)

Que se passait-il encore? Je m'exécutai en poussant la porte. Au moins, d'après le son de sa voix, Jessica allait bien. Shanara ne l'avait pas trop amochée. Putain, j'avais l'impression que trois ans s'étaient écoulés alors que ça ne faisait que trois heures!

Je trouvai mes amis agenouillés près d'un tas de chiffons dans ma chambre. Marc arborait un joli bandage blanc autour du cou et portait toujours le bracelet qu'on lui avait donné à l'hôpital. Jessica semblait en forme. Je me sentis coupable de les avoir oubliés, même un instant.

— Vous allez bien?

— Oui. Et toi, Vampirella? Tu as l'air pâle… enfin, plus que d'habitude, gloussa Jessica avant de se reprendre et de désigner la pile de guenilles du doigt. Tu es dans la merde, Betsy. Vraiment!

Marc releva légèrement le tas… Nick! Il paraissait malade, comme s'il n'avait pas mangé depuis trois jours, dormi depuis cinq et ne s'était pas douché depuis dix. Ses cheveux étaient gras et emmêlés. Quand il roula les yeux vers moi, ils étaient tellement injectés de sang qu'ils paraissaient plus rouges que blancs.

— Encore, murmura-t-il. Encore, encore, encore.

— Non ! Oh non ! m'exclamai-je en accourant à ses côtés. Mon Dieu, Nick, que s'est-il passé ?

— Euh… On espérait que tu pourrais nous le dire, répondit Marc en triturant son bandage. Il n'a pas l'air de sortir d'une *garden-party*… et il n'arrête pas de répéter ton nom.

— Oh ! merde ! (Je m'interrompis, me prenant le visage entre les mains.) Je n'y arriverai pas. C'est impossible. Ne plus pouvoir manger, être morte, faire peur à mon propre père, être jetée dans des fosses par un méchant vampire, supporter ce salaud de Sinclair qui embrasse super bien, le traumatisme de Nick, voler des voitures… J'en ai par-dessus la tête !

Jessica m'observa d'un air perplexe.

— Euh… Qui embrasse bien ?

— Qui t'a jetée dans une fosse ? demanda Marc, visiblement intéressé. Et tu voles des voitures ?

— Encore, soupira Nick. (Ses lèvres étaient tellement sèches qu'elles commençaient à se craqueler. Il avait l'odeur d'un camion de poubelles en feu.) Betsy… Encore, Betsy…

— Pour l'amour de Dieu ! J'avais juste faim ! Je ne voulais pas…

— Non, mais quel bordel ! m'interrompit Marc. Tu m'as mordu aussi et pourtant, je ne rampe pas à tes pieds pour en avoir plus.

— Non, remarqua lentement Jessica. (Je n'aimais pas la lueur qui venait de s'allumer dans ses yeux.) Mais, tu t'es dépêché d'emménager avec elle, je te rappelle !

Marc cligna des yeux. Nick gémit. Je me contentai de les observer.

— Quel est le rapport ? demanda-t-il franchement perdu.

— Eh bien… Tu ne trouves pas ça étrange pour un gars qui n'est pas branché par le sexe opposé ?

— C'est pas le moment, vous deux ! On a de plus gros problèmes à régler. Et l'un d'eux est affalé par terre. (Je me passai la main sur les yeux.) Merde, Nick, je ne voulais pas… Qu'est-ce que j'ai fait ? Qu'est-ce que j'ai fait ?

— Le contraire exact, répondit Sinclair, de ce que moi, je fais.

Je me retournai vivement. Sinclair, Tina et Dennis se tenaient dans ma chambre. Je ne les avais pas entendus entrer. Et n'avais pas non plus senti leur présence. C'était également le cas de Jessica et Marc car ils poussèrent un léger cri et faillirent tomber dans les bras l'un de l'autre.

Nick, lui, ne s'aperçut de rien. Il se balançait d'avant en arrière pour se calmer sans jamais me quitter des yeux. C'était horrible. J'avais l'impression d'observer un chien boiteux traîner à la suite de son maître. Que faire dans ces cas-là ? Abréger ses souffrances ou le caresser par pitié ?

— Tu dois être Saint Clair, hoqueta Jessica.

Pourquoi devait-elle écarquiller les yeux de cette manière ?

— Bonsoir, M. Sinclair ! lança Marc d'un air enjoué en y ajoutant un signe de la main. Vous êtes passés manger un morceau ?

— Sortez d'ici tout de suite, vous trois ! rétorquai-je. J'ai bien assez de problèmes comme ça, merci.

Sinclair désigna Nick.

— Pour celui-ci, tu es la seule à blâmer… Je sens ton odeur sur lui. Enfin, sous six couches de crasse, bien sûr, dit-il sur un ton désinvolte qui me donna envie de le tuer.

Instinctivement, je touchai la croix que Tina m'avait offerte. Et si je la lui enfonçais dans l'oreille pour voir? Il ferait moins le malin!

Toutefois, Sinclair s'approchait déjà de nous.

— Tina, dit-il calmement en s'agenouillant près de Nick. Aide-moi.

Ses actions étaient totalement opposées à ses paroles, ce qui était plutôt déroutant.

— Qu'est-ce qu'il a? demandai-je, les larmes aux yeux. Est-ce qu'il se transforme en vampire?

— Non. Il est accro à toi. Il est en manque.

Tina me regarda de ses grands yeux.

— Combien de fois vous êtes-vous nourrie de lui?

— Seulement une!

— Sale chienne! m'insulta Jessica, le plus naturellement du monde. Dire que tu ne m'en as pas soufflé mot!

— Rien qu'une fois, répéta Sinclair.

— Oui. Rien qu'une. Je le jure!

— Tu as bu mon sang une fois aussi pourtant, remarqua Marc. Ne le prends pas mal. Je t'adore, tu es vraiment différente, sympa, sexy, bizarre et tout, mais c'est tout ce que ça m'a fait. Pourquoi est-ce que c'est différent avec ce type?

— Une seule fois? demanda de nouveau Tina en pointant Nick du doigt.

— Vous voulez que je me l'écrive sur le front? Oui, rien qu'une fois!

Le silence sceptique qui suivit fut brisé par Sinclair.

— Tu ne peux pas te servir d'eux puis les relâcher, Elizabeth. Tu t'es échappée de chez moi après avoir assisté à… un certain aspect de la vie vampirique. Mais je ne ferais jamais subir aux miens ce que tu as fait aux tiens.

Cette remarque me blessa. Affreusement.

— Il ne m'appartient pas ! Je le connais à peine !

— Eh bien, fit Dennis en s'éclaircissant la voix. (Penché au-dessus de nous, les mains posées sur les cuisses, il avait l'air d'un arbitre mort-vivant.) Techniquement, c'est pire, vous savez.

— Mais je ne savais pas !

— Je t'ai mise en garde, répliqua Sinclair. (Il retira sa veste pour couvrir Nick qui frissonnait.) Tu ignores tout de nos règles. La plupart des vampires les apprennent ou en meurent. Mais toi, tu es née forte et tu partages très peu de nos faiblesses. Tu blesses des innocents au profit de ton éducation.

— Hé ! Laisse-la tranquille ! Elle ne m'a pas blessé, moi ! (Merci docteur Marc.) Bien sûr, je me sens seul et vulnérable des fois, mais...

— Ferme-la, le coupa Jessica qui se mordait les lèvres pour ne pas rire.

Sinclair ne sembla pas les entendre.

— Vas-tu enfin me laisser t'aider ?

Jessica et Marc se tournèrent vers moi. Même s'ils essayaient de me remonter le moral, je sentais le poids de leur jugement.

— OK, OK... Dis-moi ce que je dois faire. Pour Nick. Et je veux bien que tu m'enseignes deux ou trois trucs, Sinclair. Mais seulement après avoir remis Nick sur pieds.

— Promets-le-moi, Elizabeth.

— Elle t'a déjà dit qu'elle le ferait, intervint Jessica d'une voix glaciale.

Peu importait que Sinclair soit plus appétissant qu'une glace aux trois chocolats, personne ne mettrait en doute la bonne foi de sa meilleure amie dans sa propre maison.

— Si ça ne te suffit pas, Saint Clair, fais attention à ne pas te prendre la porte dans ton gros cul blanc en sortant, ajouta-t-elle, menaçante.

— Arrêtez de prononcer mon nom comme ça ! soupira-t-il. (Il prit facilement Nick dans ses bras avant de rajouter :) Mon gros cul blanc ?

— Emmène-le dans la salle de bains, fit Tina. Dennis et moi nous occuperons de lui.

— Mais…, commençai-je avant de m'interrompre.

Nick était presque aussi grand que Sinclair. Il faisait deux têtes de plus que Tina et Dennis. Peu importait. Ils auraient sûrement pu faire entrer une Volkswagen dans ma salle de bains s'ils l'avaient voulu.

Après avoir transporté Nick, Sinclair l'allongea délicatement par terre. Puis, Dennis le déshabilla, grimaçant à l'odeur, tandis que Tina allumait la douche. Alors, Sinclair posa une main sur mon épaule et me mit à la porte. De ma propre salle de bains !

— Enlève tes sales pattes de là, marmonnai-je.

— Quel… Quelque chose à boire ? (Debout dans la chambre, Jessica rougit jusqu'aux oreilles, ce qui lui arrivait très rarement.) Je veux dire… une tasse de thé, par exemple ?

J'étais sous le choc. Le retournement de situation était bien trop rapide pour Jessica « je suis rancunière à vie » Watkins. Le *sex-appeal* de Sinclair devait agir sur les femmes comme le mien sur les hommes.

— Appelle-moi Éric, répondit chaudement le putois. Tu es l'amie d'Elizabeth…

— Il aime le vin de prune, lançai-je, exaspérée. Sers-lui en un verre.

— Je m'en charge ! s'exclama Marc.

Après avoir mis les affaires de Nick dans le lave-linge, il s'était rué vers la porte en même temps que Jessica. Maintenant, ils étaient coincés, épaule contre épaule, comme dans un dessin animé.

— Non, moi !

— Va te faire foutre. Servir à boire ne sied pas à ta condition !

— Va te faire foutre, toi-même ! C'est ma maison ! Je l'ai achetée, tu te souviens ?

Se débattant, ils réussirent enfin à se dégager. Alors qu'ils faisaient la course vers la cuisine, je me cachai le visage. Les amis… une des bénédictions les plus douteuses en ce monde !

— Dommage que tu ne sois pas aussi éprise de moi, plaisanta Sinclair.

— C'est parce qu'ils ne te connaissent pas vraiment, rétorquai-je, amère.

Et pourquoi Giselle ronronnait-elle dans ses bras tandis qu'il lui grattait doucement le menton ? Sale vendue ! Je la lui pris pour la pousser en direction de la porte. Elle daigna sortir après m'avoir adressé un regard arrogant.

— S'ils savaient à quel point tu es minable, désagréable et sordide…

— Elizabeth, comment peux-tu dire ça ? (Il m'observait avec des yeux innocents de Bambi. Des yeux de Bambi froids et brillants.) Tu sais que j'ai essayé de t'aider dans le mausolée. Et ce soir, j'ai envoyé Tina pour empêcher Nostro de te faire du mal. Si elle n'avait pas été là, les Monstres t'auraient mise en pièce.

— Le cadeau vient de toi ?

— Cette croix appartenait à ma sœur.

Aussitôt, mes doigts cherchèrent frénétiquement l'attache du collier pour l'ôter de mon cou, mais il m'arrêta d'un signe de la tête.

— Garde-la. Je ne peux pas la porter et elle pourra encore t'être utile.

— Oui, répondis-je, sous le choc, mais elle appartenait à ta sœur…

— J'en suis bien conscient. Et maintenant, c'est la tienne.

— Eh bien… merci. Je ne veux pas paraître ingrate, mais…

— Non, bien sûr. Jamais, rétorqua-t-il d'un ton moqueur.

— Si tu étais inquiet, pourquoi n'es-tu pas venu en personne ce soir ?

— Je suis venu, répondit-il innocemment. Plus d'une fois, d'ailleurs. Je croyais que tu regardais !

Je sentis le rouge me monter aux joues. Marrant, pour une morte.

— Très drôle ! Tu as parfaitement compris ce que je voulais dire !

— Malheureusement, oui. Nostro a accepté de relâcher Tina à condition que je ne pose plus les pieds sur son territoire.

— OK. Ce n'est probablement pas le meilleur moment pour jouer aux questions/réponses, mais il y a plusieurs choses qui me turlupinent. Comme… pourquoi a-t-il laissé Tina entrer chez lui ? Il savait pourtant qu'elle allait te rapporter tout ce qu'elle avait vu !

— Il aime tester son pouvoir, répondit-il simplement. Je peux envoyer des émissaires, mais pas m'y rendre moi-même… Sauf s'il viole mon territoire en premier.

Et puis, il adore sortir le grand jeu devant mes hommes. Il vit presque pour ça. En revanche, le mausolée où tu l'as rencontré pour la première fois est un terrain neutre. Il en existe un peu partout à travers le monde.

— C'est pour ça que tu as pu participer à… la petite fête ?

La fête la plus ennuyeuse à laquelle j'avais assisté.

— Je n'en avais pas l'intention avant d'apprendre que tu y serais.

— Oh !

Savoir qu'il avait sauvé Tina des griffes de Noséeux et qu'il voulait me rencontrer avait apaisé la haine que je ressentais à son égard. Ce qui ne pouvait pas être bon face à un gars comme lui. Instinctivement, je m'emparai de nouveau de la croix.

— Je te remercierais bien…

— Mon cœur ! Va-t-il le supporter ?

— Mais je sens que tu ne m'as pas aidée par bonté d'âme.

— Ma position pro-Elizabeth et anti-Nostro a pourtant été claire, ces derniers jours. Je ne vois pas ce qu'il y a de suspicieux là-dedans.

— Suspicieux est comme ton deuxième prénom.

— Non, c'est Astor.

— Et qu'est-ce que tu fais là, au fait ?

Astor ? C'était pas le nom d'une fleur ? Note à moi-même : faire une recherche sur Google.

— Ma voiture. J'insiste pour la récupérer. Quelque chose me dit que tu n'es pas une conductrice responsable. Et tu avais l'air très pressé de partir.

— N'en parlons plus.

— Une prude au XXIe siècle ? Je pensais qu'elles étaient en voie de disparition !

— C'est pas parce que je pense que tu ne devrais pas te taper plusieurs partenaires à la fois que je suis prude !

Il me désigna la porte de la salle de bains d'un geste de la main, où Tina et Dennis s'occupaient de Nick.

— Je ne crois pas que tu sois en position de contester mon jugement. Au moins, mes dames de compagnie, elles, savent ce qu'elles font.

— Tu es quand même un porc, rétorquai-je, dégoûtée. Je t'ai vu. Ça aurait pu être n'importe quelle femme, tu t'en fichais complètement ! Tu te sers d'elles. Ce n'est pas une façon de traiter ses amis.

— Eh bien, répondit-il d'un air pensif, peut-être que je n'ai pas encore rencontré la femme qu'il me faut.

— Ou peut-être que tu es un porc ! (Je levai les bras au ciel.) As-tu vraiment besoin de trois femmes en même temps ? Franchement. Trois ?

— Eh bien… (Quand il sourit, je sentis mon estomac se nouer.) Est-ce qu'on a besoin d'un banana split alors qu'une simple boule vanille suffit ?

— On. Parle. D'êtres. Humains, soufflai-je en serrant les dents, les yeux bridés par la colère. Pas. De boules. De glace !

— Ton sermon assommant m'a ouvert les yeux. Je vais te faire l'offre du siècle, Elizabeth : j'abandonne leur amitié et celle de toutes les autres, ce soir même, à condition que tu prennes leur place dans mon lit… pour l'éternité.

Je sentis ma mâchoire toucher le sol pendant que je le dévisageais. Un milliard d'émotions me traversèrent en une demi-seconde : indignation, curiosité, peur, désir, choc. Avant de comprendre ce que je faisais, je lui avais déjà assené une claque assez forte pour lui dévisser la tête.

Il se caressa la joue. Face à ses yeux larmoyants, je dus me faire violence pour ne pas m'excuser.

— Joli, répondit-il finalement. Je ne l'ai pas vue venir. Je suppose que j'aurais dû. Après tout, ce n'est pas la première fois que ça arrive.

Je voulais lancer une réplique cinglante et hautaine, mais rien ne me vint à l'esprit.

— Merci, fit-il poliment à l'attention de Jessica qui lui tendait son verre.

Marc la suivait avec un plateau rempli d'accessoires à cocktails : cerises au marasquin, tranches de citron, olives. Ils n'avaient pas assisté à la claque. En fait, je l'avais à peine vue moi-même. Ma main avait réagi plus vite que mes pensées.

— C'était quoi, ce bruit ? s'enquit Jessica.

— Rien du tout. Tout ça pour du vin ?

Levant les yeux au ciel, je soupirai et me frottai la main. J'avais l'impression d'avoir frappé un bloc de granit.

Pour me narguer, Sinclair choisit soigneusement une tranche de citron.

Après avoir jeté un coup d'œil dans la salle de bains, Jessica revint au rapport.

— Ils l'ont mis nu comme un ver et l'astiquent avec ta nouvelle éponge.

Je grinçai des dents. Trente-sept dollars quatre-vingt-dix-neuf au *Body Shop* qui venaient de partir en fumée.

— Je l'ai mérité. C'est ma faute s'il est dans cet état. Qu'est-ce qui se passera quand il sera propre, Sinclair ?

— Éric.

— Ériiiiic…, répétèrent Jessica et Marc d'un air rêveur.

— Vous n'avez rien de mieux à faire, tous les deux ? criai-je presque.

— C'est la semaine la plus intéressante de ma vie, remarqua Marc. Des vampires, des alliances, des beaux mecs, des vilains. Se battre pour le Bien ! Et maintenant, on nettoie un flic qui délire dans la salle de bains. Qui sait ce qui va encore se passer ? Pourquoi devrais-je trouver autre chose à faire ?

— Sûrement parce que rien de tout cela ne vous concerne ? répliqua Sinclair.

Marc ricana.

— Je vis ici, mon pote. Ça me concerne. Et puis, qu'est-ce que vous voulez que je fasse ? M'occuper de la paperasse de l'hôpital ? Regarder des enfants mourir ? Et Jess ? Vous voulez qu'elle compte son argent ?

— On est les acolytes de Liz ! On fait partie de l'équipe. Tout ce qui la concerne nous concerne aussi, ajouta Jessica.

— Je vais tâcher de m'en souvenir. Pour répondre à ta question, Liz…

— N'essaie même pas !

— Alors ne m'appelle plus Saint Clair.

Et merde !

— D'accord.

— Parfait. Comme je le disais, une fois que l'inspecteur Berry aura été purifié, Tina ou Dennis s'occupera de ses besoins immédiats en se nourrissant de lui. Puis, nous lui ferons oublier que tu es une vampire. Il se réveillera dans son lit, avec une barbe d'une semaine, pensant avoir vaincu la grippe.

— Je ne veux pas que ça se reproduise, fis-je. Ton plan me paraît sensé et Dieu sait que tu as eu des années pour parfaire tes méthodes sinistres, mais je cherche une façon de guérir la maladie, pas les symptômes.

Malgré le frisson que lui procura le mot sacré, Sinclair daigna me répondre.

— Dans ce cas-là, tu devras choisir deux ou trois amants qui accepteront de t'offrir leur sang et leur corps, et te servir d'eux aussi souvent qu'il le faudra. Et qu'ils le désireront.

— Oublie-moi, me prévint Jessica.

— Pareil, rétorqua Marc. À moins qu'un pénis te pousse entre les jambes dans les prochains jours.

— Merci beaucoup, vous deux. Écoute, Sinclair, même si je faisais une chose aussi dégoûtante, comment puis-je être sûre qu'ils ne vont pas finir comme ce pauvre Nick ?

— Parce que tu seras présente pour eux. Tu ne leur auras pas tourné le dos après t'être nourrie une fois.

— Ça s'est pas passé comme ça, murmurai-je.

— Si tu le dis, lança-t-il d'un air entendu.

Sale type.

— Ce n'est probablement pas si terrible que ça, fit Marc pour me réconforter. Regarde-moi, je n'ai pas perdu la tête. Pas pour toi, en tout cas.

— Il est homosexuel. Ton pouvoir ne l'affecte pas de la même façon.

— « Il » est juste à côté.

— Et, continua Sinclair, comme Jessica l'a fait remarquer, il vit ici. Avec toi.

— Hé ! Il fallait quelqu'un pour dégeler le freezer !

J'éclatai de rire. Sinclair nous ignora royalement et continua son monologue.

— Choisis en deux. Ou trois. Bois leur sang tout en les satisfaisant sexuellement. Tu verras, c'est un arrangement plutôt pratique.

Voilà qui m'avait ôté toute envie de rire.

— C'est là qu'on entre en désaccord, car je pense que tu as tort !

— Elle est poète, nous informa Marc, et elle ne le savait même pas.

Malgré mon regard assassin, le sourire de Marc resta en place. Je reportai mon attention sur Sinclair.

— Je n'ai pas envie de transformer un humain en animal domestique, ou quelque chose dans le genre.

Je n'arrivais pas à oublier son expression vaguement amusée tandis qu'il prenait ces trois femmes, l'une après l'autre. Ça aurait pu être n'importe qui. Il se fichait complètement de la personne qui se trouvait dans son lit. Je ne donnerais jamais l'impression à quelqu'un qu'il était remplaçable.

Jamais.

— Tu ne mangeais pas de viande avant ton accident ? demanda-t-il. Tu étais forte et pour le rester, tu te servais des plus faibles que toi. C'est ce que font les prédateurs. Les vampires aussi. Sinon, on ressemblerait tous aux membres de PETA qui pensent que nous devrions brouter de l'herbe et boire du nectar.

— Oh ! oh ! Fallait pas aborder ce sujet, marmonna Jessica. Le mort-vivant va s'en mordre les doigts.

— Je suis membre de PETA ! répondis-je. Je mangeais de la viande, bien sûr, mais ce n'est pas pour ça que j'acceptais que l'on verse de la mousse à raser dans la gorge des lapins ou du maquillage dans les yeux des chiens pour que les Américaines aient des yeux de biche ! Il y a une grande différence entre ingérer des protéines, accrocher une tête empaillée sur son mur et créer un déodorant qui donne une odeur de fleurs aux dessous de bras !

— Une vampire membre de PETA…

Sinclair avait visiblement du mal à s'empêcher de sourire.

— Tu fais partie de ce truc ? s'exclama Marc, horrifié. Putain ! Je ne me doutais de rien ! Je me sens sale ! Pourquoi est-ce que tu ne m'as rien dit ?

Je clignai des yeux.

— Je suis une vampire et tout ce qui te gêne, c'est que je donne mon argent à PETA ?

— Je peux accepter le fait que tu sois un suppôt de Satan dénué d'âme, pas une amie des arbres et des animaux. J'ai ma fierté.

Jessica éclata de rire. Elle dut s'appuyer contre le mur pour ne pas tomber.

Sinclair sourit sans me quitter des yeux. Il faisait attention à ne pas dévoiler ses dents, probablement pour ne pas faire fuir Jessica et Marc.

— Je ferais mieux d'aller voir comment ça se passe, dis-je finalement.

En passant devant eux sur le chemin de la salle de bains, je fis semblant de ne pas remarquer le signe de mauvais œil que me lançait Marc. Il avait du mal à s'en remettre.

— PETA ! Je crois qu'il faut que je m'asseye pour y réfléchir calmement. Je n'avais rien contre la petite amie de Satan, mais une fille qui embrasse les arbres et fait sauter des laboratoires…

— Tu devrais vraiment t'asseoir, suggéra poliment Sinclair.

Je croisai Dennis sur le chemin.

— Nous avons besoin de vêtements pour votre Nick, m'informa-t-il par-dessus son épaule. Quelque chose qu'il peut porter à la maison et n'associera pas à vous.

— J'ai de vieux survêtements que je ne mets plus. Dans le tiroir du bas, à gauche. Ils ne portent pas mon nom. Ils sont un peu petits, mais ils feront l'affaire.

J'entrai alors dans la salle de bains. Il semblait un peu plus en forme… Pas étonnant, quand sa tête reposait entre les seins de Tina qui frottait les muscles de son dos avec une éponge savonneuse. Il semblait très heureux d'être là. C'était un soulagement. Quand j'avais aperçu la forme prostrée de l'inspecteur sur le sol de ma chambre, j'avais eu peur qu'il soit perdu à jamais.

— Comment ça se passe ? demandai-je d'une voix de crécelle.

Parler à Tina me rendait nerveuse. Et si elle perdait le contrôle et décidait de m'attaquer à coups de savon ?

— Il va s'en sortir. Est-ce que vous pouvez m'aider ? Je pourrais demander à Sinclair ou Dennis, mais…

— Tout est ma faute, je sais. Je vais t'aider. (Après avoir retiré mes vêtements, j'entrai dans la cabine de douche et refermai la porte derrière moi.) Et maintenant ?

— Maintenant, je me jette sauvagement sur vous et me frotte contre vous jusqu'à ce que mort s'ensuive.

J'éclatai de rire. Je devais avouer que j'avais reculé le plus loin possible et que je ne me sentais pas très à l'aise, nue, devant une lesbienne. Ça m'était peut-être déjà arrivé dans des douches publiques, par exemple, où l'on ne connaissait pas les autres personnes présentes. On pense toujours que tout le monde est hétéro. Si quelqu'un regarde un peu trop vos seins, c'est probablement parce qu'elle n'ose pas vous demander le nom de votre chirurgien.

— Très drôle ! Pardon…

— C'est moi qui suis désolée. J'ai abusé de votre confiance et failli tout gâcher. (L'amertume que je perçus dans sa voix me troubla.) Tout ça parce que je n'ai pas su me retenir.

— Hé ! Du calme, ma belle ! Tu voulais juste un baiser, tu n'as pas essayé de poignarder mon chaton, que je sache ! Et puis, je t'en devais une, rappelle-toi ! À cause de la fosse ?

Elle déplaça Nick aussi facilement que s'il s'agissait d'un nourrisson.

— Si je comprends bien, répondit-elle, le plus sérieusement du monde. J'ai risqué ma vie, manqué de subir une mort atroce, pour vous sauver ; en retour, vous avez repoussé mes avances et maintenant, nous sommes quittes ?

— Voilà, répondis-je d'un air moqueur.

Elle leva les yeux au ciel.

— Que Satan nous vienne en aide, si vous êtes réellement notre reine, fit-elle en souriant. (Je savais qu'elle plaisantait pour me mettre à l'aise.) Alors, très bien. Revenons à nos affaires. Si vous voulez bien boire à son cou, je le prendrai en moi. Ainsi, il sera soulagé et nous pourrons lui implanter de nouveaux souvenirs.

— Le prendre… Oh ! Ici ? Maintenant ?

Pourquoi est-ce que je me retrouvais toujours dans des situations pareilles ?

— Il est en train de mourir, remarqua-t-elle sérieusement.

— Et il suffit de coucher avec lui pour que, « pouf », il se sente mieux ?

— Moquez-vous autant que vous voudrez…

— Je suis sérieuse !

— C'est ce dont il a besoin !

— Mais tu n'aimes pas les… je veux dire… Merde !

Elle rit.

— C'est vrai. Pourtant, il faut savoir faire des exceptions.

— Oui, mais tout est ma faute.

— Oui, mais vous ne voulez pas le faire vous-même. En particulier avec plusieurs personnes qui attendent derrière la porte, dont deux qui possèdent une ouïe exceptionnelle. Ce n'est pas grave. (À mon expression, elle se radoucit.) Tout va bien, Betsy. Ça ne me dérange vraiment pas. Ce n'est rien pour moi et tout pour lui. Et puis, n'avez-vous pas soif ?

Si. Je ne m'étais pas encore nourrie ce soir-là. Ni la nuit précédente, d'ailleurs. Cependant…

— Pourquoi doit-on faire les deux ? Boire son sang et baiser ?

— Nous n'en avons pas besoin. Eux si. Quand nous les prenons, ils ressentent un besoin qu'ils ne connaissaient pas. Comme ils ne peuvent pas boire de sang, ils se contentent du meilleur moyen de se sentir vivant. C'est comme si vous vous masturbiez en vous interdisant d'atteindre l'orgasme. À quoi est-ce que ça sert ? C'est frustrant et ça rend tout le monde mécontent. Bien sûr, nous pourrions prendre ce dont nous avons besoin sans rien leur donner en retour, mais ce ne serait pas juste.

Dit comme ça…

— Cette situation est déroutante, le temps passe, l'eau chaude va bientôt s'arrêter. On ferait mieux de s'y mettre. J'ai soif. Mais si tu fais ça pour moi, je te devrai une nouvelle faveur.

Elle se passa la langue sur les canines d'un air pensif.

— Un baiser, répondit-elle finalement.

— Tina, je t'ai déjà dit que je ne penche pas de ce côté-là, me plaignis-je.

— Pas durant votre vie, c'est vrai, mais en tant que vampire, vous devrez vous adapter. Après la mort, beaucoup d'entre nous deviennent plus… souples.

Voilà qui expliquait beaucoup de choses. Deux semaines auparavant, si une femme avait tenté de m'embrasser, je lui aurais foutu mon sac dans la gueule. Alors qu'aujourd'hui, je me retrouvais nue, dans une douche, avec une très belle femme et un homme plutôt pas mal. Ils voulaient tous les deux coucher avec moi et, pour être franche, je n'aurais pas refusé d'être prise en sandwich.

C'était une sensation étrange. Que quelqu'un vienne à mon secours !

— OK, répondis-je en tâchant de paraître la plus dégoûtée possible. On en reparlera plus tard.

— Bien sûr, me rassura-t-elle. J'attendrai que nous ayons du temps… libre.

— Tu sais, je trouve que ces pauses que vous utilisez, Sinclair et toi, sont terrifiantes.

— C'est pour ça qu'on s'en sert ! D'après vous, qui lui a tout appris ? demanda-t-elle d'un ton joyeux.

Elle rinça les derniers résidus de savon du corps de Nick avant de me faire signe d'approcher. Je fis courir mes doigts le long de son dos pour atteindre ses épaules. Puis, je me penchai et le mordis. Alors que le sang chaud et salé s'écoulait dans ma bouche, Nick se redressa vivement, sortant totalement de l'apathie dont il avait fait preuve jusqu'ici. Il essaya de se tourner vers moi. Je l'en empêchai.

— Viens par là, l'incita Tina d'une voix douce et chantante.

Il se jeta aussitôt sur elle, la souleva et s'enfonça en elle. Plaquée contre le mur, elle releva les jambes pour les enrouler autour de sa taille. Elle laissa échapper un gémissement de douleur tandis que Nick donnait des coups de reins si forts que je dus le lâcher.

— Oh ! mon Dieu ! Est-fe qu'il te fait mal ?

J'étais horrifiée, prête à l'attraper pour le flanquer à la porte de la salle de bains. Peu importait qu'il soit la victime.

— Non. Ce n'est rien.

Je me rendis alors compte qu'une femme qui n'aimait pas les hommes était en train de se faire prendre à ma place, sans profiter du sang. Tout ça parce qu'elle voulait que, moi, je boive. Et comme je n'étais qu'une sale égoïste, j'avais accepté.

C'est juste que… je n'avais pas pensé qu'il serait si brutal. Qu'il ne prêterait aucune attention à sa partenaire. Bien sûr, il avait essayé de faire la même chose avec moi, mais je lui avais rendu la monnaie de sa pièce. Et puis, j'aimais les hommes. Ce n'était pas le cas de Tina.

Nick écarta davantage les cuisses de Tina qui ne put réprimer un cri de douleur.

— Oh ! et puis minfe !

Quand je tentai de le tirer en arrière, elle m'en empêcha.

— Non ! Sinon, tout ça n'aura servi à rien !

Alors, je me contentai de lui tenir la main. Elle serra douloureusement la mienne tandis que Nick accélérait la cadence pour atteindre l'orgasme. Puis, il tomba à genoux, à demi-conscient, et je rattrapai Tina avant qu'elle s'écroule.

— C’est fini, ma belle, la rassurai-je en repoussant les mèches de cheveux qui tombaient devant ses yeux. C’est la dernière fois que tu prends pour moi.

— D’accord.

Nous sortîmes de la douche ensemble. Je me rappelai d’arrêter l’eau avant que Nick se noie, pourtant, j’avais envie de le cogner contre le mur. Logique ? Quelle logique ?

Chapitre 19

— On vous accompagne, répéta obstinément Jessica.

— Je ne crois pas, non, refusa poliment Sinclair.

— Hé ! Les coéquipiers suivent toujours les héros ! C'est la règle. Et puis, je veux vraiment assister à son cours d'initiation au vampirisme, ajouta Marc d'une traite.

Dennis et Tina paraissaient outrés.

— Ça va à l'encontre de toutes nos règles, expliqua Tina. Et, et…

— C'est totalement déplacé, continua Dennis sur un ton offensé. Nous ne sommes pas des bêtes de cirque. Nous ne faisons pas notre numéro devant ceux qui respirent encore.

— Oui, ça doit rester privé, fit Tina, entre sa Majesté et nous.

— À propos de ça, l'interrompit Jessica, je sais que cette fille est spéciale… Je l'ai toujours pensé.

— Ooooh ! fut ma seule réponse.

— Tais-toi. Mais je parle uniquement de sa personnalité. Qu'est-ce qui fait d'elle la reine ? Sûrement pas son QI !

— C'est une très bonne… Hé ! Merci, sale garce !

— Chérie, tu sais très bien que tu n'es pas la fille la plus maligne du monde. Pas la peine d'en avoir honte.

— Ce n'est pas parce que je n'ai pas un QI de 142 comme certaines petites filles riches que mes bras traînent par terre quand je marche !

Sinclair n'avait pas l'air content. Et moi non plus !

— Je peux t'assurer qu'elle n'a pas été élue. Sinon, je n'aurais certainement pas voté pour elle.

— Quoi ? J'ai raté le mémo qui demandait de lyncher Betsy aujourd'hui ? rétorquai-je.

— C'est ta faute, tu ne vérifies jamais ta boîte de réception, répondit Jessica. Alors Éric, qu'est-ce que c'est que cette histoire de reinette ?

— Ne pense même pas à m'appeler comme ça ! Je ne plaisante pas !

Sinclair soupira. Très théâtral, quand on savait qu'il n'avait pratiquement pas besoin de respirer.

— C'est une longue histoire qui ne vous concerne pas. Elle vient avec nous. Bonne nuit !

À ces mots, Jessica et Marc tombèrent simultanément par terre, si bien que je dus m'écarter vivement pour ne pas qu'ils m'écrasent.

— Hé ! Arrête de faire ça à mes amis, tu veux ? Et d'abord, comment est-ce que tu t'y prends ? Je dois bientôt assister au repas de Pâques de mon père et ma belle-mère...

Sinclair frissonna en entendant le mot « Pâques », mais je ne savais pas si je devais le mettre sur le compte de son lien avec la religion ou d'une peur panique des lapins. Dans tous les cas, il se ressaisit rapidement.

— On en reparlera plus tard. Tina, Dennis, venez !

— Gentils chiens-chiens, marmonnai-je.

Après avoir soulevé Nick, propre et sec, qui dormait dans un coin, comme un sac à patates, Sinclair le porta jusqu'à la Jaguar. Puis, sans prendre en compte mes protestations, il le balança dans le coffre qu'il ferma à clé avant de prendre place sur le siège du conducteur.

— Tu viens ? me demanda-t-il poliment pendant que Tina et Dennis se dirigeaient vers une autre voiture, une Maserati rouge.

— J'ai perdu la tête, remarquai-je avant de m'asseoir côté passager. (Comme le chien du voisin s'élançait vers nous, langue pendante, je me dépêchai de claquer la porte.) Complètement barje !

Pendant ce temps-là, Sinclair avait les genoux relevés jusqu'aux épaules et cherchait la manette pour reculer le siège d'un air agacé.

— Tu as entièrement détruit mon intérieur ! s'exclama-t-il en réglant le rétroviseur. Tu parais grande, mais en fait, tu as les jambes d'un ornithorynque !

— C'est ça, continue à râler. Reproche-moi de vouloir atteindre les pédales, pendant que tu y es !

Quand il mit le contact, *Living Dead Girl* de Rob Zombie résonna dans les haut-parleurs.

— C'est intolérable ! s'exclama-t-il.

Il se jeta sur le contrôleur de volume avant de tapoter frénétiquement sur les stations préenregistrées. Aussitôt, l'espace de la voiture fut inondé d'un – quelle horreur ! – quatuor à cordes.

— Beurk ! commentai-je.

— Tu me voles les mots de la bouche, répondit-il en se frottant les oreilles. Un peu de bon sens, Betsy, tu possèdes une ouïe exceptionnelle : pas besoin de mettre le son aussi fort !

— Tu comptes ramener Nick chez lui ou continuer à m'insulter toute la nuit ?

— J'ai bien l'intention de faire les deux, rétorqua-t-il en prenant le virage si vite que je faillis m'éclater contre la portière.

Il ne nous fallut pas longtemps pour atteindre une petite maison qui, je le supposais, était celle de Nick. Je n'avais pas l'intention de demander à Sinclair comment il connaissait son adresse. La plupart du temps, je ne voulais rien savoir, mais les gens s'entêtaient à me mettre au courant !

Alors, Sinclair sortit Nick du coffre, le porta à l'intérieur et utilisa son coup d'hypnotiseur qu'il avait gardé sous le coude pour l'occasion. À notre départ, Nick dormait toujours.

Puis, comme si je n'étais pas déjà assez inquiète, Tina et Dennis décidèrent de nous fausser compagnie.

— Vous n'avez pas besoin de trois personnes pour vous apprendre à chasser, expliqua-t-elle en faisant signe à Dennis qui démarrait la voiture. Bonne chance !

— Ne me laissez pas toute seule avec ce sale type ! criai-je aux feux de position qui s'éloignaient avant de rajouter : Chasser ?

— N'oublie pas ta promesse, fit-il d'une voix douce. Suis-moi.

— Suis-moi, assieds-toi, reste là.

— Ah ! si seulement…

— Les vampires n'existent pas.

Je clignai des yeux.

— Euh… Désolée, j'étais ailleurs. Tu viens de dire qu'on n'existe pas ?

— Reste concentrée ! Nous sommes un mythe, une légende, nous faisons partie du folklore.

— On est comme la petite souris ! Avec des canines.

— Non, pas vraiment. La plupart des enfants croient à la petite souris.

— Toi aussi ?

— Je n'ai pas eu d'enfance, répondit-il de manière détachée. Bien. Comme nous n'existons pas, notre champ d'action est unique dans le monde naturel. C'est un détail vital…

— Ouah ! Rembobine ! Comment ça, tu n'as pas eu d'enfance ?

— S'il te plaît, Elizabeth. Concentre-toi. En tant que vampires…

— Je suis concentrée. Pourquoi est-ce que tu n'as pas eu d'enfance ?

Pas de réponse. Nous nous promenions dans une réserve naturelle à cent kilomètres de Minneapolis. Je percevais la présence de toutes sortes d'animaux : écureuils, rennes, lapins, rats, chauves-souris, insectes, serpents. Tout ce petit monde se démenait, se battait, copulait, mangeait, mourait autour de moi. C'était à la fois intéressant et déconcertant. Je pouvais entendre et sentir tout ce qui se passait dans la forêt.

— Je n'ai pas eu d'enfance, reprit-il finalement, parce que dès les premiers instants de ma vie, j'ai dû me battre. J'apportais de la viande sur la table familiale avant de connaître l'alphabet.

— Comment ?

— J'étais trop jeune pour me servir d'un fusil, alors j'ai appris à poser des pièges. Je savais aussi pêcher.

— Oh !

J'étais impressionnée. Je devais bien l'avouer. Même si je n'imaginais pas du tout M. Sophistication Incarnée comme un petit garçon allant pêcher avec une canne sur une épaule et un filet sur l'autre.

— Que faisaient tes parents ?

— Nous étions une famille de fermiers.

— Pas possible !

— Surprise ?

— Bien sûr ! Je veux dire, tu es tellement… (*Sophistiqué. Raffiné. Chic. Sophistiqué. Rien à voir avec la vie de ferme. Est-ce que j'ai dit « sophistiqué » ?*) Tu es… euh…

— Être fermier, continua-t-il comme si de rien n'était, est un travail très difficile. Encore aujourd'hui.

— Comment est-ce que tu connais les conditions de travail actuelles ?

— Je possède plusieurs fermes locales.

— Oh ! Pourquoi ? Si c'était moi, j'aurais fui ce milieu aussi loin que possible.

— Après la mort de mes parents, je n'ai pas pu… je n'avais pas assez de moyens financiers pour… Je voulais simplement posséder ces fermes, point final ! Bien. Où en étions-nous ? Comme les vampires n'existent pas, nous jouissons d'une certaine liberté. Mais pour en profiter, il faut…

— Je t'assure que nous existons ! insistai-je.

Je n'étais pas idiote. Je m'étais bien rendu compte de l'état dans lequel Sinclair s'était mis à cause de simples fermes ! S'il voulait éviter le sujet, je n'allais pas l'en empêcher, mais pas au profit de ces bêtises.

— Allô ? On se promène dans les bois. Plus réels que nous, tu meurs !

Sinclair soupira.

— Leçon n° 1 : les vampires n'existent pas.

— Eh bien, la leçon n° 1 est complètement stupide !

— Ça signifie simplement que nous devons tenir nos agissements secrets.

— Pourquoi ?

— Parce que c'est la règle.

— Pourquoi ?

Il s'arrêta, exaspéré.

— Vraiment, Elizabeth, j'ai l'impression de m'adresser à une enfant de maternelle.

— Va te faire foutre ! Je t'ai promis d'écouter tes leçons et je tiens toujours parole, mais fais au moins en sorte qu'elles soient compréhensibles ! C'est tout ce que je te demande !

— Oui, et ton entêtement est la raison pour laquelle le plus puissant vampire depuis cinq siècles veut ta tête sur un plateau.

Grimaçant, je donnai un coup de pied dans un tas de feuilles mortes. *Sale je-sais-tout satanique !*

— Nous. N'existons. Pas. Nous ne retournons pas auprès de nos parents. Nous ne continuons pas à habiter dans notre ancienne maison. Nous ne nous plaignons pas de notre mort auprès d'étrangers.

— Alors, c'est pour ça que « nous » sommes de tels losers !

— Nous trouverons une solution à ce problème, répondit-il d'un air sombre. Bon, maintenant parlons de la traque.

— Oh ! putain ! La traque ? Non, mais tu t'entends ?

— Comment comptes-tu te nourrir autrement ?

— Jusqu'à présent, ça n'a pas été un problème, rétorquai-je avec arrogance.

— Oui, ce bon policier peut en témoigner.

Il m'avait bien eue sur ce coup-là.

— Alors, marmonnai-je, cette traque ?

— Nous ne respirons pas. Notre cœur ne bat pas. Ou pratiquement pas. Tu verras, il est très facile de s'approcher de quelqu'un sans qu'il s'en rende compte.

— Oui. La nuit où je me suis réveillée à la morgue…

— Tu devras me raconter cette histoire un jour, m'interrompit-il gracieusement. Comme je le disais, si tu te concentres, avec un peu d'entraînement, tu seras capable de surprendre n'importe qui. Même un vampire.

Cette pensée me réconforta. Un jour, j'arriverais peut-être à me glisser derrière Sinclair pour lui flanquer une raclée bien méritée.

— Comment ça marche ?

— Tu vois les daims, là-bas ?

Je suivis son regard. Effectivement, il y avait une biche et son faon à une vingtaine de mètres de nous. Je ne les avais pas entendus, ni vus. Il faisait sombre et ils se fondaient parfaitement dans les bois.

— Affirmatif !

— On va essayer de s'en approcher. Touche la biche avant qu'elle s'aperçoive de ta présence.

— Et je lui cause une crise cardiaque ? C'est une mère de famille ! Sale sans-cœur !

— Choisis le faon alors, répondit-il patiemment.

— Faire peur à *Bambi* ? Sinclair, je te jure, si tu n'étais pas déjà un vampire, tu irais brûler en enfer !

Il se passa une main devant les yeux. Il demeura silencieux un long moment, les lèvres serrées. Je connaissais cette expression. C'était la même qu'il m'avait été donnée de voir sur le visage de mon père, de mes professeurs ou de mes patrons au fil des années.

Il s'empêchait probablement de m'étrangler. J'étais comme j'étais. Autant s'y faire tout de suite.

— Hé ! chuchotai-je, quelqu'un approche.

Il faisait autant de bruit qu'un troupeau tout entier. Le craquement des feuilles était assourdissant. J'avais envie de me plaquer les mains contre les oreilles. On aurait dit qu'un géant mangeait des *Rice Krispies*. Et sa respiration ressemblait à celle d'un rhinocéros asthmatique. Craintive, j'attendis que l'horrible créature fasse son apparition.

— Salut ! Vous êtes perdus ?

Il s'agissait en fait du garde-chasse, un simple quadragénaire. Il faisait à peu près ma taille et avait les cheveux blonds et des yeux bleus brillants. Son bronzage était remarquable pour un mois d'avril et, sur son uniforme, il arborait les écussons de la commission des gardes-chasses du Minnesota.

— Nous nous promenons, répondit calmement Sinclair en secouant légèrement la tête lorsque la biche et son faon s'échappèrent. Les jeunes amants, vous savez ce que c'est !

Il passa un bras autour de mes épaules pour me rapprocher de lui.

— Hé ! Je veux dire : oui, de tout jeunes amants !

— Je vais devoir vous demander de partir, nous dit l'homme d'un ton sévère. Nous procédons à quelques contrôles. Il se pourrait que certains de nos daims souffrent d'une EST.

— Une encéphalopathie spongiforme transmissible ? s'enquit Sinclair pendant que je tiquais. Vous en êtes sûr ?

— Non, c'est pour ça que nous procédons à des contrôles. Maintenant, circulez, s'il vous plaît.

— Bonne soirée !

— OK, salut ! répondis-je en essayant de retirer le bras de Sinclair sans le rendre soupçonneux.

Pas la peine. J'aurais eu plus de succès avec un tronc d'arbre. Quand nous fûmes suffisamment éloignés, je le repoussai franchement.

— EST ? Ça ne serait pas un autre mot pour la maladie de la vache folle, par hasard ?

— Si.

— Beuuuuuuuuurk ! Tu allais nous faire chasser de la biche folle !

— Selon l'OMS, il n'y a aucune preuve que l'EST soit transmissible aux humains et encore moins aux vampires.

Pas la peine de m'abaisser à demander ce qu'était l'OMS.

— Bien joué, monsieur le chasseur ! Sucer leur sang et attraper la maladie du vampire fou n'était pas vraiment sur ma liste des priorités de la semaine. Aucune de ces conneries ne l'était d'ailleurs, marmonnai-je.

— Sucer leur sang ? répéta Sinclair l'air effaré. Pas du tout !

— Si je comprends bien, ils n'étaient bons qu'à effrayer ?

Il frissonna. Vraiment. J'étais persuadée qu'il n'en était pas capable !

— Non. Non. Je comptais me servir des animaux pour t'entraîner. Et ne me demande pas pourquoi. Tu le sais parfaitement.

— Euh… Non. (*Visiblement, je ne suis pas aussi intelligente qu'il le pense, bordel.*) Pourquoi est-ce qu'on ne se nourrit pas d'animaux ? Ça serait plus simple et moins traumatisant. Pour tout le monde.

— As-tu remarqué l'effet de… ta bouche… sur les hommes ?

L'effet de ma bouche... Oh! Si l'acte était aussi sensuel, aussi excitant, Bambi allait probablement essayer de me monter dessus...

—Oh!

—Je ne te le fais pas dire.

—Beurk!

—Oui.

—Alors seulement des humains, soupirai-je.

—Oui. Et jamais d'enfants non plus.

—Je m'en serais doutée.

—Je préfère que les choses soient claires. Après tout, ce qui me semble logique t'a surprise plus d'une fois.

—Hé! Si tu penses que je suis conne, dis-le-moi en face au lieu de tourner autour du pot...

—Je pense que tu es conne.

—Tu quoi? T'es gonflé! Tu ne peux même pas faire semblant d'être gentil pendant cinq minutes?

—Chaque fois que j'essaie, j'en ressors avec une côte cassée! remarqua-t-il en se tâtant le torse.

—Tu l'as bien mérité! Tu n'avais pas à m'embrasser sans ma permission. Sans oublier que tu venais à peine de les quitter!

—Je ne suis pas d'accord. Je me comportais simplement en hôte prévenant.

Il éclata de rire en me voyant m'indigner.

—Sinclair, tu es le pire... Merde! Je n'arrive pas à trouver une insulte à la hauteur de ce que je pense.

—C'est ça l'Éducation publique, souffla-t-il d'un air compatissant.

—Mon éducation était sûrement meilleure que la tienne, bouseux! rétorquai-je. Où est cette putain de voiture? J'en ai ma claque de courir les bois avec toi!

— Tout droit. Tu comprends mieux maintenant ce que je voulais dire à propos de prendre du sang ?

— Oui, c'est bon. Pas la peine de me faire un dessin. Range tes crayons de couleur. (J'aperçus la voiture à l'orée de la forêt.) De toute façon, je n'aurais pas à m'en inquiéter tous les soirs, dis-je pour me rassurer, même pas tous les deux jours !

Sinclair secoua la tête.

— Impressionnant !

Je bombai fièrement le torse.

— Sans aucun précédent. Et sans avoir rien fait pour le mériter, continua-t-il.

— Oh ! ça va, hein ! Tu es jaloux, c'est tout. Dis ? Je peux conduire ?

— Hors de question.

— Pff ! Je suis la reine ou pas ?

— Ça ne suffira pas à me convaincre de te donner l'autorisation de remonter derrière un volant.

— Les hommes et leurs jouets…

Je refusais d'ouvrir la bouche durant tout le trajet.

Chapitre 20

Lorsque je me réveillai près de Sinclair, je fus la personne la plus choquée au monde. Pour ajouter à l'étrangeté de la situation, il s'était relevé sur un coude pour m'observer. Son torse était recouvert d'une toison noire et son…

— Oh ! mon Dieu !

Me redressant d'un bond, je vérifiai rapidement que tout était en place. Bien. J'avais encore mes vêtements sur moi.

— Ne me fais plus jamais ça ! Tu peux m'expliquer ce que je fabrique entre les draps satinés de l'enfer ?

Je fis mine de me rapprocher du bord. Nous nous trouvions au milieu du lit. À mon grand soulagement, je me rendis compte que les draps avaient été changés. À présent, ils étaient d'un gris si clair qu'on aurait dit de l'argent.

— Bonsoir à toi aussi, rétorqua-t-il en m'observant sortir du lit avec la grâce d'un hippopotame. Tu peux me dire pourquoi tu n'es pas tombée en poussière ce matin ?

— Tu me poses cette question à moi ? Comment diable est-ce que je pourrais le savoir ?

Le soleil avait commencé à se lever au moment où nous avions atteint la maison de Sinclair. Je n'y avais pas réfléchi. Après tout, j'avais dormi toute la semaine dans une chambre qui donnait plein Est. Pourtant, Sinclair avait paniqué quand j'avais ouvert ma portière.

— Comment pouvais-je deviner que tu possédais un passage souterrain ? marmonnai-je en m'observant dans le miroir et en tentant de me coiffer avec mes doigts.

Mes cheveux continuaient-ils à pousser ? Devais-je continuer à prendre rendez-vous chez *Simone* ? Mes racines ne semblaient pas avoir foncé. Bien sûr, il n'en serait peut-être pas de même dans deux mois...

— Betsy ?

— Quoi ?

J'avais envie de me refaire des mèches rouges. Pendant quelque temps, elles avaient été passées de mode, mais à présent, elles revenaient en force. Est-ce que le produit marcherait sur mes cheveux ? Les cheveux mi-longs avaient toujours été d'actualité, mais que se passerait-il si ma coupe devenait ringarde ? Quelle perspective horrible ! Démodée pour l'éternité ! C'est comme si j'avais été transformée dans les années 1960 avec un look à la *Ma Sorcière bien-aimée* ! Personnellement, je préférais encore être changée en poussière...

— Elizabeth !

— Quoi ?

— Nous parlions du fait que tu n'as pas été brûlée la nuit dernière. Essaie de rester concentrée.

— Calme-toi ! C'est mauvais pour le cœur. Pourquoi est-ce que tu te mets dans des états pareils ? Je pensais que le soleil avait autant d'effet sur toi que sur moi.

— Merci pour ces clarifications. Attends un instant. Tu viens de dire que le soleil n'a pas d'effet sur toi ?

— Tu es entré dans ma chambre, Sinclair. Souviens-toi, les fenêtres donnent à l'Est et mes rideaux sont blancs. Ils laissent passer la lumière.

— J'ai simplement supposé que tu dormais dans la cave. (L'intensité avec laquelle il me regardait me donnait envie de me replier sur moi-même.) Remarquable. Vraiment remarquable !

— Euh, oui. Bref. (Je toussai modestement.) Quand tu as arrêté la voiture, j'ai pensé que tu attendais que je descende, pas que la Batcave s'ouvre...

Sinclair me montra son bras. Il était aussi rouge qu'un homard cuit. Il l'avait brûlé en m'attrapant pour m'empêcher de sortir de la voiture.

— Visiblement, tu avais tort.

Je frissonnai à l'évocation de ce souvenir. J'avais honte. Alors que je me tenais au soleil, clignant des yeux et bâillant, Sinclair, plus pâle que d'habitude, avait sorti son bras de la voiture pour me forcer à rentrer.

— Oh ! c'est vrai, pardon, avais-je murmuré, plus fatiguée que jamais. Le soleil, ça brûle, quelle agonie... Ô rayons cruels zzzz.

Sinclair s'éclaircit la voix pour me ramener à la réalité.

— Eh bien, repris-je en regardant sa brûlure, je suis désolée. Je ne voulais pas te blesser. Tu sais, rien de tout ça ne se serait produit si tu m'avais laissé conduire.

— Je préfère encore une brûlure au second degré, merci !

— Si j'avais su, je serais rentrée dans la voiture toute seule, mais j'avais du mal à réfléchir. J'étais très fatiguée.

— Puisque tu m'as presque fait brûler sur place, comment pouvais-tu savoir que ça ne t'arriverait pas ? demanda-t-il d'une voix qui oscillait entre l'admiration et l'impatience.

— Je ne savais pas que je m'endormirais aux premières lueurs de l'aube ! me plaignis-je. D'habitude, je me mets au lit bien avant. Puis, sans que je me rende compte de rien, je suis de nouveau réveillée, prête pour une nouvelle nuit.

— Je crois qu'il est grand temps de continuer tes leçons.

— Pourquoi ?

— Tu as donné ta parole.

— Non, je veux dire : pourquoi est-ce que tu fais tout ça ? Pourquoi t'intéresses-tu à moi ?

— Parce que, répondit-il simplement en se relevant d'un bond élégant (je fus rassurée de le voir porter un boxer marine), si tu es réellement notre reine, tu dois connaître les règles de la société sur laquelle tu vas régner.

— Pitié ! Tu ne crois pas vraiment à ces sornettes du *Livre des Morts* ? Après tout, tu es loin de me traiter comme un monarque ! D'ailleurs, ça ne te tuerait pas d'essayer..., ajoutai-je.

— Même si j'avais encore des doutes, ils auraient disparu en te voyant debout en plein soleil à bâiller au lieu d'avoir la réaction d'un vampire ordinaire : prendre feu.

— Ce n'était rien du tout, rétorquai-je avec une modestie feinte. Au fait, pourquoi suis-je dans ton lit ? Ne me dis pas qu'il n'y a pas d'autres chambres dans cette baraque ?

Quand il me sourit, j'eus l'impression d'assister au lever de la lune.

— Privilège de l'hôte...

— Pervers !

Pourtant, j'étais secouée. Pourquoi devait-il être aussi appétissant ? Beau gosse, un gars bien quand il le voulait. Il aurait très bien pu s'octroyer certaines libertés, mais il ne l'avait pas fait.

Pourquoi ? Comme si les membres de son harem étaient plus jolies (ou avaient des cuisses plus fermes) que moi ! Il y avait bien pire que se taper la Reine de tous les Morts-vivants, croyez-moi ! Alors, quoi ? La royauté n'était pas assez bien pour lui ? L'ex-miss Burnsville ? Il n'aimait pas les pom-pom girls ? Tous les Américains fantasmaient sur les pom-pom girls ! Et je n'avais pas occupé n'importe quelle place : j'étais la chorégraphe, s'il vous plaît !

— Betsy ? Tout va bien ? Tu as l'air bizarre… Encore plus que d'habitude.

Je remis de l'ordre dans mes pensées.

— Pourquoi t'es-tu réveillé avant moi ? Et pourquoi ne t'es-tu pas endormi dans la voiture ? On est partis des bois si tard…

— Je ne me suis pas inquiété de l'heure puisque nous étions à l'abri avant que le soleil se lève…

— Mais pourquoi me suis-je endormie ? Et pourquoi étais-tu déjà levé ?

— J'ai entendu ces questions la première fois que tu me les as posées. Si tu me laissais finir…, fit-il d'un air interrogateur. (Je lui adressai un regard noir.) Ah ! Enfin un peu de docilité. Cette soirée commence bien. (Il dut m'entendre grincer les dents car il ajouta :) Pour tout te dire, je suis bien plus vieux que toi. Je ne suis pas obligé de dormir toute la journée si je le désire.

— Oh ! Donc, ça finira par m'arriver aussi ?

Il m'observa d'un œil critique. Je me recoiffai instinctivement.

— Pas forcément. Certains d'entre nous ont toujours besoin d'une pleine journée pour se régénérer. Nostro en est le meilleur exemple.

— Pas la peine d'avoir l'air si fier de toi ! rétorquai-je face à son expression suffisante. (Il semblait adorer cette situation : même si je pouvais me gargariser à l'eau bénite, je ne pourrais peut-être jamais rester éveillée aussi longtemps que lui.) Bon, reprenons nos leçons. (Soupir.)

— Avant toute chose, me coupa-t-il avec un sourire d'une insolence féline, rappelle-toi ce dont je t'ai parlé au café l'autre jour.

J'avais un mauvais pressentiment. Je m'approchai d'une commode près de la fenêtre. Elle était plus grande que moi.

— Qu'est-ce que c'était ?

Il me suivit.

— Je t'avais promis de t'aider… à condition que tu me laisses mettre quelque chose dans ta bouche. (Il me saisit par les épaules pour me forcer à lui faire face.) Tu as le choix, bien sûr, mais j'espère que… Qu'est-ce que c'est ?

— Un de tes mouchoirs, répondis-je en le sortant du tiroir du haut. (Je le fourrai dans ma bouche avant de l'avaler.) Où est la salle de bains ? articulai-je difficilement. Je vais être malade.

Il m'observa un long moment avant d'éclater de rire. Il était tellement secoué de spasmes qu'il eut du mal à m'indiquer la direction de la salle de bains, si bien que je faillis ne pas arriver à temps.

Pendant que Sinclair prenait sa douche, je décidai que j'avais besoin d'une tasse de thé. Ça ne servait à rien pour apaiser ma soif, mais je n'aimais pas me réveiller dans une maison inconnue avec des vampires, sans eye-liner, qui plus est. Une bonne tasse de thé calmerait mes nerfs de morte-vivante.

Malheureusement, l'antre de Sinclair avait les dimensions de la Maison Blanche. J'avais bien essayé de faire confiance à mon odorat... pour finir dans un spa où l'on diffusait du thé vert dans la piscine à vagues pour éliminer les toxines. Et merde !

Quand je repris mon chemin dans les couloirs, je faillis rentrer dans une femme.

— Pardon, m'excusai-je automatiquement.

Je la reconnus immédiatement. Étonnant vraiment, puisque la dernière fois que je l'avais vue, elle était nue et prenait un peu trop de bon temps avec Sinclair.

— Oh ! ajoutai-je sans conviction. (Je ne savais pas si je devais lui dire que je l'avais reconnue.) Euh, salut !

Personnellement, si j'avais fait une chose pareille, je n'aurais pas voulu qu'on me reconnaisse. Mais j'avais tendance à me la jouer prude pour tout ce qui concernait les fraudes fiscales, les partouzes et les meurtres.

Elle m'observa de la tête aux pieds. Les femmes ne sont jamais discrètes. Tout est passé au peigne fin : coiffure, maquillage, vêtements, chaussures. Si vous avez les jambes nues, elles regardent même si vous avez la peau sèche ou si vous connaissez l'existence de la crème hydratante. Elles jaugent l'adversaire, en quelque sorte.

Un homme, au contraire, s'attardera sur vos seins avant de remonter vers votre visage. C'est agaçant aussi, mais bien plus direct.

— Hmm, fit-elle d'un ton qui ressemblait à du dégoût avant de ricaner.

Sympa. Dire qu'elle ne me connaissait même pas ! D'habitude, les gens attendaient deux ou trois conversations pour m'insulter.

Elle n'était pas d'une beauté classique : pommettes hautes, front large, nez marqué, yeux noirs enfoncés. Ils étaient si sombres que je ne distinguais pas ses iris, comme ceux de Sinclair. Sur lui, c'était effrayant. On avait l'impression qu'ils allaient vous aspirer. Sur elle, c'était juste bizarre. Un peu comme les yeux de Keanu Reeves. Elle mesurait environ cinq centimètres de plus que moi, ce qui signifiait qu'elle était probablement la femme la plus grande que j'aie jamais vue. Elle ne portait qu'un peignoir rouge et aurait bien eu besoin d'une pédicure.

— Tu ne saurais pas où se trouve la cuisine, par hasard ? lui demandai-je une fois que je fus sûre qu'elle avait fini de me détailler et de me dénigrer. J'ai cherché partout, mais…

Ses narines se dilatèrent. Comme elle avait un nez… imposant, dirons-nous… l'effet était bluffant. Je faillis reculer d'un pas. Quand elle m'adressa la parole, sa voix se révéla étonnamment basse et profonde.

— Je suis noire, donc je dois forcément savoir où se trouve la cuisine, c'est ça ?

— Je pensais…

— Tu pensais qu'une femme noire en peignoir à 20 heures était forcément une servante ? Eh bien, tu as tort ! Pour ton information, je ne saurais pas faire la différence entre une poêle à frire et mon cul !

— Euh… Je suis navrée de l'apprendre ?

— Je ne suis pas une servante ! Je suis le bras droit du patron. Et tu le sais très bien puisque tu as pris ton pied en nous regardant !

J'avais le souffle coupé. C'était la première fois qu'on m'accusait de racisme. Ceux qui me connaissaient savaient que Jessica était ma meilleure amie. Et tous ceux qui connaissaient Jessica savaient qu'elle était bien plus intelligente, jolie, mince et riche que moi. Nous n'étions pas comparables, c'est tout. C'est pour ça que je pensais que les Noirs (« Jamais Afro-Américains », m'avait enseigné Jessica. « Mes grands-parents étaient jamaïcains, bordel ! ») étaient plus intelligents et couronnés de succès que je ne le serais jamais.

Fière de m'avoir verbalement botté le cul, ma nouvelle meilleure amie se détourna. Toutefois, elle s'arrêta en entendant ma voix résonner.

— Pour ta gouverne, fis-je en essayant de ne pas exploser de colère, je pensais que tu saurais où se trouve la cuisine car tu sembles habiter ici. Sauf si, bien sûr, les peignoirs sont devenus le dernier chic en matière de tenue de soirée, ce dont je doute, parce que le *Vogue* de ce mois-ci n'y a même pas consacré une ligne.

Alors qu'elle ouvrait la bouche pour répondre, je continuai ma tirade.

— Deuxièmement, je n'avais aucune intention de vous observer jouer au docteur. Je me fous complètement de ce que tu fais avec Sinclair, mais je trouve ça pathétique que tu éprouves le besoin de t'en vanter. Tu es fière de le laisser te sauter ? C'est une bonne évolution de carrière ? Je suis sûre qu'il fait passer des entretiens très rigoureux ! ajoutai-je d'un ton sarcastique. Tu as des nichons ? Embauchée !

— Comment oses-tu me parler sur ce ton ? rétorqua-t-elle en jouant avec la ceinture de son peignoir.

— Quel ton ? C'est toi qui as commencé ! Tu t'es enflammée pour une malheureuse petite question !

Peut-être que si tu arrêtais d'écarter les jambes de temps en temps, tu apprendrais les bonnes manières.

Elle leva le bras pour me frapper. Pas une simple claque, mais un poing bien serré. Bien sûr, comme j'étais une vampire et qu'elle était humaine, j'avais l'impression qu'elle bougeait sous l'eau. Pourtant, je ne pouvais m'empêcher de m'inquiéter.

— N'essaie même pas ! fis-je en repoussant sa main comme une vulgaire mouche. (Malheureusement, cette pichenette la fit voler trois mètres plus loin. Oups !) Si tu ne veux pas qu'on t'insulte, apprends à fermer ta grande bouche. Autre chose : si tu m'accuses encore une fois de racisme, je me ferai un plaisir de te botter le cul. Si quelqu'un t'a déjà maltraitée, passe tes nerfs sur lui, pas sur moi.

Je m'éloignai en la dépassant. J'étais toujours prête pour un bon crêpage de chignon quand je disposais des bonnes armes. En attendant (et merde !), je ne savais toujours pas où se trouvait la cuisine et ça m'avait donné soif ! J'aurais dû la prendre à la gorge pour voir !

Soudain, j'entendis de lents pas mesurés. Un autre membre du harem de Sinclair se tenait dans l'encadrement d'une porte. Elle, au moins, était habillée.

— C'était excellent, remarqua-t-elle avec un fort accent anglais. (J'adorais entendre les Britanniques parler.) Mitzi méritait qu'on lui remonte les bretelles.

— Cette amazone s'appelle Mitzi ?

Elle m'adressa un sourire moqueur. Elle était vraiment mignonne : petite, des cheveux blonds et courts, des yeux bleu ciel, une légère fossette au menton. Elle portait un tee-shirt rose, qui lui allait parfaitement au teint, par-dessus un pantacourt blanc. Les ongles de ses petits pieds délicats ressemblaient à des morceaux de nacre peints en rose.

— Tu peux parler… Betsy !

— Touché. Dis-moi, tu ne saurais pas où se trouve la cuisine, par hasard ? Et rassure-toi, je ne cherche pas à insulter tes ancêtres…

— Suis-moi.

Lorsqu'elle s'engagea dans le couloir, je dus courir pour la rattraper.

— On fait la course ? m'enquis-je.

— Oh ! désolée ! s'excusa-t-elle en ralentissant légèrement la cadence.

— Si je comprends bien, vous vivez toutes ici ?

— Oui, oui.

— Et ça vous plaît ?

Elle m'adressa un regard surpris.

— Pourquoi est-ce que ça ne nous plairait pas ? Tu as vu Sinclair ?

— Euh… oui. (C'est vrai qu'il était très beau, mais il n'en était pas moins un monstre. Moi aussi, d'ailleurs. Comment pouvait-elle supporter de jouer les hors-d'œuvre ?) Je n'ai pas l'habitude de juger les gens sur leur apparence, pourtant, tu ne me donnais pas l'impression d'être… euh…

Elle sourit, plissant les yeux d'un air amical.

— Une chatte en chaleur ? Membre d'un harem ? Son petit-déjeuner, son déjeuner ou son dîner ?

— Voilà.

— Éric Sinclair m'a sauvé la vie. Malgré les apparences, il m'a trouvée dans la rue. Je taillais des pipes dans les ruelles sombres. Il m'a fait une meilleure offre.

— Oh ! Oh ! (Si j'avais été en vie, j'aurais rougi comme une tomate.) Tu n'as pas l'air… Je veux dire, tu es si…

— Comme disait ma mère : il faut de tout pour faire un monde !

C'était la première fois que je parlais à une ancienne prostituée. J'avais des tas de questions à lui poser ! Est-ce que ça payait bien ? Est-ce que les maquereaux étaient aussi pourris que dans les films ? Existait-il une mutuelle spéciale ? Savait-elle faire la différence entre un flic et un client ? Lui arrivait-il de le faire pour s'amuser ou est-ce que c'était purement boulot-boulot ? Et la grossesse ? Est-ce que c'était considéré comme un accident de travail ?

Je me forçai à revenir sur terre.

— Ma mère dit exactement la même chose. Je suppose que si tu te sens bien ici et que la nourriture est bonne, c'est l'essentiel. Le reste ne regarde personne.

Elle éclata de rire.

— La nourriture est grandiose ! Et servir Sinclair est loin d'être un fardeau.

Nous descendions à présent un escalier différent de celui que j'avais vu précédemment.

— Oui, je sais, il n'a rien de repoussant. Pas la peine d'en faire tout un plat. Au fait, est-ce que je peux acheter une carte de cet endroit quelque part ?

— Tu t'y habitueras, répondit-elle d'un ton moqueur.

— Mon Dieu, j'espère bien que non !

À ces mots, son rire s'arrêta net. On aurait dit une radio que quelqu'un avait soudain débranchée.

— Je croyais que tu étais une vampire !

— C'est exact.

— Redis « Dieu » pour voir.

— Dieu.

— Dis : « Au nom du Père et du Saint-Esprit. »

— Au nom du Père et du Saint-Esprit.

— Récite la prière du seigneur, si tu veux bien.

— Seulement si tu me donnes un biscuit. « Notre père qui es aux cieux, que ton nom soit sanctifié, que ton règne arrive, que ta… »

— Arrête !

Dennis déboula en courant dans l'escalier et nous rejoignit en son centre. Il avançait si vite que ses pieds touchaient à peine le sol. Il s'était plaqué les mains contre les oreilles et ses yeux roulaient dans leurs orbites comme ceux d'un chien enragé.

— Karen, arrête ça tout de suite ! Je n'arrive pas à travailler ! Arrête de faire ce putain de bruit !

— Ce n'est pas moi, Dennis, répondit celle qui devait être Karen en se recroquevillant contre le mur. (Elle me désigna du bout du pouce.) C'est elle !

— Oh !

Dennis baissa doucement les mains. Je me rendis alors compte qu'il portait un pantalon à pinces avec des chaussettes noires et une chemise blanche parfaitement repassée. Il avait fait l'impasse sur la cravate, mais avait quand même boutonné sa chemise jusqu'en haut.

— Oh ! c'est vous !

— Désolée, m'excusai-je.

— Vous n'avez pas à vous excuser auprès de moi, Majesté.

— Bien sûr que si. Vous étiez au bord de la crise cardiaque (*ou de la fuite urinaire*, ajoutai-je mentalement), encore pardon.

—Je suis désolée, moi aussi, ajouta Karen. Je ne pensais pas qu'elle le ferait. Je ne pensais pas qu'elle en serait capable… Tu es une vampire !

—C'est ce qu'ils n'arrêtent pas de me répéter. Alors, cette cuisine ?

—Oui, c'est vrai, répondit-elle en se secouant comme un chien. Par ici.

Dennis lui jeta un dernier coup d'œil méfiant par-dessus son épaule.

—Je suis vraiment désolée, murmura-t-elle. Je n'aurais jamais demandé à n'importe qui de faire ça. Surtout ici.

—Est-ce que ça leur fait mal ? demandai-je à voix basse à mon tour pour déjouer l'ouïe surnaturelle du vampire.

—Tina m'a dit que ça ressemblait au bruit d'une craie qu'on fait grincer contre un tableau noir… multiplié par mille. Et comme le bruit est dans leur tête, se couvrir les oreilles ne sert à rien. Enfin, ça ne les empêche pas d'essayer.

—Aïe !

—Mais toi, comment se fait-il que tu arrives à prononcer ces mots ? Simplement à les penser ? Et qu'est-ce que tu veux dire par : « Est-ce que ça leur fait mal ? » Tu es l'une des leurs !

—C'est un mystère ! répondis-je, non sans fierté. (J'étais une énigme entourée de mystère et enduite de sauce secrète !) Sinclair essaie de comprendre pourquoi. C'est pour ça qu'il m'apprend les bases de la vie vampirique.

—C'est plutôt toi qui devrais donner des leçons, rétorqua-t-elle avant de rougir jusqu'aux oreilles. Tu n'as pas entendu ça, j'espère ?

— Entendu quoi ?

— Merci.

Après avoir parcouru plusieurs couloirs et enfoncé des portes battantes, la cuisine apparut enfin devant nous !

— C'est pas trop tôt ! me plaignis-je. Si j'étais encore en vie, je serais déjà morte de soif depuis longtemps.

Karen s'éclaircit la voix.

— À propos de ça… Est-ce que tu veux que j'appelle quelqu'un ?

— Ma jolie, la seule chose dont j'ai besoin, c'est d'une théière !

Pour toute réponse, elle ouvrit un placard à la volée et en remua l'intérieur pour en sortir une bouilloire rouge qui allait sûrement m'arracher les oreilles quand l'eau serait chaude.

— Merci, dis-je en me dirigeant vers l'évier. (Vingt pas en tout. La cuisine de Sinclair était plus grande que le rez-de-chaussée de mon père.) Tu en veux ?

— Laisse-moi regarder… (Elle farfouilla dans les entrailles d'un autre placard.) Oui, ils ont des feuilles, aujourd'hui. Pas de sachet pour moi.

— Qu'est-ce qui ne va pas avec les sachets ? Ah ! C'est vrai, tu es anglaise. Tu es regardante sur tes herbes bouillies, me moquai-je.

— Et je ne m'en cache pas ! Ce qu'ils mettent dans les sachets est imbuvable ! C'est tous les restes, tu sais ? Ils mettent les jolies feuilles en boîte, et la poussière qui reste : hop ! on en fait des petits paquets !

— Calme-toi, ta tension va exploser ! Les deux me conviennent parfaitement. La seule chose qui m'énerve, c'est quand j'ai des feuilles qui flottent dans ma tasse.

Elles arrivent toujours à s'échapper de la boule. Et en plus, elles risqueraient de me faire vomir, ajoutai-je, inquiète.

— Vomir ?

Hochant la tête, je m'assis au bar qui était suffisamment large pour y découper une ou deux vaches.

— C'est ce qui arrive chaque fois que j'avale de la nourriture solide. Crois-moi, tu ne veux pas voir ça. (Je me pris la tête entre les mains.) Je viens juste de me rendre compte : les desserts ! Plus de crèmes brûlées, de gâteaux au chocolat, de glaces. Fini les sabayons à la framboise, les cookies aux pépites de chocolat et les tartes ! Je crois que je vais pleurer…

— Non, ne pleure pas, intervint Karen, craintive.

Elle me prit la bouilloire des mains que j'avais agitée pour appuyer mon discours avant de se diriger vers la plus petite gazinière avec seulement huit feux. Quand elle appuya sur un bouton, des flammes bleutées apparurent.

— Excuse-moi, mais… tu n'y avais pas pensé avant ?

— C'est pas ma faute ! Je suis seulement morte… quel jour sommes-nous ? Je suis morte en fin de semaine dernière.

Un fracas retentit lorsque la bouilloire lui tomba des mains.

— Tu viens… de te réveiller ? (Je rêvais ou était-elle en train de me fuir ? Non, ce n'était pas mon imagination !) Mais tu n'es pas… tu aurais dû te jeter sur moi ! Je ne devrais pas… rester seule ici avec toi, je suis désolée. Tu as l'air gentille…

— Oh ! détends-toi ! la coupai-je. Le bégaiement à la Hugh Grant, ça m'énerve ! Je n'ai pas l'intention de te mordre. Je n'ai pas soif. Bon, OK, peut-être un petit peu, mais je sais me contrôler. Je te le jure. Sinon, tu ne penses pas que j'aurais sauté sur Mitzi dans le couloir ?

Karen avait battu en retraite contre le mur du fond. Je pouvais à peine la voir. Sale cuisine démesurée à la noix !

— Je suppose que oui… et tu es vraiment intéressante, reprit-elle avec un sourire forcé. Et je n'ai pas de croix sur moi.

— Désolée, la contredis-je sur un ton d'excuse. Je peux les toucher. Je peux les manger. Aucun problème. Pour tout te dire, j'en porte une sur moi en ce moment même.

Voilà qui réussit à la déloger de sa cachette.

— C'est vrai ? Tu peux contrôler ta soif et toucher des crucifix ?

— J'ai l'impression de me répéter. Ta capacité d'attention semble être proportionnelle à la taille de tes pieds. Qu'est-ce que tu veux que je te dise ? Je suis une énigme, entourée d'un mystère et…

— Ça m'est égal. Qui êtes-vous ?

Elle avait traversé la cuisine en un éclair pour m'observer de plus près. Je haussai les épaules.

— Moi… tout simplement. Cette bonne vieille Betsy. Du moins, c'est ce que j'ai toujours été.

— Bon. Je ne crois pas que nous ayons été correctement présentées. Je m'appelle Karen Helmbolt, fit-elle en me tendant la main avec hésitation, comme si elle s'attendait que je la morde.

Au lieu de ça, je me contentai de la secouer brièvement.

— Enchantée de te rencontrer.

— Moi de même… je suppose !

Pendant que j'éclatais de rire, elle se baissa pour ramasser la bouilloire tombée à terre et la plaça de nouveau sur la cuisinière. Puis, elle s'empara d'une serviette et sécha le carrelage sans jamais me quitter des yeux.

— Te rencontrer a vraiment été une expérience intéressante. C'est la chose la plus excitante qui se soit passée ici depuis… euh…

— Tu mènes une vie tranquille, si je comprends bien.

— Oui et Dieu merci ! s'exclama-t-elle avant de se plaquer une main sur la bouche. Désolée ! Oh ! Excuse-moi, j'avais oublié que ça n'avait aucun effet sur toi.

— Hé, du calme ! Je croyais que les Anglais étaient connus pour leur flegme à toute épreuve ?

— Oui, eh bien, pas les jours comme aujourd'hui !

Chapitre 21

Après le thé, je demandai à Karen de me montrer la bibliothèque. J'étais loin d'être une *geek*, mais je voulais voir le genre de livres que lisait Sinclair. Et s'il possédait des livres d'histoire, peut-être trouverais-je des passages parlant de Tina, Dennis ou lui ? Ou Nostro ? Connais ton ennemi, et tout le tralala… même quand ledit ennemi est une diva qui a trop bu de bière. Ou, dans son cas, de sang.

Surprise, surprise. La bibliothèque semblait tout droit sortie d'un catalogue du XIXe siècle. Murs sombres, moquette bordeaux dans laquelle je m'enfonçais jusqu'aux chevilles, meubles en acajou, étagères chargées de livres. Le bureau était assez large pour permettre à trois personnes d'y travailler sans se donner de coups de coude. Ridicule ! Si je ne savais pas déjà que Sinclair n'avait pas besoin de compenser, je me serais posé des questions !

Sur le mur derrière le bureau était accrochée une vieille photo couleur sépia. Elle représentait deux hommes qui avaient tous les deux les yeux de Sinclair, à cette différence près que l'un avait environ quinze ans et l'autre cinquante. Les femmes, elles, étaient petites, délicates avec des cheveux sombres et de grands yeux… comme la photo était en noir et blanc, je ne pouvais pas distinguer leur couleur. La petite fille était la seule qui souriait. Elle semblait avoir treize ans. *C'est sa famille*, pensai-je. *Ses parents et sa sœur. Ils sont tous morts maintenant. Je me demande s'il savait qu'il serait toujours de ce monde au XXIe siècle lorsque cette photo avait été prise.*

C'était la seule photo de la pièce.

Alors, je me mis à parcourir les livres sur les étagères. Shakespeare. Rien d'étonnant. Toute l'œuvre de James Herriot. Voilà qui l'était davantage. J'imaginais mal Sinclair lire un roman qui parlait d'un vétérinaire du Yorkshire. Quoi que… il avait grandi dans une ferme, après tout !

Derrière le bureau, le mur entier était recouvert d'étagères pleines de CD. Je ne pris même pas la peine de m'y attarder. D'après ce que j'avais entendu hier soir, je n'avais aucun espoir.

Je reportai mon attention sur les livres. L'encyclopédie en cuir sentait vraiment très bon. D'Aadvark à Zymogène. Des atlas. *La Géographie du monde* en trente-deux volumes… datés de 1922. Un globe près de la fenêtre – je me demandai s'il s'agissait du même type que celui de mon père, le genre qui contenait un minibar. *Les Contes de Canterbury*, beurk ! Même Sinclair n'était pas aussi vieux que ça ! *L'Enfer* de Dante… Ô surprise !

Et ça ? La bibliothèque centrale était d'un genre à part : *De retour d'entre les morts* ; *Les Vampires qui ont marqué l'Histoire* ; *Évoluer parmi les morts-vivants* ; *Le Guide du vampire à l'usage des hommes* ; *L'Église et les morts-vivants* ; *Mort-vivants, bon-vivants*. Qui avait écrit tout ça ?

Quand je me saisis des *Vampires qui ont marqué l'Histoire*, je me rendis tout de suite compte qu'il avait bien servi. Il s'ouvrit à une page marquée pour révéler un Nostro grimaçant. Il manqua de me tomber des mains.

Nostrodamus, anciennement connu sous le nom de Frederick O'Neill. Né le 14 février 1627 à Londres, Angleterre. Mort le 26 décembre 1656.

Ooooh ! Ce bon vieux Noséeux était un bébé de la Saint-Valentin ! Comme c'était mignon ! Né à la Saint-Valentin, mort le lendemain de Noël. Hé ! Il s'appelait Fred ? Je le savais ! Pas étonnant qu'il ait changé de nom le plus rapidement possible. Et où était passé son accent britannique ? Peut-être l'avait-il perdu après avoir vécu deux cents ans aux États-Unis !

Très lourd, le livre faisait au moins quinze centimètres d'épaisseur. Je m'installai plus confortablement pour commencer sa lecture.

« Il existe très peu de détails concernant la vie de Nostrodamus. Les sources sont maigres de par sa nature solitaire.

Toutefois, depuis sa mort, ses exploits méritent d'être soulignés :

Le Soulèvement des Morts-Vivants en 1658. Malgré son échec, il s'agit d'un événement notable qui a montré la capacité de Nostrodamus à réunir plus de six mille vampires en très peu de temps. Si l'Église catholique n'était pas intervenue, les vampires se seraient probablement emparés de Londres.

Le Massacre du 1er mai 1660. Cette fois encore, Nostrodamus a été vaincu par l'Église catholique, mais il a causé énormément de pertes dans le camp adverse. Cette bataille montre qu'il a appris de ses précédentes erreurs. Il a réussi à s'emparer d'enfants par la ruse et les a… »

Je tournai la page. Non merci. Je ne voulais pas savoir.

« Le Soulèvement de Plymouth, 1700. Après avoir voyagé jusqu'au Nouveau Monde à bord du cargo *HRH Queen Elizabeth I*, Nostrodamus s'imposa rapidement dans la colonie de la baie du Massachusetts. Il réussit à garder le contrôle de la ville pendant cinquante-six ans avant d'être chassé par de nouveaux arrivants et des natifs américains qui mirent le feu à Plymouth pendant la journée et embrochèrent tous ceux qui avaient survécu.

C'est le premier cas connu d'union entre colonisateurs et natifs américains contre les vampires. Nostrodamus sacrifia une grande partie de ses serviteurs pour assurer sa fuite. Beaucoup d'entre eux restèrent en arrière pour… »

Atterrée, je refermai violemment l'ouvrage. Pas possible. Ce type n'abandonnait jamais ou quoi ? Attaque après attaque, il se foutait complètement des victimes qu'il laissait dans son sillage. Il aurait fait n'importe quoi pour garder le pouvoir.

Pourtant, il déménageait. Sans cesse… après chacune de ses défaites. Mais maintenant qu'il s'était installé ici, je doutais qu'il veuille tout recommencer à zéro ailleurs. Dommage.

En plus, il était en colère après moi. Pourquoi ? Parce que je lui avais ri au nez. Et refusé de mourir dans d'atroces souffrances. Et l'avais insulté devant sa cour. Et m'étais échappée.

— Fascinant, n'est-ce pas ?

Je faillis me faire tomber le livre sur les pieds. Sinclair se tenait à l'entrée de la bibliothèque, habillé comme un millionnaire : pantalon à pinces et chaussures noires, chemise bleu nuit. Ses cheveux étaient encore mouillés et il exhalait une faible odeur de sang frais. Devant mon air interrogateur, il répondit :

— J'ai croisé Mitzi à la sortie de la douche. J'ai appris que tu l'avais rencontrée.

— Ouais. C'est vraiment une perle, celle-là. Ne la laisse surtout pas partir !

— Tu lui as fait peur, tu sais ? remarqua-t-il d'un ton amusé. Elle ne savait pas du tout qui tu étais lorsqu'elle t'a défiée. Elle était hystérique. J'ai dû la calmer.

N'importe quoi.

— Rien ne l'effraie. D'où viennent tous ces livres ? Je n'en ai jamais entendu parler.

— Eh bien, répondit-il le plus sérieusement du monde, Shakespeare est un célèbre auteur, né en…

— Pas lui, idiot ! Les bouquins sur les vampires !

— Tu pensais qu'on perdait notre créativité ou notre soif de savoir après la mort ?

— Non, je suppose que non. Alors, il existe des maisons d'édition vampires ? demandai-je d'un ton moqueur.

— Oui.

Sa réponse me coupa la chique.

— Oh ! Est-ce que je peux t'en emprunter quelques-uns ? Pour l'instant, mes sources se limitent au rayon fiction et à la cinémathèque.

Il frissonna.

— Sers-toi, je t'en prie. J'insiste, même.

— Génial ! répondis-je en attrapant des livres. Je vais y aller alors.

— Tu m'as donné ta…

— Je sais ! Tu te répètes. Hier soir, on s'est occupés de la chasse.

— À peine.

— Et maintenant, j'ai des devoirs ! S'il te plaît, laisse-moi lire tout ça. Je reviendrai demain soir. Tu auras le droit de me poser des questions !

— Vraiment ? Et à chaque faute, quelle sera ta punition ?

— Euh…

— Un baiser ?

— Seulement en rêve.

— Je savais que tu rêvais de moi.

— Arrête de frimer ! Je m'en vais, rétorquai-je sèchement avant de me diriger vers la porte.

Je lui donnai un coup d'épaule pour qu'il me laisse passer, mais Sinclair ne bougea pas d'un millimètre, même quand je m'appuyai contre lui de tout mon poids. Alors, je dus me faufiler entre le mur et lui, sachant pertinemment qu'un sourire moqueur illuminait son visage.

— Oh ! et je t'emprunte une voiture ! lançai-je par-dessus mon épaule.

Son expression s'assombrit. Bien fait !

Je rétrogradai légèrement et pris le virage en troisième. Je dus redresser le volant à la hâte pour arrêter de zigzaguer. Le grondement de la voiture (enfin, vu le prix de la bagnole, il s'agissait plutôt d'un ronronnement) résonnait comme une douce musique à mes oreilles.

Ah ! la liberté ! Salut Sinclair ! À la prochaine, Tina. Adieu Dennis, Mitzi et Karen. Bon OK, peut-être pas Karen.

J'avais une main sur le volant et l'autre dans l'étui à CD jusqu'au coude. Je farfouillai, attrapai, tirai. La bande originale d'*Amadeus*. Non. Je lâchai le volant un quart de seconde pour appuyer sur le bouton de la fenêtre et Wolfgang vola dans la nuit.

Beethoven : Concerto pour violon. Je passe. Dehors. *Sentimento* d'Andrea Bocelli. C'était qui celle-là ? Adieu. *Mahler : Symphonie n° 5*. Probablement pas mieux que la première ou la quatrième. Bye bye. *Chopin : 24 études*. Toi aussi, Chopin ? Dehors.

Qui devais-je mordre pour avoir de la musique décente ? Et pourquoi avais-je choisi la seule voiture qui ne possédait pas de radio ? Saleté de Sinclair. Ses goûts musicaux me donnaient des envies de meurtre.

La lumière rouge clignotante que j'aperçus soudain dans mon rétroviseur me rappela qu'il y avait bien pire que d'être coincée dans la Mercedes dernier cri de Sinclair avec de mauvais CD. Par exemple : me faire arrêter à 21 h 30 dans la voiture de quelqu'un d'autre sans permis de conduire !

Je me garai sur le côté le plus calmement possible. Un exploit, vu que je conduisais à plus de quatre-vingt-dix kilomètres heure. Puis, je me recoiffai à la va-vite en attendant que le grand méchant loup arrive. Même si le gouverneur du Minnesota faisait des coupes dans le budget, il y avait toujours des policiers pour nous tourmenter. Les infirmières, on pouvait s'en passer ! Mais les flics ? Ah ! la logique des politiciens…

Plus d'infirmières, moins d'amendes : c'était mon nouveau slogan !

Quand il s'arrêta devant ma porte et se baissa pour y voir plus clair, je lui adressai mon plus beau sourire. C'est parti : première question à la con.

— Bonsoir, madame. Savez-vous à quelle vitesse vous rouliez ?

Non. Je suis toute seule dans la voiture, je conduis, le compteur est en ambre transparente, mais je n'en ai aucune idée. Quarante ? Cinquante kilomètres heure ?

— Je suis désolée, monsieur l'agent. Je suis pressée de rentrer à la maison. Je n'ai pas fait attention, répondis-je en clignant des yeux d'un air innocent.

Le coup du « Oups, j'ai merdé, mais je n'ai pas l'habitude d'enfreindre la loi, alors laisse-moi partir, rien que pour cette fois, grande brute » marchait dans 67 % des cas. Surtout quand je portais ma minijupe en daim.

La tête penchée, il continuait à me dévisager. Je réagis avant qu'il puisse me poser sa deuxième question.

— Je n'ai pas mon permis sur moi. Je l'ai laissé à la maison. Et je n'ai pas non plus les papiers du véhicule. Ce n'est pas ma voiture. Elle appartient à…

Qui ? Un ennemi amical ? Ma Némésis ? Le connard du coin ? Mon persécuteur vampiropathe ? Un mélomane avec des goûts de chiottes ?

— Euh, je l'ai empruntée !

Le visage du policier se fendit soudain en un grand sourire.

— Vous êtes mignonne !

Yes ! Et un taux de 100 % pour la morte-vivante !

Pour la première fois, je me rendis compte de l'étendue des possibilités qui s'offraient à moi. Ça compensait un peu la perte du chocolat. Je ne serais plus jamais esclave des limitations de vitesse !

— Mignonne, répéta le flic au cas où je ne l'aurais pas entendu la première fois. Tu es tellement mignonne…

— Merci ! Je peux y aller ?

— Oui, oui.

— OK.

S'il ne bougeait pas, j'avais peur de lui rouler sur les pieds.

— Allez, recule, lui ordonnai-je. Et n'aligne plus personne ce soir.

Ça marchait du tonnerre !

Chapitre 22

Je titubai jusqu'à chez moi. Bien sûr, j'étais assez forte pour porter les livres ! Ma prise était simplement mal assurée et je ne voyais rien par-dessus la pile.

Je les laissai tomber sur la table basse qui trembla légèrement, mais résista au poids. Puis, je me dirigeai vers la cuisine.

Un bon thé m'aiderait à oublier ma soif. Même si je n'y prêtais pas à attention, elle devenait de plus en plus difficile à ignorer. Quand m'étais-je nourrie pour la dernière fois ? Au moins deux nuits plus tôt. Je n'allais pas tarder à devoir capituler et croquer quelqu'un. Peut-être irais-je me promener, tard dans la nuit, dans l'espoir de me faire agresser…

Il y avait un mot sur le frigo, écrit à la va-vite sur une ordonnance tachée de sauce. C'était plus fort que lui, Marc ne pouvait pas utiliser de serviette. Pourtant, il avait l'air propre sur lui. Le contraste était incroyable. Les gays n'auraient pas dû avoir le droit d'être bordéliques.

Je me rapprochai pour lire :

Salut ô reine des vampires ! J'espère que les leçons avec tu-sais-qui se sont bien passées. S'il essaie quoi que ce soit, j'en fais mon affaire. Jessica travaille au Pied *ce soir et moi, je suis de service de nuit. Pas la peine de regarder dans le frigo, on a fini le lait. Je ramènerai peut-être des dossiers de patients pour que tu les examines. Une petite faim ?*

M.

Le malin. Il n'avait pas du tout abandonné son projet d'expédition punitive. Dans tous les cas, le plan me convenait parfaitement. Ça m'éviterait de faire des victimes. Surtout que si je buvais le sang de mes agresseurs, je risquais de les rendre accros et donc, de les tuer.

Comment ça, ils avaient bu tout le lait ? Merde ! Je déteste le thé sans lait ou sans crème !

Je buvais ma troisième tasse de thé nature en lisant *L'Église et les morts-vivants* lorsque Jessica apparut. Elle éclata aussitôt de rire. Rien de nouveau. Après tout, j'étais affalée sur le canapé avec mon pyjama à sushis et mes pantoufles en forme de pattes de monstre. La table basse croulait sous le poids des livres et *Autant en emporte le vent* passait à la télé. Le meilleur film de tous les temps.

— Bien installée ? demanda-t-elle tout sourires.

Elle posa ses clés dans le vide-poche et sa mallette dans un coin. Elle allait encore passer des heures à la chercher demain matin.

— Des devoirs, répondis-je d'un air sinistre. Si je n'étais pas déjà morte, mon mal de tête m'aurait tuée.

— Qu'est-ce que tu lis ?

— Écoute ça : *Par définition, l'Église et les morts-vivants sont voués à être ennemis. Se référer aux index VII, XXIII, et XVII.* J'ai passé tellement de temps à chercher ces satanées notes de bas de page que j'en ai oublié ce que je lisais !

Elle s'approcha pour observer les volumes de plus près.

— Nom de Dieu ! s'exclama-t-elle, impressionnée (un fait assez rare pour le souligner). Qu'est-ce que c'est que ça ?

— Des bouquins vampires top-secret. Si j'ai bien compris, il existe des artistes, des auteurs, des banquiers et même des valets morts-vivants… bla-bla. Et ils continuent à écrire des livres dans le genre après leur mort. Je me demande s'il y a un classement des meilleurs auteurs morts-vivants !

— Tu es là depuis combien de temps ?

— Une demi-heure ! C'est sans fin ! J'ai besoin d'une pause.

— Ça tombe bien. J'ai bu du vrai café au lieu de mon déca habituel. Je pète la forme. Qu'est-ce que tu veux faire ?

Je haussai les épaules. Je n'avais pas l'habitude de faire la fête aussi tard. Enfin, peut-être était-ce sur le point de changer.

— Allez ! me supplia Jessica. On n'est pas sorties s'amuser toutes les deux depuis que… tu sais.

Depuis que j'étais morte. C'était vrai.

— Tu marques un point. (Je repoussai le livre que je lisais. Il tomba par terre dans un grand fracas qui me fit sursauter.) Qu'est-ce qui passe au *Hype* ?

L'*Hyperion* était un cinéma ouvert toute la nuit qui passait des films à petit budget. Pour 2 dollars, on pouvait voir des films sortis huit mois auparavant. En général, ils obtenaient les bandes en même temps que les vidéoclubs. Et c'était drôle de voir des bandes-annonces périmées. Tout ça pour seulement 2 dollars, quoi !

Jessica m'adressa un sourire moqueur. Ça ruinait complètement son look de femme d'affaire : tailleur gris Armani, collants et chaussures noirs. Quand elle arborait cette expression, elle ressemblait à une gamine de primaire.

— Tu ne devineras jamais!

— Sûrement pas, alors tu ferais mieux de me le dire tout de suite. Et ne souris pas comme ça! Tu as des pattes d'oie.

— Menteuse. Devine!

— Euh… *Autant en emporte le vent*?

Elle perdit son sourire.

— Non! Pourquoi voudrais-je regarder un film qui glorifie…

— Et c'est reparti!

— … l'esclavage et octroie le statut de demi-dieux aux propriétaires des plantations?

— Ce ne sont pas des demi-dieux! Ils ont autant de défauts que les gens normaux: l'héroïne est une garce, bon sang! Margaret Mitchell n'a jamais démenti que Scarlett O'Hara était superficielle, têtue, égoïste…

— Tyrannique.

— Oui, oui, d'accord. Mais Mitchell souligne aussi le fait que Scarlett traite ses serviteurs…

— Ses esclaves.

— Plus après la guerre de Sécession. Elle les traitait mieux que les Blancs… mieux que son mari, même! *Ses* maris!

— Oui, mais…

— Et le héros est un homme à femmes, joueur, qui viole sa femme quand il a trop bu. Réveille-toi! Ils sont bourrés de défauts! Alors que les serviteurs et les esclaves, malgré leur souffrance, sont presque tous bienveillants et fidèles envers leur famille. Ce livre dénonce les méfaits qui se sont déroulés dans le Nord. Combien d'esclaves ont vraiment reçu des terres et une mule après leur libération ?

Cette conversation revenait souvent. À mon avis, Jessica aimait le livre (je l'avais trouvé plusieurs fois dans sa chambre), mais elle adorait ce genre de débat. Surtout que la plupart des Blancs n'osaient jamais le défendre devant elle. Moi, je n'avais aucun scrupule. Elle avait tort. Point.

— C'est un livre qui glorifie les Blancs aux dépens des Noirs.

— Les Blancs superficiels finissent seuls et malheureux. Certains sont même chassés à coups de pied de chez eux par l'armée de l'Union. D'autres meurent de faim pendant la Reconstruction…

— OK, OK!

— Tu sais, pour quelqu'un d'assez riche pour acheter Londres, je te trouve bien susceptible au sujet de l'esclavage ! Surtout quand on sait qu'aucun membre de ta famille n'en a jamais souffert.

Elle renifla.

— Tu ne peux pas comprendre ma douleur.

— La douleur d'avoir été la première enfant du quartier à recevoir une montre Patek Philippe en cadeau d'anniversaire ? Pauvre petite fille opprimée !

— Dieu merci, tu me comprends, fit-elle en riant. C'est la seule raison pour laquelle je supporte ton sectarisme et ton côté snob, tu sais ?

Je lui lançai un coussin. Là non plus, il ne s'agissait pas d'une nouveauté, mais avec mes nouveaux pouvoirs, elle n'eut pas le temps de l'éviter. Le coussin la frappa en plein visage et la fit reculer de deux pas.

— À l'aide ! cria-t-elle. On m'opprime !

— Tricheuse ! Tu l'as piquée aux Monty Python, celle-là !

— Voilà un bon film ! En tout cas, c'était rapide… Je n'ai même pas vu ton bras bouger.

— Désolée, dis-je en le pensant vraiment. (Elle avait l'air un peu secouée.) Je vais essayer de ralentir.

— Non, me répondit-elle du tac au tac. Je m'y habituerai. Allons-y.

— Qu'est-ce qu'on va voir ? Tu ne me l'as toujours pas dit !

— Je te promets que ça va te plaire. Ça t'aidera dans tes recherches.

Elle avait raison. Mais je ne comptais pas lui donner la satisfaction de l'avouer. Ces petits amis et ses collègues du *Pied* s'en occupaient très bien comme ça.

— Tu sais que je n'aime pas les films qui ont des chiffres romains dans leur titre ! me plaignis-je.

— Ferme-la ! Ce sont les meilleurs. Et puis, ça ne te coûte que 2 dollars !

— Plus neuf, rétorquai-je en soulevant mon 7Up de la taille d'un bac de glace de quatre litres.

Je le sirotai tranquillement tandis que le générique de *Blade V, le retour du neveu du roi vampire* défilait à l'écran, tout en tâchant d'oublier que mes pieds collaient par terre.

Malheureusement, je dois avouer que j'ai passé tout le film à rigoler. Surtout quand le héros saute par-dessus une bande de méchants en colère, s'engage dans un duel à l'épée en vol et se réceptionne de l'autre côté de la pièce juste à temps pour sauver l'héroïne d'une mort certaine. Puis, il rattrape ses lunettes de soleil qui arrivent dans sa direction au ralenti (sûrement envoyées par un sbire du grand méchant) et les remet sur son nez sous le regard adorateur de la damoiselle en détresse. Il ne lui manquait plus que le halo !

— Arrête ! me souffla Jessica en me donnant un énième coup de coude. Avant, ce genre de films te faisait peur, je te rappelle !

— Eh bien, maintenant, je les trouve hilarants ! Oh ! regarde ! Il a vidé ses poches dans la scène précédente, pourtant elles sont pleines d'armes. Comme c'est pratique ! Ça me rappelle *L'Île au trésor*. Il faut tuer le scénariste…

— Si tu ne te tais pas, quelqu'un va finir par te tuer, toi !

— Encore mieux ! Il s'est garé à des kilomètres, mais sa voiture l'attend devant la porte du méchant. C'est une sorte de Batmobile ? Elle vient quand on la siffle ?

— Va te chercher quelque chose à boire, tu veux ?

— Si je bois encore une gorgée, je vais exploser. Qui sait ? Je vais peut-être devoir utiliser les toilettes ?

Même si elle était prévisible, la fin se révéla satisfaisante et laissait la place à une suite. Je traînai Jessica vers la sortie du fond.

— Pourquoi est-ce qu'on sort par là ?

— J'ai besoin d'air.

Un mensonge gros comme une maison. Je ne voulais pas lui faire peur.

— Tu as aimé ? Tu as bien rigolé en tout cas !

— C'était sympa. Je devrais faire plus de recherches dans le genre. Louer quelques films. Tu sais, les classiques : *Nosferatu*, *Dracula*, *Vampire, vous avez dit vampire ? Dracula* avec Gary Oldman qui se traîne une coupe de vieille. Je ne sais pas ce qui fait le plus peur : la façon dont il lèche le rasoir ou son chignon !

Jessica éclata de rire.

— Comme si Gary Oldman n'était pas déjà assez effrayant comme ça !

— Exactement ! Oh ! et comment s'appelle ce film avec Eddy Murphy et Angela Bassett ? Ooooh ! et *Vampires* avec James Woods !

— Je croyais que tu voulais voir des classiques ?

— Ce sont des classiques ! Ils sont sortis au siècle dernier, non ? Et *Dracula 2000*, et…

— Je suis vraiment contente que le deuxième millénaire soit enfin passé. Je commençais à en avoir marre de voir « 2000 » apposé à la fin de tous les films !

— Tu n'es qu'une grincheuse ! Et si on passait par là ?

— Où est-ce qu'on va au juste ?

— Je veux essayer un raccourci.

Par ici, les lampadaires étaient peu nombreux et espacés. Parfait.

Allez les gars ! Qu'est-ce qu'il vous faut ? Qu'on vous accueille en fanfare ?

— Oh ! Tu es en train de chasser ?

— Non.

— Tu n'as pas soif ?

— Si.

— Alors pourquoi est-ce que tu n'as pas…

— Parce que c'est dégoûtant ! rétorquai-je en donnant un coup de pied rageur dans une canette de Budweiser. (Elle alla s'éclater contre le mur d'en face.) Écoute. Je sais que je dois m'y habituer et m'y résigner, mais même si c'est très très très agréable…

— À ce point ?

— Ton meilleur coup, multiplié par dix !

— Le tien ou le mien ?

— Ah ! ah ! Très drôle.

— Ça fait une grande différence !

— Ferme-la. De toute façon, ça n'a pas d'importance. Je ne me ferai jamais à cette idée. Boire le sang de quelqu'un… Beurk !

— Je ne t'en veux pas, Bets… mais il va falloir te forcer, répondit-elle sérieusement. Et si tu tombais malade ?

— Je ne pense pas en être capable. Mais je ne peux pas continuer comme ça. Ça fait longtemps que je ne me suis pas nourrie. Je suis morte de soif. (Ma langue avait la texture d'une feuille sèche dans ma bouche.) Tu ne sais pas à quel point.

Elle s'écarta de moi comme un cheval rétif.

— Pas question ! Je me battrai pour toi, te couvrirai d'argent, m'occuperai de tes dettes et de racheter ta maison pour qu'elle ne tombe pas entre les mains du Thon. Je t'aiderai même à combattre les forces du Mal ! Mais jamais, je ne serai ton repas !

— Calme-toi avant d'avoir une attaque. Je pensais aux deux gars qui nous suivent.

— Lesquels ? s'enquit-elle en tournant la tête.

— Ne les regarde pas ! Tu vas les faire fuir.

— Lesquels ? répéta-t-elle de manière un peu trop naturelle à mon goût.

— Ceux qui nous ont suivies dans le cinéma, nous ont accompagnées jusqu'à la buvette et sont sortis par la même porte que nous.

— Waouh ! Tu as vu tout ça ?

— Non. Je les ai sentis.

— Peut-être qu'ils veulent seulement nous draguer, nous proposer un rendez-vous.

Je ricanai.

— Ce n'est pas impossible ! répondit-elle, sèchement. C'est ce que font les gens normaux. Sauf toi, bien sûr.

— Je sais. Mais ces deux-là sentent le sperme séché et les pancakes. Ils cherchent les ennuis.

— Qu'est-ce qui t'a mise sur la voie ? Le foutre ou les pancakes ? (Elle essayait de plaisanter, mais sa voix se brisa sur le dernier mot.) J'appelle les secours ? demanda-t-elle en attrapant son téléphone portable.

— Non. Ne t'inquiète pas, Jess. Je ne laisserai jamais personne te faire du mal. Surtout pas ces deux salauds. J'en ai pour une minute. (Je me retournai pour leur faire face. Ils pensaient sûrement avancer sans bruit.) Dégagez les gars, on est pas d'humeur !

— Vos sacs, salopes !

— Et en plus, tu sais pas compter ! Elle est la seule à porter un sac, je te signale. Et techniquement, ce n'est pas un sac, mais une pochette.

— Quelle est la différence ? demanda Jessica, curieuse.

Le fait que je ne sois pas effrayée semblait la rassurer. Ou alors, elle se laissait facilement distraire. Non, ça, c'était moi.

— Les pochettes, contrairement aux sacs, n'ont pas d'anse. Ça peut paraître compliqué, mais…

— Assez ! Filez-nous votre pognon !

Je n'aimais pas être interrompue. Les voleurs n'avaient vraiment aucune manière !

— Non.

Ils me regardèrent tous les deux d'un air perplexe. Ils faisaient à peu près la même taille, légèrement plus grands que moi, avec de larges épaules. Aucun des deux n'avait touché de savon ou de rasoir depuis plusieurs jours. Ils empestaient le désespoir et la colère contenue. Et ils avaient faim. Vraiment très faim. Au moins une chose que je pouvais comprendre.

Inconsciemment, Jessica avait serré sa pochette (pas son sac) contre sa poitrine et nous observait comme si elle assistait à un match. Pourtant, elle ne s'était pas sauvée. Mon admiration pour elle ne cessait de grandir. Malgré la peur qu'elle ressentait, elle restait à mes côtés.

— Allez voir ailleurs si on y est ! lançai-je tandis qu'ils tentaient d'avaler ma repartie.

D'habitude, les femmes devaient leur donner gentiment leur sac et se préparer à être violées. Ils ne savaient pas gérer une situation comme celle-ci.

— Croyez-moi, vous ne voulez pas avoir affaire à nous !

— Oh oui ! Croyez-la, me soutint Jessica.

— Non, parce que si on se bat, je vais devoir vous tuer et après je serais obligée de vous bouffer. Et je n'en ai pas envie. Vous êtes bien trop sales ! Vous avez déjà entendu parler du déodorant, les gars ? C'est pourtant pas difficile à trouver !

Assez bavardé. Ils foncèrent sur moi comme un seul homme. J'entendis Jessica pousser un cri en s'écartant de leur trajectoire. Elle avait bien raison de s'inquiéter. Les coups allaient pleuvoir. Je n'avais pas du tout envie de… quel était le thème militaire ? Engager le combat ? Mais il était déjà trop tard.

Toute ma vie, j'avais fui la confrontation. Je n'aimais pas me battre. Sauf s'il s'agissait d'un crêpage de chignon en bonne et due forme avec tous les noms d'oiseaux que ça impliquait. Je n'avais pas l'habitude d'en venir aux mains. Pourtant, je devais essayer de surmonter mon passé et mon étrange (pour une vampire) aversion pour le sang, pour le bien de mes amis comme le mien.

Sans doute bougeaient-ils rapidement, mais à mes yeux, ils semblaient me charger avec des poids aux chevilles. J'attrapai celui qui puait le plus par le poignet et le balançait par-dessus mon épaule. Après s'être crashé contre le mur, il se laissa glisser sur le sol poussiéreux. Alors, je saisis l'autre à la nuque et le secouai comme un chat avec une souris, avant de lui donner un coup de boule. Il s'évanouit aussitôt dans mes bras. Dieu merci ! Je n'avais vraiment pas besoin que l'un d'eux se frotte à moi pendant que je boirais leur sang !

— Ne regarde pas, f'est dégueulaffe ! prévins-je Jessica avant d'enfoncer mes canines dans le cou de ma victime.

C'était un pervers dégoûtant, il puait. Parfait. Son sang, lui, n'avait rien de répugnant. Il ressemblait plutôt à un bordeaux douceâtre. Sa moustache me chatouillait la joue pendant que je me nourrissais. Une minute suffit à me rassasier.

Je le relâchai au moment où Jessica arrêtait de vomir.

— Je t'avais dit de ne pas regarder ! remarquai-je en accourant à ses côtés, non sans avoir essuyé mes dents. (Je l'écartai du mur contre lequel elle s'était appuyée. Beurk ! Il était tellement gluant qu'il brillait !) Pourquoi est-ce que tu ne m'as pas écoutée ?

— C'est pas ça. La vision n'était pas si terrible que ça. Il n'y avait pas beaucoup de sang. Non, le problème, c'est que tu as bu…

Elle se plaqua la main contre la bouche. Je reculai vivement au cas où elle n'aurait pas fini de rendre son repas.

— Je suis désolée, m'excusai-je. Je n'aurais jamais dû me nourrir devant toi.

Se redressant, elle reprit l'air arrogant que je lui connaissais bien.

— Ne dis pas de bêtises ! Je ne m'y attendais pas, c'est tout ! (Quand elle releva la tête vers moi, je me rendis compte que son front brillait de sueur.) Mon adrénaline n'a pas encore eu le temps de redescendre. La situation était effrayante, pourtant, tu n'as pas eu peur. Et soudain, l'un d'eux s'est élancé. Et pouf, fini ! Je crois que c'est la raison pour laquelle je me suis sentie mal.

— Oh ! Ça va mieux ?

— Oui, fit-elle d'un ton ferme. J'ai trop mangé de pop-corn.

— Un peu vieux, rétorquai-je, mais pas si mauvais.

— J'ai l'habitude du pop-corn de luxe !

J'éclatai de rire.

— Jess, si tu n'existais pas, il faudrait t'inventer !

— Je te le fais pas dire ! Tâche de ne pas l'oublier.

Elle m'attrapa par la main pendant que nous contournions les corps de nos agresseurs. Elle avait la peau aussi froide que la mienne, et moite. Je la serrai plus fort. Elle aussi.

— Euh, Betsy… Est-ce que ce gars va finir comme Nick ?

Bonne question. J'y réfléchis cinq minutes.

— Je ne sais pas. Je ne crois pas. Nick m'appréciait déjà… donc, le fait que je me nourrisse de lui a eu plus d'impact que cela aurait dû en avoir. Je crois qu'on peut voir les choses comme ça. Regarde Marc, il n'a pas eu l'air gêné. Et puis, ce type est un étranger.

— Tu te la pètes, mais en fait tu ne sais rien.

— Rien du tout, admis-je d'un air sombre. Je poserai la question au professeur Sinclair.

Et sur ces mots, nous rentrâmes à la maison.

CHAPITRE 23

— Je me promène dans une rue déserte au beau milieu de la nuit. J'espère ne pas m'attirer d'ennuis ! Mince alors, ça gâcherait toute ma soirée ! m'exclamai-je en espérant passer pour une victime innocente.

Dans tous les cas, j'avais la tenue idéale : chemisier blanc, minijupe et Ferragamo rouges. Celles de l'année dernière, mais il faisait sombre. Qui s'en rendrait compte ?

Cinq minutes passèrent. J'avais super mal aux pieds.

— C'est stupide ! criai-je à Sinclair qui se cachait dans l'ombre. Je ne suis pas un ver au bout d'un hameçon ! Je n'aurais jamais dû accepter de rater *Seinfeld* ! Hééééé !

Quelqu'un m'avait jetée contre un mur de brique. Du moins, j'en eus l'impression. Ensemble, on mordit la poussière. Littéralement. Saleté de Lake Street, même la pluie ne suffisait pas à la nettoyer ! Quand j'assenai une claque à mon agresseur, je sentis ma main s'engourdir. Du vrai béton. Sale. Il me prit par les épaules pour me plaquer contre le sol. C'est alors que j'aperçus… des canines ?

Je criai comme une alarme d'incendie. J'en avais marre de Sinclair et de ses leçons à la noix ! Il voulait m'apprendre à chasser, mais je parie qu'il ne s'attendait pas que je me fasse attaquer par un vampire.

Je résumai mes pensées en un mot :

— Imbécile !

— Jolie, souffla-t-il. (Un bon bain de bouche ne lui aurait pas fait de mal.) Arrête de crier.

— Dans tes rêves ! Tu n'as encore rien vu. Putain, va prendre un bain ! (Alors qu'il se penchait sur moi, je relevai les mains pour le bloquer, mais il réussit à me mordre. Je hoquetai de surprise.) Stop, stop, stop !

Il m'observa en se léchant les babines. Ses cheveux, longs jusqu'aux épaules, ne semblaient pas avoir été lavés depuis la présidence de Bush. Père. Ses yeux avaient la couleur de la boue, ses joues étaient vérolées, et sa chemise en jean était trouée au niveau de la poitrine. Ce n'était pas une raison pour se laisser aller.

— Quoi ? Les Lavomatics ne sont pas ouverts la nuit ?

— Qui es-tu ? me demanda-t-il finalement, d'un air curieux. Tu es délicieuse, rapide... Pourtant, tu n'es pas une vampire.

Il arrêta soudain de parler et je fus libérée de son poids. En relevant la tête, je me rendis compte que Sinclair le tenait par le col. Je m'attendais presque qu'il lui fasse la morale. « Méchant agresseur mort-vivant. Méchant ! »

Je me relevai à mon tour.

— Pas trop tôt, remarquai-je. Qu'est-ce que tu attendais ? Les violons ?

Si le gars qui m'avait attaquée était terrifiant, Sinclair l'était encore plus. Il le dominait, menaçant dans son grand manteau noir. En un clin d'œil, le vampire vola au travers de l'allée pour aller s'écraser contre le mur de brique le plus proche.

Rapide comme l'éclair, Sinclair s'empara de nouveau de lui et le secoua comme un rat avant de le jeter... dans la benne à ordures.

Alors, il l'attrapa *encore* (il allait si vite que je suivais à peine ses mouvements) et le type fit *encore* un vol plané, et se prit *encore* un obstacle.

— C'est la reine !

Vol plané. « Paf! »

— Ma reine !

Vol plané. « Paf! »

— Ne t'avise plus de poser la main sur elle !

Vol plané. « Paf! »

J'avais l'impression de me trouver dans un vieux générique de *Batman*. Je visualisais presque les onomatopées des sons qu'ils produisaient.

— Ne la touche plus jamais !

— OK ! Ça suffit maintenant ! criai-je. (À présent, mon pseudo-agresseur n'était plus qu'une pulpe sanguinolente, empestant les ordures. Il venait de retomber dans la benne. Quand je me plaçai devant, Sinclair m'attrapa par les épaules pour m'écarter, mais je m'accrochai à lui comme une sangsue.) Du calme ! C'est fini. Il a fait une erreur. Pas la peine de l'étaler sur la route comme de la gelée de mort-vivant !

— Il t'a blessée, grogna Sinclair, littéralement, en retroussant même les babines ! Il t'a mordue sans demander la permission.

— Rappelle-moi qui a eu l'idée de venir ici ? Et puis, c'est pas comme si je me promenais avec une couronne sur la tête. Il ne savait pas qui j'étais. (Moi non plus, d'ailleurs !) Calme-toi, OK ? Prends une grande inspiration. Prends-en dix même. Tu me fais peur.

Il me dévisagea.

— Tu ne peux pas te permettre autant de gentillesse.

— Hé ! Je suis une dure à cuire, mon pote ! C'est le bruit qui me dérange.

— Il t'a blessée, répéta Sinclair d'un ton égal.

Je levai les bras.

— À peine, maman ! Regarde, c'est déjà guéri. Crois-moi, son odeur a été bien plus traumatisante ! Et tu as vu l'état de sa chemise ? Quelle horreur !

Il observa le dessous de mon bras (note à moi-même : faire un peu plus d'exercice) avant de le prendre délicatement entre ses mains larges. Il sembla réfléchir un instant, puis pressa les lèvres contre la blessure.

— Ah !

Il me touchait le bras. Alors pourquoi le sentais-je entre mes jambes ?

Après avoir léché les dernières traces de sang, il déposa un baiser sur la plaie qui se refermait rapidement.

— Euh…

Je me rendis compte que je m'étais penchée vers lui au lieu d'aller vomir dans la benne à ordures. Ses cheveux bruns me caressaient le bras. J'avais envie d'y enfoncer les doigts.

— Sinclair ? Est-ce que tu pourrais éviter de faire ça ? (Il me prit dans ses bras.) S'il te plaît ? (Tandis qu'il baissait la tête vers moi, j'aperçus l'éclat sauvage de ses canines.) Pitié ?

Il m'embrassa si fort que je me retrouvai sur la pointe des pieds, les bras serrés autour de ses épaules pour garder l'équilibre. Ça me faisait mal (satanées chaussures !), mais je m'en fichais. Quand sa langue s'insinua dans ma bouche, je goûtai à mon propre sang. C'était aussi déstabilisant que si Sinclair s'était soudain déshabillé dans la rue.

Je l'attrapai par le manteau pour lui rendre son baiser. Ma bouche se remplit. Mes canines s'étaient allongées... à cause de mon propre sang. Je ne le comprenais pas moi-même.

Embrasser Sinclair, c'était un peu comme embrasser un loup. Il léchait mes canines, me mordillait, tout en laissant échapper des grognements. C'était... vraiment quelque chose.

Pourquoi n'avais-je pas peur ? Je me trouvais dans une ruelle avec deux vampires et je laissai l'un d'eux me peloter alors qu'il était bien plus grand et fort que moi. Il ne m'avait même pas demandé la permission de le faire. Il avait simplement pris ce qu'il désirait. Qu'est-ce qui n'allait pas chez moi ? Pourquoi continuais-je à l'embrasser ? Et pourquoi est-ce que je me parlais à moi-même ?

Après avoir délaissé mes lèvres gonflées, Sinclair déposa une traînée de baisers dans mon cou. Je m'entendis haleter... Amusant quand on savait que je n'avais pratiquement pas besoin de respirer.

Le visage enfoui contre ma nuque, il me caressait le dos, me rapprochant toujours plus près de lui et j'en redemandais. Je le sentis hésiter avant d'essayer de me mordre.

Heureusement, ce fut largement suffisant pour que je reprenne mes esprits. Je reculai et lâchai son manteau. Quand il voulut me rattraper, je le repoussai violemment. Il se prit un mur, mais se retourna aussitôt pour me faire face.

— Ve veux bien que tu m'embraffes, répondis-je sous le choc. Mais pas de fa avec moi !

— Hmm, murmura-t-il en touchant ses lèvres d'un air pensif. (Ses canines s'étaient rétractées. Putain ! Comment s'y prenait-il ?) Tu as une voix bizarre…

— C'est rien. (Caffons… Non. Qu'est-ce que je pouvais dire sans « s » ?) Veux rentrer, continuai-je. Marre.

— Tu n'as pas appris grand-chose, remarqua-t-il.

Seulement que tu embrasses divinement bien.

— Bien plus que tu le crois, rétorquai-je.

Chapitre 24

Quand je me réveillai (me relevai ?), j'aperçus Sinclair au-dessus de moi. Pas la meilleure façon de commencer la soirée, surtout que j'avais dû crier comme une gamine pré-pubère.

— Bonsoir à toi aussi, me salua-t-il en guise de réponse.

Il était très bien habillé avec un pantalon, un col roulé et une veste noirs. Un verre de vin de prune dans une main, il avait enfoui l'autre dans sa poche jusqu'au poignet. Était-il vraiment obligé d'avoir l'air si sexy ? Il ressemblait à la version vampiresque de James Bond.

Sur Nostro et ses sbires, le noir faisait cliché, alors que Sinclair donnait l'impression d'avoir lancé la mode. Ça lui allait comme un gant.

C'est pas juste ! Pourquoi avais-je dû mourir pour rencontrer quelqu'un d'aussi sensationnel, et qu'en plus, je détestais ? Toutefois, je ne savais pas s'il me tapait sur les nerfs parce que j'avais constamment envie de lui sauter dessus ou parce que c'était un sale con arrogant. Peut-être les deux, remarquez !

— Il faut que tu arrêtes de te pencher sur moi quand je me réveille, marmonnai-je en repoussant les couvertures pour me lever. (Il releva un sourcil à la vue de mon pyjama – blanc avec des sushis au saumon et des makis au thon –, mais, heureusement, il ne fit aucun commentaire.) Sans rire. Je vais finir par avoir une crise cardiaque.

— Bien dormi ?

— Comme une morte !

Il se pencha vers moi. C'était très perturbant. J'avais envie de l'attraper par les oreilles et de planter un baiser sur sa bouche tentatrice.

— Et si tu pouvais me laisser mon espace vital…, continuai-je.

Il fit semblant de ne rien entendre.

— J'ai beaucoup apprécié notre petit… interlude, hier soir.

— Ça m'étonne pas. La prochaine fois, fais-moi une faveur et demande-moi la permission avant de plaquer tes lèvres contre les miennes !

— Non, répondit-il sur un ton désinvolte.

Serrant les dents, je le dépassai. Il me suivit comme un gros chien plein de muscles.

— Pourquoi est-ce que tu vas à la salle de bains ?

— L'habitude ! rétorquai-je avant de lui claquer la porte au nez.

Et de la fermer à clé. Juste au cas où.

Après mes ablutions du soir, je me dirigeai vers la cuisine où Sinclair écoutait poliment Marc se vanter d'avoir sauvé une dizaine de vies en une nuit aux urgences.

— Et tous les autres médecins m'ont dit : « Impossible, on ne peut pas le faire, petit. » Alors, je leur ai répondu : « Je m'en charge, les gars. Tant pis pour les conséquences. » Alors, ils me disent : « On va devoir en référer au directeur. » Moi, je leur réponds : « Merde les gars ! Le gamin va mourir si je ne fais rien ! » Alors ils…

— Je croyais que tu t'occupais de la paperasse, hier soir, le coupai-je. Tu sais : rattraper ton retard, remplir des rapports… Des trucs dans le genre.

Il me lança un regard assassin pour avoir osé interrompre sa belle histoire.

— Ça s'est passé avant que je croule sous les dossiers, fit-il sèchement.

— Évidemment. Qu'est-ce que tu fais là ? demandai-je à Sinclair.

— Qu'est-ce que ça peut faire ? s'enquit Marc. Reste autant que tu veux, Éric !

— Cela n'était pas une invitation officielle, tu m'entends ?

— Tina, Dennis et moi avons besoin de ton aide. La situation s'aggrave avec… un certain groupe.

— Tu veux dire que le vieux Noséeux se décide enfin à attaquer ?

D'après le regard que m'adressa Sinclair, je conclus qu'il n'appréciait pas que je parle de nos affaires de vampires devant un simple mortel.

— En un mot, oui. Nous en parlerons plus longuement en chemin.

— Oh ! pitié ! Sinclair, me plaignis-je. Pourquoi est-ce que je dois m'en mêler ? Je viens juste de me lever ! J'ai pas envie d'aller dans la maison du péché. Et puis, j'ai des choses à faire aujourd'hui. Ce soir.

— Des choses ?

— Oui. Je ne suis pas allée à la librairie de toute la semaine. La dernière fois, on m'a kidnappée pour m'emmener dans un mausolée lugubre. Je dois aussi m'acheter des vêtements parce que je n'ai pas grand-chose à me mettre pour le soir, et en ce moment, je ne mets que ça… En plus, c'est bientôt l'été et je n'ai même pas encore regardé les maillots de bain ! Quoi ?

Sinclair se massait les tempes comme si une migraine avait soudain enfoncé ses griffes dans son crâne.

— Elizabeth, Elizabeth ! Ta jeunesse me fatigue.

Marc éclata de rire.

— Euh… Merci ! Bref, j'ai plein d'endroits où aller, mais ta maison n'est pas sur la liste.

— Je me permets d'insister.

— C'est pas vrai…

— Je pense que la politique vampirocrate passe avant un massage de pieds, remarqua Marc entre deux gorgées de café.

— Comme si tu y connaissais quelque chose ! Ne t'en mêle pas.

Sinclair se racla la gorge pour nous interrompre avant que ça dégénère.

— Ton ami a raison.

— Merde ! Comme si je m'y intéressais ! m'exclamai-je. Parce que je vais être franche, au risque d'être brutale…

— Pour changer, m'interrompit Sinclair.

— Tout ça est ridicule. Vraiment. Et je suis sûre que tu le penses aussi, mais que tu n'oseras jamais l'avouer.

— Non, jamais.

— Je n'imagine pas de manière plus chiante de passer ma soirée.

Je détestais faire des projets pour que quelqu'un les détruise avec les siens. Ça m'insupportait au plus haut point.

— Moi non plus, rétorqua Sinclair.

— Toi, tais-toi. Est-ce que j'ai au moins le temps de boire un verre de jus de fruit ?

— Tu l'aurais eu si tu n'avais pas passé cinq minutes à te plaindre.

— Très bien, répondis-je en résistant à l'envie de cogner le pied de la table. On ferait mieux d'y aller et de s'en occuper tout de suite alors. Je… Attends !

Je tournai la tête vers la porte, nez en l'air. Sinclair m'imita.

— Arrêtez, lança Marc. Vous me faites peur. Vous ressemblez à des golden retrievers !

— Quelqu'un approche.

— C'est… Je crois…

Alors que je me dépêchais d'aller ouvrir, j'entendis un léger coup sur la porte. Mon père se tenait derrière.

— C'est mon père ! criai-je, sous l'effet de la surprise, à l'attention de Marc et de Sinclair.

— Bonsoir Betsy, me salua-t-il. (Il essayait de sourire, mais n'y arrivait pas vraiment.) Je peux entrer ?

Je reculai, contente de le voir, même s'il tombait au mauvais moment. Pourquoi avait-il choisi ce moment précis pour me rendre visite alors qu'il avait eu toute la semaine ?

— Bien sûr ! Après toi. Papa, je te présente mon colocataire et… euh…

— Éric Sinclair, finit-il en lui tendant la main. C'est un plaisir.

— Enchanté, marmonna mon père en serrant la main de Sinclair le plus rapidement possible avant de la lâcher comme une truite glissante. Euh, Betsy… est-ce qu'on pourrait… ? fit-il en me désignant l'arrière de la maison.

— OK. Je reviens tout de suite, les gars.

— Ravi de vous avoir rencontré ! lança Marc.

— Le temps est notre ennemi, ajouta Sinclair.

Comme si toutes les femmes dans la trentaine ne le savaient pas !

Arrivée dans ma chambre, je poussai ma pile de vêtements sales par terre pour faire de la place à mon père, mais il resta debout. Il n'avait pas l'air très bien. Il avait toujours été bel homme et, maintenant que des mèches poivre et sel parsemaient sa chevelure brune, il ressemblait à un gentleman anglais. Son costume Armani y était pour beaucoup. Pourtant, tout ça ne cachait pas ses pattes d'oie, ses yeux rougis ni les rides autour de ses lèvres.

— Qu'est-ce qu'il y a, papa ? (Je m'assis sur le lit et me frottai les mains. Je pouvais compter ses visites sur les doigts d'une main. Ça ne présageait rien de bon.) Tout va bien à la maison ?

— Pas vraiment. C'est pour ça que je... que ta belle-mère et moi... Je devais te parler.

— À quel propos ?

Il cligna des yeux avant d'exploser.

— D'après toi ? Tu es morte, Betsy ! Nous étions à ton enterrement !

— Non, vous n'y êtes pas allés, répondis-je automatiquement. (Je ne comprenais pas où il voulait en venir.) Il a été annulé parce que j'avais mis les voiles.

— Je sais, fit-il sur un ton amer.

— Ah bon ? J'avais l'impression que certains détails t'avaient échappé.

Il secoua violemment la tête comme si une mouche lui tournait autour.

— Tu ressembles à mon Elizabeth, tu as la même façon de parler, mais tu n'es pas ma fille. Elle est morte. Ma fille est morte.

— Papa, c'est moi !

— Et nous devons passer à autre chose, continua-t-il, borné. Nous devons recommencer à vivre. Alors, va-t'en Betsy. Retourne dans la tombe.

Alors qu'il se dirigeait vers la porte, je me relevai précipitamment pour l'arrêter d'une main sur l'épaule. Tout ça en moins d'une seconde. Je le forçai à s'asseoir sur une chaise sans me soucier de son air apeuré.

— Tu as dit ce que tu avais à dire ? C'est à mon tour, maintenant ! (Avais-je déjà été aussi en colère ? J'avais du mal à m'en souvenir. Je fourrai mes mains dans mes poches. Je ne leur faisais pas confiance. Elles voulaient mettre le visage de mon père en lambeaux. Elles voulaient l'attraper par la gorge pour l'écorcher.) Au fond de moi, j'ai toujours su que tu étais un lâche. Après tout, tu es connu pour choisir la voie la plus facile aux dépens de ce qui est juste. Au travail, à la maison, avec tes femmes… Tu as toujours évité les conflits. Et jusqu'à présent, j'ai réussi à passer outre et à t'aimer quand même. Alors, je ne te laisserai pas tout gâcher.

— Elizabeth, s'il te plaît…

En le voyant se replier sur lui-même, je me rendis compte que j'étais penchée au-dessus de lui comme un oiseau de proie blond. Je fis un pas en arrière.

— Je viens manger chez toi pour Pâques. Comme prévu. On fait la même chose depuis des années, tu te souviens ? C'est toi qui as mis ce rituel en place. Maman a le droit de me voir au Jour de l'an, toi à Pâques. Maman a le droit de me voir à l'Armistice, et toi, le 4 Juillet. Ce n'est pas parce que je suis morte que ta femme ne doit pas cuisiner de gigot cette année ! À condition qu'elle trouve le four, bien sûr !

Après l'avoir aidé à se relever, je le poussai vers la porte.

— On se voit à Pâques, papa ! Et ne t'avise pas de m'enfermer dehors, lui murmurai-je à l'oreille. Crois-moi, tu n'aimerais pas ça…

Je savais que je l'effrayais. D'habitude, j'aimais ça. Pourtant, j'avais envie de pleurer. J'avais toujours su qu'il était faible, mais je pensais qu'il aurait, au moins, été heureux de savoir que je n'étais pas morte.

Sinclair était toujours là quand je raccompagnai mon père.

— Ah ! M. Taylor, s'exclama-t-il poliment. (Comme si son ouïe de vampire ne lui avait pas permis de tout entendre !) Laissez-moi vous reconduire.

Il attrapa mon père par le col et le jeta à la porte comme un chien qui a fait une bêtise. Puis, il la referma dans un claquement satisfaisant.

Marc me dévisageait.

— Qu'est-ce que tu as aux yeux ?

— De quoi est-ce que tu parles ? demandai-je, énervée.

— Ils sont… ils sont tout rouges ! Le blanc est rouge sang.

— Mes lentilles de contact me font mal, rétorquai-je.

— Mais tu ne portes pas…

De retour, Sinclair m'observa de plus près.

— Hmm…

— Oh ! arrête ça, tu veux ! Mon Dieu ! Vous ne pouvez pas imaginer à quel point je suis en colère.

J'aurais eu assez de force pour soulever la maison et la jeter quelques rues plus loin. J'aurais même pu porter des chaussures bon marché. Si ce n'était pas la colère qui parlait !

Marc s'était éloigné le plus possible de moi. Pourtant, il ne semblait pas s'en être rendu compte.

— Tu es en colère ? Pourquoi ? me demanda-t-il innocemment.

— Te moque pas de moi. Je sais que vous avez tout entendu.

— Eh bien… Vous n'étiez pas très discrets ! (Il me sourit d'un air contrit.) Qu'est-ce que tu vas faire ?

— J'y réfléchirai plus tard. Bon, on y va ou quoi ? criai-je à Sinclair.

— Nous y allons.

— Bonne nuit, Marc, sale petite commère qui écoute aux murs !

— Donne-leur une bonne leçon, Ô Majestueuse Reine des Vampires Narcissiques.

— Si tu veux tout savoir, rétorquai-je en suivant Sinclair, il pue, ce titre royal !

Sur le chemin de la voiture, Sinclair essaya de me réconforter. Vraiment.

— Elizabeth, est-ce que tu souhaites… ?

— Je souhaite ne pas en parler, voilà ce que je souhaite. Et j'aurais vraiment préféré que tu n'y assistes pas.

— Toutes mes excuses.

Je battis l'air d'une main rageuse avant de m'asseoir.

— J'ai l'habitude, tu sais. Il réagit tout le temps comme ça. (Quand je m'observai dans le miroir, mes yeux avaient leur couleur habituelle. Marc avait encore sniffé son café instantané.) Je suppose que je n'ai jamais cessé d'espérer qu'il devienne un homme meilleur.

— Peut-être que si tu lui laisses un peu de temps…

— Il a deux semaines jusqu'à Pâques. Pour le moment, on a d'autres chats à fouetter.

Il me regarda longuement avant de sourire.

— Exact. Mais je tiens à te dire que tu es incroyablement courageuse.

— Oh ! commence pas ! Je suis pas d'humeur.

Pourtant, son compliment m'avait fait du bien.

— Pas question.

— C'est nécessaire, pourtant.

— Non !

— Tu tiens vraiment à ce que Nostro gagne plus de pouvoir ?

— Qu'est-ce que ça a à voir avec moi ?

— Vous le savez très bien. Nous avons risqué nos vies pour vous, Majesté. Plusieurs fois.

— Merci, mais personne ne vous a rien demandé. Sûrement pas moi !

— Votre naissance a été annoncée.

— J'en ai marre !

J'étais au bord de la panique. Je pensais qu'on allait me donner des cours du soir, mais à la place j'avais droit à un cours intensif sur : « Pourquoi Betsy doit nous aider à renverser le plus méchant vampire depuis des siècles ».

Voilà pourquoi ils s'intéressaient tous à moi ! Pas seulement parce que j'étais la reine, mais parce que j'étais celle qui les rassemblerait et régnerait sur un peuple uni. Comme le type à la Maison Blanche… en plus sanglant. Comme dans le *Livre des Morts* que Tina m'avait lu toute la nuit. J'avais l'impression d'assister à un cours de catéchisme en enfer.

J'aurais dû savoir que ne pas me nourrir avec eux était une erreur. Ici, tout se faisait dans une ambiance bon enfant… En plus du harem de Sinclair, d'autres « amis » vivaient dans cette maison : des femmes pour Sinclair et Tina, et des hommes pour Dennis. Chacun d'entre eux, voire les trois, aurait sauté sur l'occasion de me servir de repas, mais l'idée de me nourrir devant tout le monde me répugnait. Autant que de boire du sang. Sans rire.

Malheureusement pour moi, ils furent impressionnés quand je refusai de me nourrir. Beaucoup trop à mon goût. Entre ça et le fait que le soleil ne m'avait pas réduite en cendres, toute la maison était persuadée que j'étais la reine. Tout le monde sauf moi, bien sûr !

— Elizabeth. (Je clignai des yeux en me rendant compte que Sinclair claquait des doigts devant mon visage.) Ça fait trente secondes que j'essaie d'attirer ton attention. Est-ce que tu avais déjà des problèmes de ce type avant ta mort ? Parce que tu sembles avoir du mal à te concentrer.

Je repoussai sa main d'une claque.

— Je vous ai déjà dit que je n'étais pas El Vampiro, l'élue. Je suis à peine une vampire !

— Vous auriez dû utiliser le féminin, suggéra doucement Tina. La Vampira.

— Je n'ai pas le temps à perdre avec des cours de langue ! rétorquai-je, énervée. Je ne suis pas celui que…

— Celle que, me corrigea Sinclair avec un sourire moqueur.

— … vous pensez !

— Elle n'a pas tort, intervint Dennis. Elle fait une très mauvaise vampire : trop stupide pour éviter le soleil et pas assez endurcie.

— La ferme, Dennis ! Même si tu marques un point…, marmonnai-je.

Nous nous trouvions dans un des salons de Sinclair. J'en connaissais au moins trois. Il possédait sûrement une morgue en sous-sol. Il était tard, presque minuit. L'heure du déjeuner pour les vampires. Tina, Dennis et Sinclair s'étaient relayés pour m'expliquer comment nous allions combattre Nostro. Je n'y croyais pas une seule seconde.

— Écoutez, les gars. Je suis secrétaire. (*Dont le père aurait préféré qu'elle reste morte. Arrête ça tout de suite. Reste concentrée.*) Si vous avez besoin de quelqu'un pour taper la lettre de licenciement de Nostro, c'est mon rayon. Vous voulez quelqu'un pour remplir la paperasse avant de se lancer dans la bataille, pas de problème. Vous avez besoin de fournitures de bureau ? Je me charge de la commande. Tout ce que vous voulez, du moment que je ne dois pas jouer à la reine.

— Vous..., commença Tina avant que je l'interrompe.

— Putain, je viens juste d'arriver ! C'est un peu tôt pour choisir un camp et renverser un tyran, vous croyez pas ? La semaine dernière, j'installais à peine Netscape !

— Cette situation me navre autant que toi, Elizabeth, dit Sinclair en portant distraitement son verre de vin à ses lèvres pour en boire une gorgée. Je n'aurais jamais choisi une femme avec ton tempérament instable. Tu es jeune, c'est vrai. En tant que vampire, tu es même un nourrisson. Mais jusqu'où doit-on aller pour que tu nous croies enfin ?

Je reniflai.

— Un peu plus loin.

Il me désigna le *Livre des Morts*, posé sur un pupitre en merisier, près de la cheminée. J'avais été tentée de le jeter dans les flammes plus d'une fois ce soir.

— Notre livre – notre Bible, si tu préfères – parle d'une femme qui ne craint pas le soleil, qui sait contrôler sa soif, qui attire les animaux…

— Ce ne sont que des chiens stupides !

— … qui n'a pas perdu l'amour de Dieu. C'est pour ça que tu peux porter la croix que tu as autour du cou.

— Je n'y crois toujours pas, fis-je, bornée. Coïncidences.

— Toutes ces choses te correspondent, Elizabeth. De plus, tu es restée toi-même : je n'ai aucun mal à croire que la femme qui se tient devant moi était la même bécasse qui respirait encore le mois dernier.

— Hé !

— Tu es superficielle, tu ne penses qu'à ton propre plaisir, tu aimes tes précieuses possessions, tu ne saurais pas te passer de ton confort…

— C'est toi qui dis ça ? Monsieur Je-dors-dans-des-draps-de-satin ?

Mon commentaire n'eut aucun effet sur lui. En revanche, Dennis dut étouffer son rire contre sa manche.

— Tu es toujours toi-même. C'est la meilleure preuve que je puisse te donner… Tu places les besoins des autres, tes amis comme les étrangers, avant les tiens. La plupart des vampires saigneraient leur grand-mère s'ils avaient soif. Et puis, les gens réagissent à ton charisme.

Quand Tina et Dennis hochèrent la tête, je m'empressai de protester.

— Je n'ai aucun charisme !

— Tu penses vraiment que si le docteur Marc avait rencontré n'importe quel autre vampire, il lui aurait permis de se nourrir de lui, serait allé au restaurant avec, aurait emménagé chez lui et tout fait pour l'aider ?

— C'est différent, c'est…

— Différent, oui. Et plus que tu ne le crois. Il a tout de suite désiré rester à tes côtés sans se préoccuper de ton sexe.

— Sans se préoccuper de mon… Tu commences vraiment à parler bizarrement.

— Et tu n'as jamais fait peur à ton amie Jessica, n'est-ce pas ? Le *Livre des Morts* ne parle pas uniquement de tes pouvoirs hors du commun, il a aussi prédit que les vampires et les humains reconnaîtraient naturellement ton statut.

— Marc est un gars bien qui avait besoin d'une amie, répondis-je, sur la défensive. Et je considère Jessica comme ma sœur. Pas étonnant qu'elle n'ait pas eu peur !

À l'instant où je prononçais ces mots, je me rendis compte qu'ils sonnaient faux. Mon propre père avait peur de moi, mais pas Jessica. Avant de me rencontrer, Marc était sur le point de suicider, pourtant, maintenant, il élaborait des plans avec Jessica pour m'aider à sauver le monde. Le revirement de situation n'avait pris qu'une semaine. Voire un peu moins.

— Elizabeth, je sais que c'est difficile à croire, mais tu dois nous aider à détruire Nostro. À rétablir la paix. Tout le monde y gagnera : les vampires aussi bien que les humains.

— Mais…

— Tes amis et tes parents, ajouta-t-il avec fourberie. Si tu es la reine, personne n'osera les toucher.

Je me relevai d'un bond.

— C'est une menace ?

— Bien sûr que non ! Ce que je veux dire, c'est qu'à l'instant où nous parlons, Nostro pourrait envoyer ses sbires chez ta mère. Il est vraiment très en colère contre toi.

Et évidemment, rajouta-t-il en devinant que j'étais sur le point de courir jusqu'à chez ma mère pour la mettre en sécurité, j'ai tout arrangé pour qu'elle quitte l'État hier.

— Tu… Comment ?

— Je sais me montrer persuasif, répondit-il avec un sourire. (Un sourire qui n'avait rien à voir avec ceux qu'il arborait d'habitude. Celui-ci lui donnait l'air plus jeune, comme un rayon de soleil.) Ne t'inquiète pas. Celle qui t'a portée est en sécurité. Je dois avouer que c'est une femme fascinante. Elle a tout de suite compris que j'étais un vampire et n'a pas crié. C'était rafraîchissant. En revanche, elle m'a menacé de me frapper avec un candélabre en or si j'essayais quoi que ce soit. (Il se tourna vers Tina.) Au fait, je lui ai promis que tu lui rendrais visite un soir. Elle aimerait te poser des questions sur la guerre.

— Encore la guerre ! fit-elle en levant les yeux au ciel. (Assise près du feu, les jambes croisées, elle avait l'air inoffensive avec son pantalon blanc et son chemisier rose.) C'est tout ce qui intéresse les intellectuels. Comment était la guerre de Sécession ? Que pensiez-vous du colonel Grant ? Est-ce que les esclaves voulaient vraiment être libérés ? Pff ! J'étais trop jeune pour me rappeler tout ça ! Mais tout le monde s'en fiche !

Je me détendis un peu… autant que je le pouvais dans cet endroit. Je faisais confiance à Sinclair. Ne me demandez pas pourquoi. Je savais simplement qu'il disait la vérité. (Sans parler du fait que je voulais m'inviter à leur petite *tea party*. J'avais moi-même quelques questions à poser à Tina.)

Ma mère était en sécurité. Mais pour combien de temps ?

Et il avait été assez délicat pour ne pas parler de mon père devant les autres. Le fait que Marc et lui soient au courant était déjà suffisamment humiliant. Après, on s'étonnait que j'aie du mal à accepter mon statut de reine ! Si mon propre père voulait me renvoyer dans la tombe, pourquoi un tas de vampires auraient-ils besoin de moi ? Pitié !

C'était injuste. Je n'avais rien demandé. Je ne méritais pas tout ça. Pourtant, je ne le dis pas à voix haute. La vie n'était pas facile. Je l'avais appris dès l'école primaire.

Comme ils m'observaient tous d'un air félin d'outre-tombe, je m'éclaircis la voix pour leur poser une question.

— Est-ce que Nostro pense que je suis la reine ?

— Non. Il croit que tu es une vampire à part, née avec beaucoup de pouvoirs. Il ne tient pas compte du *Livre des Morts*. Sinon, il devrait croire en sa propre défaite.

— Alors pourquoi fait-il tout ça ?

— Il vous veut, répondit rapidement Tina. Vous pensez que des vampires qui possèdent votre force naissent tous les jours ? Vous pensez que des vampires, même, naissent tous les jours ?

— Touché ! Je n'ai pas la moindre idée de la façon dont est créé un vampire. Ce n'est sûrement pas facile !

Quand ils hochèrent tous les trois la tête, j'eus presque envie de les imiter.

— Nostro aime manipuler les foules, continua Tina. Et il est beaucoup plus facile de contrôler les vampires qui sont déjà là. Ce qui nous amène à la question suivante : Betsy, pourquoi êtes-vous ici ?

— Eh bien, Sinclair est passé chez moi. Sans prévenir, comme d'habitude. Et…

— Non, m'interrompit Dennis. Qui vous a transformée ? Que s'est-il passé ? Nous nous posons tous la question.

— Nous savons que c'est un sujet délicat, ajouta Tina d'un air bienveillant. Se faire tuer n'est jamais drôle.

— Oh ! ça ! Non, je n'ai pas été assassinée. J'ai été renversée par une voiture.

— Une Aztek, fit Sinclair, amusé.

— Tout à fait ! Hé ! Comment tu le sais ? Peu importe. Quoi qu'il en soit, quand je me suis réveillée, j'étais morte. Mais j'avais été attaquée quelques mois auparavant… par les Monstres, je crois.

Il y eut un silence de mort pendant qu'ils digéraient l'information.

— Si je comprends bien, les Monstres vous ont attaquée… ils ont peut-être même été lâchés sur vous ? Mais vous n'êtes pas morte. Puis, plusieurs mois après, vous mourez… mais pas par la main d'un vampire. Et maintenant, vous…, résuma Tina.

— N'y a-t-il jamais eu de vampire dans ce cas-là ? (Je me forçai à rire.) Ça ne doit pas être si rare que ça, hein ?

Encore un silence.

— Euh… les gars ?

— Pourquoi les Monstres ne t'ont pas tuée ? s'enquit Sinclair.

— Si je le savais ! Ils m'ont sauté dessus comme des lapins enragés ! J'ai dû les faire fuir à coup de sac à main et en criant à en perdre la voix.

Tina sourit. Sinclair, lui, était en mode interrogatoire.

— Où était-ce ?

— Devant *Chez Khan*. Tu sais, le barbecue mongol ? (Miam ! Un bon barbecue mongol ! Quand j'étais encore en vie, j'aurais tué pour des nouilles sautées au bœuf et à l'ail.) C'est sur la 494, en face de…

—Un barbecue mongol ? s'étonna Dennis.

—L'ail ! s'exclama Sinclair.

—Bien sûr, acquiesça Tina. Majesté, est-ce que vous aimiez l'ail ?

—Évidemment.

—Voilà qui explique beaucoup de choses.

—Pas pour moi.

—Certaines légendes sont vraies, expliqua Sinclair. Nous sommes allergiques à l'ail, ça fluidifie le sang.

Face à mon air perdu, Dennis prit la peine d'élaborer.

—Pas très facile à boire : on s'en met partout.

—Beurk !

—Désolé, fit Sinclair qui n'en avait pas l'air du tout. J'imagine que tu es sortie du restaurant en empestant l'ail et ils n'ont pas supporté l'odeur. Mais ça n'explique pas…

—Peut-être que le *Livre des Morts*…, proposa Tina.

Sinclair secoua la tête.

—Nous n'avons pas le temps. Dommage, c'est très intéressant.

—Très.

—Quoi ? demandai-je. J'étais juste au mauvais endroit au mauvais moment ! Deux fois.

—Ou au bon endroit, remarqua doucement Sinclair.

—Ça suffit, monsieur Mystère. Tu commences à me faire peur. Parlez-moi des Monstres. Que sont-ils ? Des vampires enragés ? Des chauves-souris démesurées ?

—Ils sont le résultat d'une… expérience. Je crois qu'on peut dire ça, répondit Dennis à contrecœur. (J'aperçus Sinclair serrer les lèvres de dégoût.) Une expérience de Nostro. Personne ne sait vraiment ce qu'il cherche.

Personnellement, je pense que le mieux serait de leur enfoncer un pieu dans le cœur une bonne fois pour toutes.

— Je suis d'accord, fit Sinclair d'une voix ferme.

— Hé, attendez ! (Je levai la main, à la manière d'un arbitre.) Ils n'y sont pour rien ! C'est Nostro qui les a rendus comme ça. On peut peut-être les soigner ?

— Encore cette fichue compassion !

— Va te faire voir ! C'est pas ça. Ils pourraient me servir moi, au lieu de le servir lui. C'est tout.

Et puis, ils me faisaient de la peine. Je n'arrivais pas à leur en vouloir de m'avoir mise dans cette situation. Pauvres petites bêtes puantes et repoussantes. Si on leur donnait un bain, qu'on leur coupait les poils et qu'on les laissait courir dans un parc comme des chiens morts-vivants (en laisse, bien sûr), peut-être qu'on en tirerait quelque chose ?

— Il faut qu'on s'active, reprit Tina qui eut la gentillesse de ne pas relever mon excuse pathétique. Nostro nous a donné un délai.

— Je ne comprends toujours pas pourquoi il fait tout ça, marmonnai-je.

— Tout est une question de fierté, Elizabeth. Un *ego* aussi monstrueux que le sien n'acceptera pas la défaite.

Ah ! ça oui ! L'*ego* de Nostro était énorme.

— On ne peut pas assiéger son château. Il a des milliers de soldats !

— Une armée de soldats, c'est comme un organisme vivant, remarqua calmement Tina. Coupez-lui la tête, et le corps mourra instantanément. Encore mieux : il vous vouera allégeance.

Je grimaçai.

— Cool !

— Majes… Betsy, je sais que ce doit être difficile. (Le grand sourire réconfortant qu'elle m'adressa me rendit soupçonneuse.) Comme vous l'avez dit, vous vous êtes seulement relevée la semaine dernière. Vous devriez prendre le temps de vous adapter à votre nouvelle vie, pas établir des plans d'action pour renverser un tyran.

— Exactement ! Merci !

— Mais le temps nous manque, continua-t-elle d'un ton implacable. Nous avons besoin de votre aide le plus vite possible.

— Pourquoi ? Où est l'urgence ? Il est là depuis quatre siècles, mais il faut à tout prix s'en occuper cette semaine ?

Tina et Sinclair échangèrent un regard.

— C'est une nécessité, fit doucement Sinclair. Nous avons besoin de ta collaboration…

— Holà ! Attends un peu, l'As de l'embrouille ! Qu'est-ce qui se passe ? Qu'est-ce que votre sale petit trio m'a encore caché ?

— Hé, c'était tout à fait inapproprié, se plaignit Dennis.

— Euh…

Tina jeta un coup d'œil à Sinclair qui se contenta de hausser les épaules.

— Eh bien, Majesté, quand je me trouvais chez Nostro, le jour où je vous ai donné le pendentif que vous portez et où nous avons quitté son territoire sans sa permission…

— Permission ? m'exclamai-je en manquant de m'étouffer. Il nous a jetés dans la fosse pour nous tuer !

— Nous avons commis un acte de guerre. Nostro nous a donné jusqu'à ce soir pour vous rendre.

— Sinon ?

— Un massacre.

— Nous pensons qu'il est prêt à faire la guerre, de toute façon, ajouta Sinclair. Tu n'es qu'une excuse. Sa position devient de plus en plus instable. Il a failli tomber plusieurs fois. Si tu as lu les livres, tu le sais.

Je les avais plutôt feuilletés. Mais oui, je le savais.

La voix de Sinclair ressemblait à un bourdonnement.

— Il n'est qu'ambition et cruauté sans fin. Maintenant qu'il possède enfin un royaume, il se méfie de tout ce qui pourrait lui retirer son pouvoir. Tu lui as fait très peur quand il s'est rendu compte que tu ne craignais pas l'eau bénite. Et il ne veut pas montrer ses faiblesses aux yeux du monde.

Enfin quelque chose qui me parlait. Les plus grosses brutes étaient toujours terrifiées à l'idée de perdre leur pouvoir, comme mon ancien patron. Ou Saddam Hussein. Ou Nostro.

Toutefois, je ne voyais pas en quoi je pouvais leur être utile. Je voulais les aider. J'en étais presque sûre. Mais qu'aurais-je bien pu faire ? À présent, je pouvais combattre deux violeurs à la fois, mais ça ne voulait pas dire que j'avais la force de défier une horde de vampires démoniaques à la solde de Nostro ! Sauf si j'avais le droit d'amener un lance-flammes…

Je revins lentement à la réalité. Sinclair parlait toujours !

— J'ai toléré sa présence jusqu'à maintenant parce qu'il n'empiétait pas sur mes plates-bandes. Je passais outre à ses dérives et lui, il me laissait ma liberté.

— Un bon point pour vous deux !

— Mais ton existence change tout. Elle complique beaucoup de choses. L'heure de l'apathie est révolue.

L'heure de quoi est quoi ? Laisse tomber, Betsy.

— Je ne sais rien de tout ça, mais laisse-moi te dire une chose : je n'aurais jamais pensé avoir peur d'un gars en smoking noir un jour. Il est vraiment cinglé. Je ne parle pas seulement de la meute qu'il commande, de ses vêtements ou de sa calvitie… Il me donne la chair de poule.

Tina hocha la tête.

— C'était sûrement un psychopathe avant de mourir. Ou alors, il est devenu fou après sa mort.

— Trop ! Et son histoire… Elle pourrait donner des cauchemars à un troll ! Il se fout complètement des blessés ou des morts, du moment qu'il garde sa position de chef. Il venait à peine de mourir quand il a commencé à faire son malin, vous vous rendez compte ? Il ne choisira jamais le droit chemin de lui-même et je ne le crois pas capable d'être juste avec les vampires sous ses ordres.

Sinclair hocha la tête. Tina paraissait soulagée. Je pouvais deviner ses pensées : *Par Jehova, elle a enfin compris !*

— Il a toujours regretté de m'avoir laissé partir, expliqua Sinclair. Savoir que nous échappons à son contrôle le dévore de l'intérieur. Un jour, nous trouverons une horde de vampires au bas des escaliers. Personnellement, ajouta-t-il sèchement, je préférerais prendre les choses en main.

— D'accord, mais est-ce qu'il ne faudrait pas commencer par… je ne sais pas… espionner leur territoire ? On ne peut pas débarquer là-bas comme ça. Hein ? Pas vrai ? Hé, je vous parle !

Tina leva une main pour m'interrompre.

— Nous n'avons pas le temps.

— C'est de la folie. Vous êtes complètement cinglés, les gars !

Sinclair s'éclaircit la voix.

— Dennis ?

L'intéressé se leva d'un bond et quitta la pièce. Quelques instants plus tard, il revint avec une montagne de boîtes à chaussures blanches dans les bras. Il les posa par terre avant d'aller en chercher six autres. Puis, il les étala devant moi et en retira les couvercles.

Je criai. De joie. *Clac.* Une paire de Manolo Blahnik lavande avec les plus jolis petits talons du monde. *Clac.* Une paire de sandales Beverly Feldman jaune d'or. *Clac.* Des escarpins bleu glacier L'Autre Chose. *Clac. Clac.* Deux paires de Manolo Blahnik, une en dentelle noire et l'autre en cuir rouge. Des talons dorés Salvatore Ferragamo…

Je me jetai dessus en gémissant. Elles étaient toutes à ma taille ! Je retirai rapidement mes tennis, tirai si fort que mes chaussettes volèrent par-dessus mes épaules et me glissai enfin dans les sandales jaunes. Un pur bonheur.

— Miroir ! m'exclamai-je.

— Je n'arrive pas à croire qu'on achète notre future reine avec des chaussures de créateurs, marmonna Tina.

— Miroir, j'ai dit !

— Là-bas, m'indiqua Sinclair.

Il y avait un miroir au-dessus de la cheminée. À l'aide d'une chaise, je parvins à le décrocher pour le poser contre le mur. Là, je pus enfin admirer mes pieds. Je me prenais pour Dorothy et ses souliers de rubis. Pour Lady Di le jour de son couronnement. Pour une reine vampire avec une incroyable collection de chaussures.

— Je ne me suis jamais sentie aussi belle !

En ma qualité de dame bien chaussée, je décidai de passer outre aux bruits écœurés que produisait Tina. Je virevoltai devant le miroir.

— Elles sont magnifiques ! Comment avez-vous fait ?

— J'ai aperçu ta collection de chaussures, l'autre soir. Alors, j'ai demandé à mes dames de compagnie de faire du shopping pendant que nous dormions. Tu as le bonjour de Mitzi.

Note à moi-même : vérifier qu'elle n'avait pas caché de scorpions à l'intérieur.

— Elles sont vraiment jolies. C'est incroyable !

— Malheureusement, tu ne peux pas les garder, soupira Sinclair d'un air exagérément dramatique.

Il fit signe à Dennis qui referma les boîtes. J'étais au bord des larmes.

— Quoi ? Pourquoi ?

— Eh bien… Tu nous as clairement fait comprendre que tu ne nous aiderais pas. Tu n'es pas une souveraine, après tout. Tu sais te montrer rusée et terre à terre, mais ce n'est pas suffisant pour notre combat. Nous devons donc mettre le plan B à exécution. Qui sait ? Peut-être que Nostro acceptera ces chaussures en gage de paix.

Nostro ? Laisser Nostro enfoncer ses sales orteils crasseux dans ces merveilles de daim et de broderies ? En céder à Shanara ? Les utiliser pour jouer à la balle avec les Monstres ? Plutôt mourir ! Jamais, jamais, jamais !

— Pas touche ! Méchant vampire ! criai-je à l'attention de Dennis qui se figea en plein mouvement. Je vais vous aider. Je les garde !

— Parfait, répondit Sinclair avec un sourire sournois.

Il pensait sûrement que j'étais superficielle, faible et complètement stupide. Et alors ? Au moins, j'avais les plus belles chaussures de la saison.

Me relevant d'un bond, je passai mes bras autour du cou de Sinclair pour l'embrasser. Il ne s'y attendait tellement pas qu'il faillit tomber en arrière.

— Est-ce que j'aurai droit à une paire de plus si on s'occupe du cas de Nostro ce soir ? demandai-je en vissant mon regard dans ses yeux si sombres.

— Si tu m'embrasses encore comme ça, je veux bien en rajouter une dizaine.

Je le relâchai comme si son contact m'avait brûlée, non sans regret. Prendre Sinclair dans ses bras, c'était comme serrer un roc à l'odeur enivrante. J'aurais pu parier que même ses lobes d'oreilles étaient parfaits.

— Ne me tente pas. Allons trouver ce sale type !

— C'est aussi simple que ça ? demanda Tina.

Secouant la tête, elle ne put s'empêcher de sourire en voyant un Sinclair stupéfait toucher ses lèvres.

— On a passé un marché, fis-je en admirant mes pieds.

Bien sûr, nous savions tous qu'ils ne s'agissaient pas seulement des chaussures. Du moins, pas totalement. Sûrement pas. Sinclair avait été rusé : il m'avait offert l'excuse parfaite pour me décider à prendre la bonne décision.

Et puis, ça m'avait remonté le moral. Même si mon père ne m'acceptait pas, les vampires, eux, avaient besoin de moi. Peut-être que je valais quelque chose, finalement !

— Vous allez vraiment les aider à renverser Nostro ? demanda Dennis en posant une caisse de vin de prune sur le bar sans le moindre effort.

Je lui avais demandé un verre pendant que Sinclair et Tina étaient descendus pour élaborer une stratégie. Je n'avais pas besoin d'entendre les détails. Après tout, tout ce qui leur fallait, c'était ma présence et mon pseudo-statut, pas vrai ? (« Nous avons la reine de notre côté, rendez-vous ! ») Peu importaient mes capacités à me battre ou à inventer une tactique. Du moins, je l'espérais !

— Bien sûr. Écoute, je ne veux pas que Nostro reste au pouvoir. C'est un sale cinglé qui maltraite ses Monstres. Tous les vampires le craignent. Sauf Sinclair, peut-être. Ce que je veux dire, c'est que quand les créatures de la nuit commencent à avoir peur de quelque chose, il faut s'en débarrasser, pas vrai ?

— Je vois…

— Tu as lu le livre qui lui est consacré ? On dirait un documentaire sur l'enfer ! Tu l'as lu, hein ?

— Plusieurs fois.

— Je vois. Bref. Quoi qu'il en soit, j'espérais pouvoir rester à l'écart de la politique vampirocrate. Mais si je peux leur être utile… (Et augmenter ma collection de chaussures au passage.) Je me dois de les aider.

En l'entendant à voix haute, je me rendis compte que je n'étais qu'à moitié convaincue. OK. Au quart seulement. Mais je faisais des progrès.

— Et si vous changiez d'avis ?

Dennis n'était pas dupe. Il ne tenait pas à ce que je m'échappe en pleine bataille et abandonne ses amis dans la merde jusqu'au cou. Compréhensible. Je me dépêchai de le rassurer.

— Ne t'inquiète pas. Je n'en ai pas l'intention. En plus, je dois lui rendre la pareille pour avoir lâché Shanara sur mes amis. Et pour m'avoir jetée dans la fosse avec les Monstres. Oh ! et aussi pour le massacre de 1600 et quelques.

— Vous n'étiez même pas encore née !

— Et alors ? Tu as lu le livre, non ? J'ai failli vomir. Cinglé.

— Il a un fort tempérament.

— Oui. Comme un serval enragé. Et franchement, j'en ai marre de m'inquiéter de croiser l'un de ses sous-fifres ou d'être traînée dans l'un de ses repaires. Ça suffit, maintenant ! Cette semaine aura été suffisamment difficile sans participer à cette putain de guerre !

Me rappeler les crasses qu'il m'avait faites me mettait en rogne. Je tremblais sous le coup de la colère. L'idée me plaisait de plus en plus, même sans les chaussures.

— Alors, votre décision est prise ?

— À 100 %, répondis-je clairement. Ne t'inquiète pas.

— En fait, fit-il en soupirant, c'est là que je commence à me faire du souci.

J'eus à peine le temps de me demander pourquoi il me balançait une caisse de vin sur la tête lorsque tout devint blanc, puis noir comme la mort.

Chapitre 25

À mon réveil, j'avais vraiment très soif. Je me rappelai pourquoi. Dennis, ce sale petit traître, m'avait frappée si fort que si j'avais été encore vivante, le coup m'aurait tuée. Il m'avait sûrement brisé le crâne.

Heureusement, pendant que je dormais, mon corps guérissait de lui-même. D'où la soif. À présent, je m'en voulais d'avoir refusé de partager le repas de Sinclair. Ma morale risquait de causer ma perte.

J'ouvris les yeux. Je me trouvais à l'intérieur d'une sorte de cellier sans fenêtre. Des murs et un sol en ciment. Glacial. Odeur de boue.

— Sale fouine, croassai-je. (Je m'éclaircis la voix pour réessayer.) T'es là, sale fouine ?

— Oui, répondit Dennis d'un air contrit.

Il ne manquait pas de culot. Il laissa tomber ce qu'il était en train de faire pour venir tester les chaînes accrochées à mes chevilles.

— Je suis désolé. Si ça peut te consoler, je fais ça pour le bien de tous.

— Ah bon ! Très bien ! Pas la peine de m'inquiéter alors. Salopard ! J'aimerais simplement comprendre pourquoi. Sinclair s'occupe bien de toi. C'est un type bien. J'ai entendu dire que Tina et toi habitez avec lui depuis quarante ou cinquante ans. Alors pourquoi le trahis-tu ? As-tu toujours été un connard ou est-ce que tu viens juste de développer cet aspect de ta personnalité ?

— Nostro est mon sire, répondit Dennis avec une dignité qui me donna envie de le frapper. C'est grâce à lui que je suis ce que je suis devenu. Alors quand il m'a demandé, il y a des années, de m'infiltrer chez l'ennemi, comment aurais-je pu refuser ?

Je testai mes menottes. Impossible de me détacher. Avec quoi m'avait-il attachée ? Du titane ? De la pâte à sel ? Bras au-dessus de la tête, chevilles bien écartées… le tout sur une surface glaciale.

— Si j'ai bien compris, petit con : parce que Nostro t'a vidé comme un poisson et a bu à ton cou comme à une fontaine quand tu étais encore vivant, tu penses que tu lui dois quelque chose ?

— Ça ne s'est pas passé comme ça. Il m'a sauvé. Il m'a libéré.

— Non. Il t'a transformé en *Happy Meal* et, toi, t'as pris ça pour une faveur.

Tout à coup, Dennis enfonça un couteau dont je n'avais pas remarqué l'existence dans ma cuisse. Aïe ! Il y eut un raclement lorsque la pointe percuta la pierre contre laquelle j'étais attachée. Même si ça faisait un mal de chien, je ne lui donnerais pas la satisfaction de m'entendre crier.

— Aïe !

Bon, OK, je pouvais bien lui donner ça.

— Je me suis déjà fait poignarder, remarquai-je. Il n'y a même pas une semaine, pour tout te dire. Et j'ai déjà été contrôlée par les impôts, et mes parents ont divorcé. Alors tu ne me fais pas peur. Ne le prends pas mal.

Je me débattis encore. Sans succès. Comme si ma dignité ne souffrait déjà pas assez d'avoir été assommée avec une caisse de vin de prune, amenée dans la cachette du traître, et enchaînée à un autel en pierre (est-ce que Nostro payait un scénariste pour lui faire part des nouveaux clichés en vogue ?), je me rendis compte que mes vêtements étaient en lambeaux. Visiblement, Dennis s'était amusé avec son couteau avant que je me réveille.

— Il va falloir que tu fasses mieux que ça.

Dennis se pencha sur moi, si près que je pus voir le feu des candélabres se refléter dans le gel qui coiffait ses cheveux. Pour la première fois, je me rendis compte qu'il ressemblait à une aigrette.

— J'ai jeté toutes tes nouvelles chaussures au feu ! me murmura-t-il à l'oreille.

Avec un cri d'agonie, je me débattis violemment.

— Salopard ! pleurai-je. Tu me le paieras !

Il se releva avec une mine de dégoût.

— Tu me donnes envie de vomir.

— Je parie que tu dis ça à toutes les filles, sale petite fouine.

— Tu fais passer tes frivolités avant tout le reste !

« Mes frivolités » ? C'était la première fois que je l'entendais, celle-là ! Difficile de trouver une repartie satisfaisante.

— Toi, une reine ? Jamais ! Du moins, pas tant que je servirai mon maître.

— Je suis tout à fait d'accord avec toi ! Je n'ai jamais voulu être reine, tête de nœud ! Ça ne faisait même pas partie du top 10 de mes priorités après la mort. Je renonce au trône, OK ? Je n'ai jamais rien demandé. Je suis pratiquement sûre qu'il revient à quelqu'un d'autre.

— Ça ne marchera pas. Ils ne te laisseront jamais tranquille. (Il soupira. Nous savions tous les deux que

« ils » désignait Sinclair et Nostro.) Aucune importance. Tu vas mourir. Tu ne pourras jamais régner.

— Si je comprends bien, contrairement à ton maître, tu penses vraiment que je suis la reine ? Le *Livre des Morts* a raison et ça ne te plaît pas ! Et moi qui croyais que tu ne pouvais pas être tombé plus bas !

Je me débattis encore et encore sans le moindre résultat, tout en tentant de m'ôter de la tête l'image de mes belles Manolo Blahnik lavande en proie aux flammes, virant au noir, la pièce se remplissant de l'odeur du cuir brûlé…

Dennis claqua des doigts devant mon visage.

— Reste avec moi.

— Quoiiiiii ? me plaignis-je.

— Oui, tu as raison. J'ai toléré ta présence tant que tu ne montrais aucun intérêt pour les projets d'Éric Sinclair. Tant que tu n'étais qu'une jeune et jolie vampire qu'il voulait mettre dans son lit.

— Beuuuurk ! Dans tes rêves, Brillantine !

— Quelle menteuse ! Tout le monde sait que vous avez couché ensemble !

— Rectification, nous avons *dormi* ensemble : c'est tout ! Nous n'avons pas, enfin tu sais, quoi…

Il secoua la tête pour s'éclaircir les idées, comme si l'effort qu'il faisait pour me comprendre l'épuisait.

— Bref. À l'instant où tu as décidé de te ranger à leur côté pour renverser mon sire…

— Tu as décidé de me tabasser. J'avais cru comprendre. Écoute, j'ai une petite question pour toi : comment peut-on tuer un vampire ? Plus précisément, comment est-ce que tu vas me tuer ? Tu ne peux plus me jeter dans la Fosse parce que les Monstres ont peur de moi. Tu ne peux pas non plus me jeter dans une pièce baignée de soleil et attendre qu'il fasse le sale boulot à ta place. Pas la peine de me faire un ravalement à l'eau bénite, non plus. Quoi que ça ne me ferait pas de mal ! Mais vas-y mollo avec l'exfoliant, alors. J'ai la peau mixte.

Le front plissé, Dennis parut inquiet un instant avant de se reprendre et de hausser les épaules. Il m'indiqua un coin de la pièce où étaient rangées plusieurs épées.

— Couper ta jolie petite tête devrait faire l'affaire.

Je grimaçai. OK, il m'avait eue sur ce coup-là.

— Tu sais quoi ? Je suis presque contente que ça se finisse comme ça. Nostro ou moi. Je commence à en avoir marre de toutes ces conneries : enlèvements, trahisons, choisir son camp… On dirait des enfants ! Comment est-ce que vous arrivez à supporter ça ?

— Nous savons rester à notre place, répondit-il en retirant le couteau de ma cuisse. Dommage que tu en sois incapable.

— Personne n'a le droit de me donner d'ordres, petite bite ! (Peut-être étais-je réellement la reine, en fin de compte ? Au moins, je n'aurais pas à m'agenouiller devant Nostro ou Sinclair. Cool !) Bon, c'était sympa de discuter avec toi, mais si on passait aux choses sérieuses ?

Il cligna des yeux.

— Tu veux vraiment que je te coupe la tête ?

— Ça sera toujours mieux que de me geler le cul et de sentir ta gomina à deux balles. D'ailleurs, si je puis me permettre, ça ne convient pas du tout à ton type de cheveux. Ils sont tellement fins et féminins, tu devrais plutôt essayer la laque.

Après s'être passé la main dans les cheveux, il m'adressa un regard assassin.

— J'en ai marre de tes blagues débiles.

— Je ne plaisante jamais avec les cheveux. Au fait, où est ton chef dégénéré ? J'aurais cru qu'il assisterait à ma fin entouré de quarante ou cinquante sbires pour se moquer de moi, avec des vêtements tout droit sortis d'un cauchemar de styliste.

Dennis grimaça. Il pensait sûrement qu'il s'agissait d'un sourire. Il s'énervait enfin. Parfait.

— Oh ! Il est occupé à tuer Sinclair et Tina. Il ne devrait plus tarder.

Mon propre sourire disparut. Une des raisons pour laquelle je n'avais pas paniqué, à part l'absurdité de la situation (j'étais attachée à moitié nue sur une pierre, pour l'amour du ciel !), était que j'avais l'espoir de voir Sinclair et Tina accourir à mon secours.

— Le jour où Nostro tuera Sinclair sera le jour où…

Je m'interrompis. Je ne trouvais rien d'assez dramatique.

— Le jour où tu te feras couper la tête, finit Dennis à ma place.

— Hmm…

— J'ai, bien sûr, appelé mes camarades aussitôt après t'avoir capturée. Certains d'entre eux t'ont amenée ici pendant que les autres se sont occupés de mettre le feu à la maison de Sinclair. Nous avions tout prévu. Ceux qui ont essayé de fuir ont pris une douche d'eau bénite. Mais il n'y a pas dû en avoir beaucoup. Les vampires sont extrêmement inflammables, tu sais ?

Je me débattis en vain. Une telle merveille victorienne en proie aux flammes ! Et mes nouvelles chaussures ? Et Sinclair, et Tina, et leurs dames de compagnie, et les hommes qui faisaient partie du harem de Dennis ! Et mes nouvelles chaussures !

Tout était ma faute. Sinclair et Nostro se battaient depuis des années. Pourtant, ma présence avait engendré cette situation. Sans moi, ils auraient probablement continué ainsi pendant cinq siècles. Tout était ma faute. Et je n'aurais jamais l'occasion d'arranger les choses.

— Va te faire foutre, crachai-je.

— En amour comme à la guerre, et cætera, remarqua-t-il joyeusement. J'ai bien peur de ne pas pouvoir attendre Nostro plus longtemps. Autant me débarrasser de toi tout de suite pour pouvoir fêter notre victoire plus rapidement. Et puis, aaaaaaaah !

Je n'en crus pas mes yeux. Une longue lame venait de s'enfoncer dans son cou. Tandis que mon esprit essayait de comprendre ce qui se passait, Tina la retira pour mieux attaquer. Cette fois, Dennis esquiva le coup. Tina se retourna aussitôt pour s'occuper de mes liens. Elle les frappa encore et encore et…

— Attention !

Quand elle se baissa, la lame de Dennis passa juste au-dessus de sa tête. Je me débattais de toutes mes forces. Les chaînes n'étaient plus aussi solides, alors si je pouvais…

Me libérant des chaînes, je fis rapidement passer mes pieds par-dessus ma tête. Je me tenais à présent devant l'endroit où mes épaules avaient été posées. Les menottes m'écorchaient les poignets. Si j'avais essayé ça la semaine précédente, je les aurais probablement cassés. Je passai outre à la douleur. Prenant appui contre l'autel, je tirai le plus fort possible. Il y eut un déchirement de métal et de chair et je fus enfin libre.

— Sale connard ! m'exclamai-je d'une voix rauque en me retournant. (Savoir Tina en vie m'aidait à focaliser ma colère sur mes chaussures disparues. Craignez mon courroux!) Tu vas voir de quel bois… Beurk!

Tina s'était agenouillée devant moi. Elle tenait la tête de Dennis par les cheveux. Quelle horreur : elle essayait de me l'offrir!

— Majesté, j'implore votre pardon pour la disgrâce que vous avez subie. Laissez-moi vous offrir la tête de notre ennemi en guise…

— Lâche ça tout de suite! m'exclamai-je. Je suis incapable de te parler si tu continues à secouer cette tête comme une paire de castagnettes!

— Tout de suite, Majesté.

Dès qu'elle eut posé la tête, je l'aidai à se remettre debout pour l'embrasser bruyamment sur la bouche.

— Ça, c'est pour ton *timing*. (Je l'embrassai de nouveau.) Ça, c'est pour lui avoir coupé la tête. (« Smack ») Parce que tu es trop mignonne. (« Smack ») Et ça, c'est pour ne pas être morte.

Elle me repoussa d'un coup de coude.

— Et bien sûr, vous décidez d'être affectueuse alors qu'on n'a pas le temps! Suivez-moi.

— Où est Sinclair ?

— Nous nous sommes séparés pour vous chercher. Puisque j'ai eu l'honneur de vous trouver, je suppose qu'il a dû rencontrer Nostro. Venez, je vais vous présenter votre peuple.

— Mon… ? (Après m'avoir lancé une épée, elle m'attrapa par le bras et me fit avancer si vite que j'avais du mal à tenir le rythme.) Mon peuple ?

Je jetai un coup d'œil à la pièce macabre où j'avais failli mourir. Une deuxième fois. Le corps de Dennis frissonna avant de se figer. Il ne tomba pas en poussière, emporté par le vent. Il ressemblait plutôt à une marionnette dont on avait coupé les fils. Et la tête. Encore une atrocité à ajouter à la longue liste de cette semaine!

—La seule raison pour laquelle je suis arrivée ici vivante, c'est parce que j'ai révélé aux suivants de Nostro que vous étiez la reine de la prophétie.

—OK, mais comment as-tu évité les flammes? Dennis semblait persuadé de vous avoir transformés en poussière.

—Nous avons emprunté le tunnel souterrain, bien sûr, répondit-elle d'un ton impatient. (Elle me traînait toujours derrière elle comme un sac à patates.) Ils ont essayé de le bloquer, en vain. Dans d'autres circonstances, ils auraient sûrement réussi, mais Sinclair était tellement en colère d'apprendre que vous aviez été enlevée... Je ne l'avais jamais vu comme ça!

Elle frissonna. Peut-être à cause du froid environnant.

—Ce Sinclair. Un vrai Bisounours! Alors tout le monde a réussi à sortir? C'est génial! J'ai cru que vous aviez tous grillé. Littéralement.

—Euh...

—Quand il m'a dit que vous étiez tous morts, je ne savais plus quoi faire. Alors j'ai continué à parler et à gagner du temps, tu sais, comme dans les films. C'est la seule chose qui me soit venue à l'esprit. Pourtant, ça a marché!

Tina m'observa un long moment.

—Karen est morte, Betsy.

Je me figeai. Karen avait brûlé? Elle était morte? Et pour quoi? Pour une histoire de statut et de territoire! Des mecs avec leurs jouets qui se faisaient la guéguerre pour un bout de terre. Alors que cette ville était bien assez grande pour deux vampires.

Quel gâchis !

— Je suis désolée, continua Tina quand je ne répondis rien. Je sais que vous l'appréciez et c'était réciproque. Elle n'a pas arrêté de parler de vous ces derniers jours.

— Je ne la connaissais pas. Elle m'a préparé du thé, c'est tout. Mais elle était gentille. Je l'avais trouvée très gentille.

Tous ces événements m'avaient anesthésiée. Pourtant, je sentais la colère grandir en moi, comme l'eau sombre prisonnière sous la glace en janvier. Quand elle éclaterait, quelqu'un allait en prendre pour son grade.

— Donc, vous êtes sortis et arrivés jusqu'ici. Du gâteau, pas vrai ?

Tina ricana.

— Dennis est parti trop rapidement avec vous. Une erreur de jugement qui lui a coûté sa tête. Éric et moi sommes sortis aussitôt pour venir ici, oui. Même si j'étais prête à me battre pour entrer, il m'a suffi d'expliquer la situation pour passer. Personne n'a essayé de m'arrêter. À mon avis, ça signifie qu'ils sont prêts. Si je vous les présente, ils tourneront peut-être le dos à Nostro.

— Tu le crois vraiment ?

— Non, répondit-elle gravement en me tirant vers un escalier. Ils ont peur. Peur de m'arrêter, peur de m'aider. Mais j'ai remarqué que cette situation menait à des résultats intéressants. Alors, on va essayer. Et si je croise Nostro, j'aurai ses couilles sur un plateau.

— Merci pour cette délicate image.

— Là-bas ! s'exclama-t-elle.

Il y avait un terrible remue-ménage dans la salle de bal. Au moins trente personnes se battaient, se donnaient des coups de pied, de poing, se griffaient. Nostro et Sinclair se trouvaient sûrement au milieu.

Après m'avoir lâché la main, Tina se lança dans la bataille. Aussitôt, je me retournai et me mis à courir : salle de bal, piscine, dehors. Je savais ce que je voulais, mais comment… ?

Perdue, j'observai le terrain qui entourait la maison. Pourquoi diable Nostro possédait-il plusieurs hectares ? Où pouvait bien se trouver… ?

Heureusement, une petite vampire rousse me rentra dedans. Elle n'avait visiblement aucune intention de prendre part au conflit. Quand je l'attrapai par le bras, elle cria et tenta de se débattre.

— Où sont les Monstres ?

— Pitié, ne me faites pas de mal !

— Les Monstres, petite ! Où est-ce que ton chef les retient prisonniers ? Je sais qu'ils sont enfermés dans le coin.

Quand elle releva la tête vers moi et cligna des yeux, je crus que j'allais me sentir mal. Elle ne devait pas avoir plus de quatorze ans à l'âge de sa mort. Elle ne pesait même pas quarante kilos. Maigrichonne, avec les plus grands yeux que j'avais vus en dehors d'une animalerie. Adolescente pour l'éternité. Souffrir des affres de l'adolescence pour toujours. Existait-il un destin plus tragique ? Sinclair était un porc, mais, au moins, il ne tuait pas de gamines. Si je n'avais pas déjà décidé de combattre Nostro jusqu'à le mettre en pièces, ce détail aurait suffi à me convaincre.

— Leur cage se trouve derrière la grange, répondit-elle d'une petite voix. Je peux vous y conduire. Pitié, ne me faites pas mal.

— Du calme, ma jolie. C'est ton jour de chance. Tant que tu resteras à mes côtés, personne ne t'attaquera. C'est dangereux là-dedans.

— Oh ! Dangereux ? Racontez-moi ! La guerre de Corée l'était beaucoup ! (Elle se détendit quand elle se rendit compte que je n'allais pas me servir de mon épée pour lui couper la tête.) Je m'appelle Alice, au fait.

— Eh bien, Alice, je suis la reine ! (La guerre de Corée… Ça lui faisait quoi ? Quarante, cinquante ans ? Je ne m'y ferais jamais.) Contente de faire ta connaissance. Allez, viens.

À mon approche, les Monstres firent un bruit de tous les diables. Soulagée, je me rendis compte que Dennis ne m'avait pas retiré ma croix. Soit il ne pouvait pas la toucher, soit il l'avait oubliée. Quand je la montrai aux Monstres, ils feulèrent dans ma direction.

Était-ce vraiment une bonne idée ? Elle risquait de se retourner contre moi.

De toute façon, j'étais déjà dans la merde. Alors un peu plus ou un peu moins… Après avoir pris une grande inspiration, je pulvérisai d'un coup de poing la serrure de leur cage et pénétrai à l'intérieur.

— Euh… ma reine… votre Majesté… peu importe comment je dois vous appeler. Si j'étais vous…

— Tout va bien, répondis-je.

Du moins, je l'espérais. De toute façon, dans le cas contraire, je ne le regretterais pas longtemps. Environ cinq secondes.

— Je sais comment faire.

Je leur présentai mes poignets ensanglantés. Apparemment, je saignais encore, mais pas autant que quand j'étais vivante. L'écoulement était faible et froid, d'un rouge si sombre qu'il en était presque noir. Le regarder me donnait envie de vomir.

Les monstres s'avancèrent lentement vers moi et me reniflèrent des pieds à la tête avant de me lécher le poignet. Leur souffle était froid et leur haleine, pestilentielle.

— Que sont-ils ?

— Des vampires auxquels on a refusé le droit de se nourrir lorsqu'ils se sont relevés. (Accrochée aux barres, Alice nous observait, les yeux écarquillés.) Ils deviennent des animaux. Ils perdent leur personnalité. Ils ne pensent plus qu'à la faim.

— Oh ! (Je ressentais encore plus de pitié pour eux. Ils avaient été des personnes comme moi ! Et même s'ils étaient responsables de mon état actuel, je ne pouvais pas leur en vouloir.) Est-ce qu'on peut les soigner ?

Une longue pause.

— Je… Je ne sais pas. Personne n'a jamais essayé… je veux dire que notre seigneur Nostro n'aurait jamais…

— N'en dis pas plus. Et ne l'appelle plus « notre seigneur ». Alice, on dirait que ça marche. Je vais tenter quelque chose. Je ne me ferai pas tuer… avec un peu de chance. Bah, ça ne serait pas la première fois. Bref, tu es avec moi ou pas ? Je ne t'en voudrai pas si tu préfères rester ici.

— Rester ici ? Et vous laisser y aller toute seule ? (Pendant un instant, elle parut tentée par la proposition, puis elle s'ébroua comme un chien.) Je pense que je suis avec vous.

Elle m'observa à travers les barreaux avant de baisser la tête vers le crucifix qui brillait toujours. Il me rappelait un peu la veilleuse Snoopy que je possédais quand j'étais petite.

Alice détourna les yeux, puis la regarda de nouveau, comme si elle ne pouvait pas s'en empêcher. Elle leva la main à son visage, mais s'arrêta à mi-chemin.

— Vous êtes si courageuse et… et forte. C'est sûrement vrai. Autrement, comment pourriez-vous…

— Alice, tu pourrais répondre à ma question aujourd'hui, s'il te plaît ? Je dois encore sauver mes amis, tuer Nostro et rentrer assez tôt chez moi pour lancer l'enregistrement de Martha Stewart !

— Je suis à votre service, murmura-t-elle. (Elle serra les barreaux si fort que j'entendis le métal grincer.) Pour l'éternité. Parce que vous êtes gentille et que vous m'avez laissé le choix de rester en dehors de la bataille. Ce que je ne ferai pas. Rester dehors, je veux dire.

— Génial ! Enfin, je crois. (Peut-être qu'un jour, je serai blasée d'obtenir immédiatement l'allégeance des gens ? J'espérais bien que non.) Voilà comment on va procéder…

Chapitre 26

Suivie de près par Alice et les Monstres, je retournai vers la maison au pas de course et déboulai dans la salle de bal. À mon grand soulagement, les Monstres avaient l'air contents de me suivre partout. Je ne comptais pas les tenir en laisse. Ils n'avaient pas non plus tenté de me dévorer. Encore un bon point.

Nostro et Sinclair se battaient toujours à une telle vitesse que je ne distinguais pas leurs mouvements. Je ne percevais que de vagues coups de poing et le bruit de la chair contre la chair. Étonnamment, personne d'autre ne se battait. Tout le monde s'était regroupé dans un coin autour de Tina et l'écoutait parler. Ils paraissaient effrayés.

— Ne pas interférer ! Celui qui gagnera ce combat sera notre nouveau maître. Vous ne devez pas interférer. Nos lois existaient déjà alors que les humains se terraient encore dans leurs cavernes !

Se terraient dans leurs cavernes ? Sympa. Tina était douée pour utiliser des images perturbantes.

— Eh bien moi, je vais interférer ! m'exclamai-je avec véhémence. (Derrière moi, les Monstres se frottaient contre mes jambes. Le geste me rassura autant qu'il me donna la chair de poule. Je désignai du doigt la masse indistincte que formaient Sinclair et Nostro.) Attaquez-le !

Alors, aboyant et grognant, les Monstres s'élancèrent. Moi aussi : pour écarter Sinclair du chemin. Malgré ma rapidité, l'un des Monstres réussit à nous mettre à terre et je reçus un coup de Nostro qui me fit tinter les oreilles. Je secouai la tête avant de m'allonger sur le dos pour assister à la scène.

Vous voyez les combats de dessins animés avec de la fumée, des bras et des jambes qui apparaissent de temps en temps, des étoiles, des oiseaux et tout le toutim ? C'était exactement comme ça ! Les Monstres grognaient. Nostro criait. Et nous, nous regardions. Puis, Nostro émit des gargouillis et les Monstres semblèrent laper quelque chose. Alors, Nostro ne fit plus aucun bruit. Difficile quand on est en pièces.

Silence de mort. Je fus la première à le briser.

— Ça, c'était pour Karen, connard, murmurai-je.

Personne n'osait ouvrir la bouche. Une trentaine de vampires me dévisageaient, dont Tina qui paraissait si triomphante que j'avais du mal à le supporter. Son visage ressemblait au flambeau de la victoire, beau et terrible à la fois. Elle n'avait plus rien de la jeune pom-pom girl. Elle ressemblait davantage à un conquérant.

Quand je me tournai vers Sinclair, persuadée qu'une de ses remarques sarcastiques suffirait à apaiser les tensions, je me mis à hurler et me relevai en essayant de ne pas vomir. Tout à la fois.

Sinclair avait été atrocement brûlé. Le côté gauche de son corps était entièrement noir. Ses cheveux et ses paupières avaient disparu. Je pouvais voir les veines de ses bras qui tentaient laborieusement d'alimenter en sang son corps mort.

Et pourtant, il souriait. Contre ses lèvres craquelées, ses dents paraissaient encore plus blanches et longues que d'habitude. J'aurais dû être terrifiée, pourtant, il s'agissait de quelqu'un que je connaissais, même si je ne l'aimais pas. Pas trop. Enfin, je croyais.

— Victoire, murmura-t-il.

J'éclatai en sanglots. Enfin, façon de parler, puisque je ne pouvais plus verser de vraies larmes. Oui, nous avions gagné, mais à quel prix ? Qu'allions-nous faire à présent ? Il était brûlé à cause de moi, il avait perdu son foyer (et une grande partie de sa peau !) à cause de moi. Karen était également morte par ma faute. Et au lieu de se soigner ou de se nourrir pour aller mieux, il avait accouru ici pour se battre et me sauver.

— Sinclair. Éric. Que…

— Il doit se nourrir, m'interrompit Tina lorsque Sinclair posa une main sur son épaule pour garder l'équilibre. De vous. Votre sang le remettra sur pied beaucoup plus vite.

— Parce que je suis la reine ?

Elle hocha la tête. Elle ne me regardait pas. Ses grands yeux tristes ne quittaient pas Éric.

— L'eau facilite le processus de guérison. Après…

— OK. Tu m'expliqueras le reste plus tard.

Je me souvenais qu'ils avaient placé Nick, l'inspecteur, sous la douche. À l'époque, je pensais qu'ils voulaient simplement le laver. Maintenant, j'en doutais.

J'attrapai Éric par la main et le plaçai par-dessus mon épaule, comme un pompier et un accidenté.

— Je me vois dans l'obligation d'émettre quelques objections, remarqua-t-il en marmonnant contre ma cuisse.

— La ferme, Éric ! Tout ira bientôt mieux… Tu dois souffrir le martyre !

— Qu'est-ce que je ne dois pas faire pour t'amener à utiliser mon prénom !

J'émis un son à mi-chemin entre le sanglot et l'éclat de rire. Sinclair n'était pas facile à porter, mais, au moins, grâce à ma force vampirique, il était aussi léger qu'une plume.

— La ferme, idiot ! Ce n'est pas le moment d'être sarcastique.

— Tu devras me raconter comment tu as fait pour obtenir la loyauté des Monstres, remarqua-t-il, la tête à l'envers. (Mon Dieu, cette journée devenait de plus en plus bizarre !) Personne n'a jamais réussi une chose pareille.

— Tu es trop curieux !

— Tu es trop intéressante !

Une fois devant la piscine, je le posai à terre et l'aidai à garder l'équilibre.

— Je t'assure que ce n'est pas nécess…

— Prends une grande inspiration, lui ordonnai-je.

Je me tenais tellement près du bord que mes orteils étaient dans le vide.

— Pourquoi ? demanda Sinclair, perdu, avant de plonger avec moi.

Pendant un bref instant, j'eus peur d'avoir fait une gaffe d'anthologie (*Merde ! Le chlore va le brûler !*), mais en voyant l'expression de soulagement qu'il arborait, je sus que ce n'était pas le cas.

Je me demandais pourquoi l'eau facilitait la guérison. Peut-être parce que nous étions techniquement déshydratés ? Nous ne transpirions pas, nous ne pissions pas, ni ne pleurions. Pourtant, il suffisait de nous jeter dans une piscine pour nous soigner ? Bizarre. Avec un peu de chance, la solution se trouvait dans un des livres que j'avais empruntés.

Lorsque Sinclair m'attira à lui, je ne résistai pas. Il avait été carbonisé par ma faute. Le moins que je puisse faire, c'était le laisser boire mon sang pour regagner des forces. J'espérais seulement en avoir assez. Est-ce que boire à la gorge d'un vampire (à la mienne en l'occurrence) était très différent que de se nourrir d'un vivant ? Dans tous les cas, Tina le pensait. Je lui faisais confiance.

Je frissonnai en sentant ses canines percer ma chair. J'avais l'impression de perdre ma virginité pour la seconde fois. Ma virginité vampirique. L'eau qui nous entourait était agréablement fraîche tandis que nous nous enfoncions vers le fond de la piscine. Pouvoir évoluer confortablement sous l'eau sans avoir à se soucier de respirer était une expérience étrange et sensationnelle.

Comme mes mains étaient posées sur ses épaules, je sentais sa chair se reformer au fur et à mesure qu'il se nourrissait, qu'il puisait sa force et sa vitalité dans mon sang. Il me caressait le dos en un geste apaisant et adorable. Je commençais à comprendre que servir de repas pouvait se révéler aussi agréable que boire soi-même. Le plaisir d'être prise, de se trouver dans les bras d'une créature plus grande et plus forte, une créature qui pourrait vous briser si elle le désirait, mais ne le ferait pas (si tout se passait bien !). Un plaisir que seul peut apporter l'abandon total.

Lorsqu'Éric recula, il m'adressa un sourire de pur bonheur. Son visage guérissait sous mes yeux effarés. Si vite, tout se passait si vite ! Puis, il redevint lui-même, magnifique spécimen masculin. Avec de très longues canines. Le processus avait pris moins de cinq minutes.

Je faillis m'étouffer en riant sous l'eau. Alors, il m'agrippa de nouveau, avec un peu moins de délicatesse, et pressa ses lèvres contre les miennes. Ses bras m'entourèrent étroitement tandis que sa langue se frayait un chemin dans ma bouche.

Nous nous embrassâmes pendant une heure… du moins, j'en eus l'impression. Puis, il me débarrassa de mes guenilles et je l'aidai à sortir des lambeaux qui le recouvraient à peine. Comme il ne supporterait pas le contact de la croix, je la retirai et la laissai tomber dans l'eau. Je la récupérerais plus tard. Quand je touchai son membre érigé, je remerciai les dieux de ne pas être debout. J'aurais eu du mal à le rester. Il était large, magnifique, et je le voulais en moi plus que tout.

J'en avais marre de combattre mon attirance envers lui, marre de nier que son sourire me faisait craquer. De l'amour ? Aucune idée. C'était la première fois que je rencontrais quelqu'un comme Éric : même s'il pensait que j'étais une idiote, il n'avait pas hésité à se battre pour moi, à perdre sa maison et à me faire monter sur un trône.

Ses lèvres se refermèrent sur un de mes tétons et le sucèrent doucement. Sa langue glissa contre sa pointe durcie et je dus me contrôler pour ne pas haleter sous l'eau. Ses mains étaient partout à la fois, caressant mon dos, mes fesses, mes cuisses. Soudain, il s'éloigna et se laissa couler plus profondément dans l'eau.

Mon dos s'arqua automatiquement en sentant son pouce et sa langue s'enfoncer en moi. Relevant la tête, je regardai fixement la surface de l'eau sans vraiment la voir tandis que sa langue me caressait, me léchait, me transperçait, tandis que ses doigts malaxaient mes cuisses sans relâche.

J'entourai sa tête avec mes jambes et l'attrapai par les cheveux pour le rapprocher davantage. Les sensations que me procuraient ses lèvres et sa langue, intensifiées par les caresses froides de l'eau, me rendaient folle.

Alors je sentis ses canines me transpercer, le sentis se nourrir au plus profond de moi-même, et je me laissai emporter par l'orgasme. Emporter ? Non. J'avais été poussée, propulsée vers l'orgasme. Je criai silencieusement, les yeux rivés sur les lumières à la surface.

Une fois de retour face à moi, il m'attrapa par la taille pour m'attirer à lui et ses lèvres trouvèrent de nouveau les miennes.

Elle est tellement belle j'aime la sentir contre moi je ne peux plus me retenir il faut qu'elle m'appartienne que je m'enfonce en elle… Oh Elizabeth ma chérie tu es à moi…

Je me figeai. J'entendais des pensées qui n'étaient vraisemblablement pas les miennes. Il n'essayait pas d'envahir mon esprit. J'avais plutôt l'impression… d'écouter aux portes. Depuis quand pouvais-je lire ses pensées ? Les pensées en général ? Et lui, m'entendait-il ?

Au fait, Éric, j'ai une maladie vénérienne. Ça ne te pose pas de problème, pas vrai ?

Aucune réaction. Il continuait à m'embrasser, à suçoter ma lèvre inférieure. Je le pris dans une main et le caressai lentement sur toute la longueur.

Maintenant je dois maintenant la toucher la prendre maintenant la faire mienne maintenant pitié je ne veux pas lui faire de mal oh Elizabeth ma reine flamboyante je mourrais pour toi…

Quand il pressa ses hanches contre les miennes, je passai les jambes autour de sa taille et m'empalai doucement sur lui. C'était serré, incroyablement serré, et merveilleux, fantastique, exceptionnel.

Je le sentis enfoncer ses mains dans mes cheveux pour me forcer à relever la tête. Il me dévisageait pendant qu'il plongeait davantage en moi, millimètre par millimètre.

Ne t'arrête pas, articulai-je silencieusement.

Ah ! mon cœur, j'en serais totalement incapable...

Il continuait à se frayer un chemin en moi. Le visage enfoui dans mon cou, il se forçait à avancer avec une lenteur insupportable. Il se retenait de peur de me blesser.

Ce qui était très gentil de sa part, mais pas très satisfaisant. Je voulais le sentir entièrement en moi, le sentir dans ma gorge, je voulais le chevaucher jusqu'à crier et le griffer, je voulais voir ses yeux rouler dans leurs orbites et le sentir trembler contre moi. Quand je fis mine de me rapprocher, il frissonna. Alors, je le mordis et, sous le choc, il donna un puissant coup de reins qui le fit enfin s'enfoncer complètement en moi.

Je me tortillai contre lui, savourant la sensation d'être épinglée, empalée... baisée.

Non oh non pas ça je vais la je vais la blesser ah ah AH AH ELIZABETH C'EST TELLEMENT BON...

Je croisai mes chevilles derrière son dos, l'attrapai par les épaules et donnai un coup de hanches. Quand, je le mordis de nouveau, de l'autre côté, il remua contre moi et rapidement, nous trouvâmes un rythme...

Je ne peux pas m'arrêter je ne peux pas peux pas Elizabeth oh Elizabeth tu as l'air vivante je n'ai jamais ressenti ça...

... Nous nous battions presque sous l'eau. Nos mouvements devenaient de plus en plus frénétiques ; sa bouche retrouva la mienne et il m'embrassa si fort qu'une de ses canines perfora ma lèvre inférieure.

ENCORE ENCORE ENCORE ENCORE ENCORE ENCORE ENCORE

L'orgasme qui me submergea était si puissant que des points noirs envahirent ma vision. Ou alors c'était le carrelage de la piscine. Je me sentis me resserrer autour de lui…

ELIZABETH! ELIZABETH! ELIZABETH!

… le sentis frissonner alors qu'il atteignait son propre sommet. J'avais l'impression… d'être de nouveau vivante!

Il m'étreignit encore plus fort, sa langue s'enfonçant profondément dans ma bouche avant de se calmer, de se calmer et de glisser hors de moi, plus petit et souple, mais toujours aussi beau.

Alors que j'essayai de me libérer, il me rattrapa et me serra longuement contre lui tandis que nous flottions vers la surface. Je ne l'entendais plus dans ma tête. Ça me rendait triste.

De l'amour ? Aucune idée. Mais ça avait été quelque chose!

Chapitre 27

Je faillis hurler en arrivant à la surface. La pièce était remplie de dizaines de vampires qui nous attendaient patiemment. Je plongeai alors de nouveau, à la recherche de la croix de Sinclair (la trouver se révéla plus facile que je le pensais) et l'enfilai autour de mon cou. Je nageai quelques minutes de plus avant de rassembler mon courage pour remonter.

Toujours là. Dingue. Tout en nageant, je me demandais où j'allais bien pouvoir trouver des vêtements. Et ce qu'ils avaient vu. Leurs visages étaient complètement dénués d'expression. Dieu seul savait à quoi ils pouvaient bien penser ! D'abord morte, puis vampire, reine et maintenant, nympho. Quelle semaine !

Accroupie près du bord de la piscine, Tina me tendit un peignoir. Reconnaissante, je sortis de l'eau et la laissa m'en entourer (du synthétique, mais je n'étais pas en position de faire ma difficile) avant de refermer la ceinture, le tout en une nanoseconde.

Sinclair, ce sale petit dévergondé, n'avait aucun problème de modestie. Il se hissa hors de la piscine et se tint devant notre audience, magnifique dans sa nudité. Sous mes yeux, les morsures que je lui avais laissées dans le cou et les épaules se refermèrent. Puis, plus rien ne se passa, mais je ne pouvais pas m'empêcher de l'observer quand même.

— Voici, tonitrua Tina, votre reine et son consort !

La foule laissa échapper une exclamation de joie qui relevait plus du « hmm… » que du « hourra ! ». Ils pensaient sûrement que ce chef ne valait pas mieux que l'ancien.

Leur peur était évidente. Ça me faisait de la peine pour eux, mais que pouvais-je faire à part leur prouver que je n'étais pas un autre psychopathe au bord de la calvitie ? Peut-être qu'en me connaissant davantage… Hé ! Attendez une minute !

— Euh…, fis-je en levant le doigt.

— Nostro n'est plus, déclara Sinclair (toujours entièrement nu). Les Monstres sont sous le contrôle de ma reine. Comme vous tous.

— Euh, Éric ?

— Ceux qui ne souhaitent pas nous prêter allégeance peuvent partir ce soir. Nous ne vous forcerons à rien. Vous pouvez partir ou revenir, comme bon vous semble. Ces jours sombres sont derrière vous. Toutefois, ceux qui choisissent de placer leur loyauté auprès de ma reine bénéficieront de notre protection.

Consort ?

— Consort ? demandai-je. (Tout à coup, j'avais du mal à croiser le regard de Tina. Quelle coïncidence !) Tina ? Consort ? Qu'est-ce que ça veut dire ?

Partout dans la pièce, les vampires s'agenouillaient et posaient leur front contre le sol. Pourtant, je ne leur prêtais aucune attention. Tina refusait toujours de me regarder.

— Qu'est-ce qui se passe, bordel ?

Les vampires les plus proches de moi reculèrent (pas facile quand on est à genoux, chapeau !). Tina toussota tandis que Sinclair se tournait vers moi, l'air pensif. Puis, il me sourit. Pourquoi son sourire me faisait-il peur, maintenant ?

— Allô ? Je suis bien dans la même pièce que vous ? Quelqu'un compte me répondre un jour ? Consort ? Qu'est-ce qui se passe ?

Tina toussa de nouveau.

— Nous n'avons pas eu le temps de vous expliquer toutes les prophéties du *Livre des Morts*. Parce que Dennis a…

— Eeeeeet ?

— Votre naissance a été annoncée, comme la chute de Nostro ainsi que Sinclair devenant roi…

— Quoi ? m'exclamai-je, les yeux écarquillés. Qu'est-ce que tu as dit ?

— Elle a dit que Sinclair devenait roi, répondit Alice à sa place, de sa position quelque part derrière moi.

— Toi, on t'a pas sonnée. Tina. Je veux que tu m'expliques tout. Sur le champ.

— *Et le premier qui connoitra la reyne comme un mari connoit sa femme après la chute de l'usurpateur deviendra le consort de la reyne et régnera à ses côtés pendant des millénaires.* Au moins, ajouta-t-elle. C'est ce dont je me souviens. Ça continue pendant quelques lignes. Je vous montrerai le passage à notre retour.

— Quoi ?

Quand je faillis m'évanouir, Sinclair m'aida à garder l'équilibre. Je retirai vivement mon bras, manquant de tomber dans la piscine.

— Je suis la reine et ce putain de Saint Clair est le roi ? Depuis quand ? Vous m'avez bien baisée…

— Justement…

— Pourquoi tu ne m'en as pas parlé ? Pourquoi tu ne m'as pas mise en garde ? Pendant des millénaires ? J'arrive pas à le croire !

— Eh bien, répondit celui qui faisait maintenant partie de ma liste noire, si je t'avais dit « Elizabeth, mon cœur, j'ai envie de te faire l'amour, mais sache que ça me permettra d'accéder au trône », je doute que je t'aurais vue nue.

Tina comprit immédiatement ce que voulait dire l'expression que j'arborais car elle se plaça devant Sinclair pour éviter que je le frappe. Amusé, il se contenta de me regarder par-dessus sa tête.

— Vous vous méprenez, ma reine. Vous l'avez profondément touché, c'est pour ça qu'il ne sait pas comment réagir. (Puis, elle murmura :) Arrête ça ! (Elle m'adressa un grand et faux sourire.) C'était écrit. Comme votre ascension au trône. Personne ne peut rien y faire.

— Tu veux parier ?

Sinclair me tendit les bras.

— Chérie, n'aie pas l'air si en colère ! Nous avons un couronnement à organiser, souris ! Dès que ma maison sera reconstruite, tu viendras emménager avec moi.

— Tu veux parier ?

— Peut-être plus tard alors, quand l'heureuse… surprise se sera dissipée.

— Toi ! m'exclamai-je en enfonçant un doigt dans la poitrine de Tina. (Elle frissonna, mais ne battit pas en retraite.) Tu m'as dit qu'une fois reine, je pourrais me débarrasser de Sinclair !

— Tu voulais te débarrasser de moi ?

Le salopard eut l'audace de paraître blessé.

— Je ne pensais pas qu'il deviendrait votre consort, expliqua-t-elle.

Je savais qu'elle mentait. Même si j'étais sa reine, Éric représentait tout pour elle. Il lui était plus proche qu'un frère. Elle lui apportait tout ce qu'il désirait. Moi, elle me vénérait. Lui, elle l'aimait.

— Mais le livre avait raison ! Sur tous les points ! Nous devons simplement l'accepter à présent…

— Accepter, mon cul !

— Eh bien, si tu…, commença Sinclair.

— Toi, ta gueule ! Je rentre ! m'exclamai-je. (Je resserrai la ceinture de mon peignoir. Comment allais-je pouvoir m'y prendre ? Je n'avais pas de clé, de voiture, de permis de conduire, et encore moins de sous-vêtements. Heureusement, ma colère m'empêchait de m'en préoccuper.) N'essayez plus de m'approcher ! Et je ne plaisante pas.

Les yeux rivés au sol, Tina se mordillait les lèvres tandis que ce satané Sinclair me souriait.

— Impossible, ma reine ! Nous avons un royaume à gouverner !

Épilogue

Pour résumer, je suis la reine des morts-vivants. Comme si ce n'était déjà pas assez difficile d'accepter le fait que j'ai tué le méchant de l'histoire (je ne suis pas la plus étonnée, croyez-moi !), le mufle que je méprise, mais pour qui j'éprouve une attirance sans espoir, est devenu mon roi. Nous sommes coincés ensemble pour des milliers d'années, pour le meilleur et pour le pire. On survivra plus longtemps que *Les Simpson* ! Chaque fois que j'y pense, j'ai envie de cogner quelqu'un (en particulier) contre un mur.

Il y a une semaine, mon plus gros problème, c'était d'avoir perdu mon boulot. Ah ! La douce insouciance de ces jours heureux... À présent, je devais m'occuper d'un royaume, éviter de toucher Sinclair (car oui, je le désirais toujours. J'aurais donné n'importe quoi pour sentir de nouveau ses mains... et d'autres parties de son anatomie), ignorer Tina jusqu'à ce que je décide de lui pardonner, empêcher Jessica et Marc de monter leur agence pour combattre le crime, et aider des milliers de vampires à se réhabituer à la liberté.

Je devais aussi trouver du temps pour reconstruire mes relations (quelles qu'elles soient) avec mon père et le Thon. Je ne pouvais pas les laisser faire comme si je n'étais pas une morte-vivante. Après tout, si je pouvais supporter la femme trophée de mon père, il pouvait très bien s'habituer à mon retour d'entre les morts !

Sans parler de trouver des gens à qui sucer le sang régulièrement et un job bien payé. J'étais morte et au chômage. Je ne pouvais pas compter sur la générosité de Jessica pour l'éternité. Rien que d'y penser, ça paraissait ridicule. Pourtant, la convaincre allait se révéler difficile.

J'avais chargé Alice de s'occuper des Monstres... Ils vivaient toujours chez Nostro, mais je leur avais offert plus d'espace et, avec un peu de chance, un génie vampire trouverait un moyen de les soigner. Tout le monde me poussait à les tuer, mais je résistais à la pression. Dire « non » n'était pas facile, tout comme m'habituer à donner des ordres. Après tout, j'étais plus jeune que les autres vampires, parfois de quelques siècles. C'était vraiment trop étrange.

J'avais insisté pour que Karen ait des funérailles en bonne et due forme, ce qui, visiblement, allait à l'encontre des règles vampiriques. Comme si je les prenais en compte ! Étonnamment, beaucoup de monde y avait assisté. Pas mal, pour une messe de minuit !

Je n'avais pas adressé un mot à Sinclair et Tina de toute la cérémonie et avais ramené son urne chez moi. Elle se trouve sur la cheminée à l'instant où je vous parle. Un bon moyen de me rappeler que les dommages collatéraux doivent être évités à tout prix.

Ma mère y avait également participé. Elle avait eu le coup de foudre pour Sinclair. Elle le voyait comme l'ange noir qui l'avait empêchée de tomber aux mains des méchants de l'histoire. Et elle n'a rien contre le fait qu'il soit roi, bien au contraire. J'avais bien essayé de lui parler de sa fourberie, de ses coups en douce, de son manque de franchise (sans mentionner les événements de la piscine, bien sûr), mais tout était tombé dans l'oreille d'une sourde.

— Tu sais, Betsy, ce n'est pas parce que tu es morte que tu ne peux pas te trouver un mari !

Oui, bien sûr ! Pour ma part, je comptais bien rester célibataire. Pendant des millénaires. Avoir Sinclair comme consort était déjà bien suffisant. Je ne comptais pas me transformer en ménagère vampire.

Récemment, j'avais aussi croisé Nick pendant que je faisais mes courses au *Rainbow Food* (ce genre de coïncidence arrive souvent dans les banlieues). Il n'avait gardé aucun souvenir de ma mort ou de ce que nous avions fait. Tant mieux. Un souci de moins.

Maintenant, il fallait que je trouve un moyen pour que Sinclair arrête de me couvrir de chaussures. Il m'avait envoyé une carte pour m'annoncer qu'il m'en enverrait une paire tous les jours jusqu'à ce que je lui pardonne. Pour le moment, j'avais quatorze Prada, huit Manolo et six Ferragamo.

Peut-être que je lui pardonnerais… un jour.

J'attends toujours les mules rouges Jimmy Choo de cette saison !

EN AVANT-PREMIÈRE

Découvrez la suite des aventures
de Queen Betsy

VAMPIRE ET FAUCHÉE
(version non corrigée)

Traduit de l'anglais (États-Unis) par Cécile Tasson

Disponible chez Milady

Prologue

Interrogatoire de M. Robert Harris.
Le 30 juin 2004.
55121 02:32:55 - 03:45:32
Mené par l'inspecteur Nicholas J. Berry.
Quatrième arrondissement, Minneapolis, Minnesota.

Après avoir reçu les premiers soins sur la scène du crime, M. Harris a refusé de se rendre à l'hôpital et a suivi les agents en fonction, Whritnour et Watkins, au poste pour sa déposition.

L'interrogatoire a été mené par l'inspecteur Nicholas J. Berry de Minneapolis.

Robert Harris est un homme blanc de cinquante-deux ans, chauffeur de taxi. Il travaillait lorsque les événements décrits ci-dessous se sont produits. M. Harris a été soumis à un alcootest et notre laboratoire cherche actuellement des traces de drogue dans son organisme.

Inspecteur Berry : Tout est prêt ? Est-ce que la cassette... OK. Voulez-vous quelque chose à boire ? Du café ? Avant que nous commencions ?

Robert Harris : Non merci. Si je bois du café à cette heure-ci, j'arriverai plus à dormir. Et puis, avec ma prostate, c'est pas une bonne idée, croyez-moi.

IB : Vous voulez bien nous parler de ce qui s'est passé ce soir ?

RH : Bien sûr. Vous préférez qu'on discute du match de baseball, ou du fait que j'ai été assez stupide pour choisir un boulot où je dois rester assis toute la journée ? Saleté d'hémorroïdes !

IB : De ce qui s'est passé…

RH : Bien sûr. Vous voulez que je vous répète ce que j'ai dit à vos collègues, ceux qui se sont occupés de moi. Chics types, d'ailleurs, pour de la volaille. Je dis pas ça pour les insulter, hein. Je veux dire, c'est pour ça qu'on est là, pas vrai.

IB : Oui.

RH : Vous pensez que je suis fou ou que j'ai trop bu.

IB : Nous savons que vous n'avez pas bu, M. Harris. Bien. Plus tôt dans la soirée…

RH : Plus tôt dans la soirée, j'étais assis et je pensais à ma fille. Elle a dix-neuf ans. Elle va à la fac.

IB : À l'université du Minnesota, au Campus de Duluth.

RH : Exactement. C'est pour ça que je fais des heures sup'. Vous connaissez le prix des bouquins ? Cent dollars pour un seul livre ! Un seul ! C'est de la folie !

IB : M. Harris…

RH : Bref, je mangeais mon déjeuner gentiment sans embêter personne. Bien sûr, c'était pas exactement l'heure du déjeuner puisqu'il était 22 heures, mais avec des horaires pareils, on fait ce qu'on peut. J'étais garé au niveau de l'intersection entre Lake Street et la Quatrième Avenue. Beaucoup de taxis évitent ce quartier à cause des nègres, vous savez ? C'est pas contre vous, hein…

IB : M. Harris. Je ne suis pas Afro-Américain et même si je l'étais, je préférerais que vous ne vous éloigniez pas du sujet.

RH : On n'est jamais sûrs de rien de nos jours, pas vrai ? Foutue dictature du politiquement correct ! On peut plus rien dire. J'ai un ami, Danny Pohl, qui est aussi noir que l'as de pique. Il se fait appeler… Je ferais mieux de pas vous le dire. Mais, si ça le dérange pas, pourquoi est-ce que nous on devrait faire attention à ce qu'on dit ?

IB : M. Harris…

RH : Désolé. Donc je suis dans ce quartier que certains n'aiment pas, je prends mon déjeuner, sandwich jambon-fromage, si vous voulez tout savoir, et tout à coup, mon taxi se couche sur le côté !

IB : Vous n'avez rien entendu ?

RH : J'ai rien vu venir, Petit. J'étais en train de manger tranquillement quand soudain, je me suis retrouvé allongé sur le côté, recouvert des ordures qui traînaient par terre, la tête contre la route. J'ai entendu des pas, mais je voyais rien. Enfin, c'est pas le pire de l'histoire.

IB : Ah, et qu'est-ce que c'est ?

RH : J'essayais de comprendre ce qui s'était passé et de trouver un moyen de nettoyer ma nouvelle chemise quand j'ai entendu un grand cri.

IB : Un homme ou une femme ?

RH : Difficile à dire. Je le sais maintenant, puisque je les ai vus, mais à ce moment-là, j'en avais pas la moindre idée. Dans tous les cas, la personne qui pleurait devait se faire arracher les membres. Elle criait et se lamentait. J'avais jamais rien entendu d'aussi terrible. Et pourtant, ma fille adore apprendre à jouer des instruments de musique alors qu'elle n'a absolument pas l'oreille musicale. Je vous raconte pas la fois où elle s'est mise au tuba. Mais là, c'était mille fois pire.

IB : Alors qu'est-ce que vous avez fait ?

RH : D'après vous ? Je me suis glissé hors de mon taxi le plus vite possible, pardi ! J'étais infirmier pendant la guerre, au Viêtnam. J'ai arrêté dès mon retour au pays et je n'ai jamais remis les pieds dans un hôpital depuis, même lorsque ma défunte femme a mis Anna au monde. Mais je me suis dit que je pourrais peut-être me rendre utile. Comme mon taxi est assuré, je me faisais pas de souci de ce côté-là. Quelqu'un était en danger et c'était bien plus important. Je me suis dit que quelqu'un avait peut-être écrasé un gamin en reculant. Il fait sombre dans ces petites rues, après tout.

IB : Et alors ?

RH : À ce moment-là, un bus s'est arrêté près de moi. Il a failli rentrer dans mon taxi ! J'ai trouvé ça bizarre. Il était tard, je pensais que les bus roulaient plus, et celui-ci avait l'air d'avoir qu'un seul passager.

Une jeune femme en est sortie. Le bus n'a pas bougé. Le chauffeur la regardait comme si elle était faite de glace au chocolat. Alors, je l'ai observée moi aussi.

IB : Vous pourriez la décrire ?

RH : Et bien… Elle était grande, très grande même. À peu près ma taille. Elle avait les cheveux blonds avec ces traits, vous savez ? Comment est-ce qu'on appelle ça ? Des mèches ! Elle avait des mèches rouges. Et les plus beaux yeux verts que j'ai jamais vus. Ils avaient la couleur des vieilles bouteilles de verre, les vert foncé. Elle était très pâle, comme si elle passait son temps enfermée dans un bureau. Alors que moi, j'ai toujours le bras gauche bronzé parce que je le pose sur le rebord de la vitre quand je travaille. Mon bras droit reste blanc. Bref. Je me souviens pas de ce qu'elle portait. Je me suis surtout attardé sur son visage. Et… et…

IB : Tout va bien ?

RH : Oui, c'est juste que la suite est un peu difficile à avouer. Cette fille doit avoir environ cinq ou six ans de plus que la mienne. Pourtant, disons que je la désirais comme un homme marié désire sa femme un samedi soir, si vous voyez ce que je veux dire. C'est pourtant pas mon genre de reluquer des gamines qui pourraient être ma fille, même si ma femme est morte depuis six ans ! C'était gênant. Malgré les cris de détresse, je pouvais pas m'empêcher de penser avec ma…

IB : Vous savez le stress fait parfois faire des choses étranges…

RH : Rien à voir avec le stress. J'avais envie d'elle, c'est tout. Comme je n'ai jamais eu envie de personne. Mais bon, elle n'a pas du tout fait attention à moi, de toute façon. Une fille comme ça doit avoir l'habitude que des vieux pervers comme moi la matent. Elle s'est dirigée vers la ruelle en silence. Alors, je l'ai suivie. Comme il y avait des lampadaires pas loin, j'ai enfin pu voir ce qui se passait. Je me suis tout de suite senti mieux.

Tout à coup, les cris se sont arrêtés. Aussi subitement que si quelqu'un avait éteint une radio. La fille s'est mise à courir. C'était drôle à voir parce qu'elle portait des talons aiguilles. Violets avec un nœud derrière. Elle avait de tout petits pieds et de jolies petites chaussures. C'était marrant à voir.

IB : Et alors ?

RH : Elle n'avait aucun problème à courir avec, c'est certain. On aurait dit une championne olympique ! J'ai essayé de la suivre, bien sûr. Quand on est arrivés dans la ruelle, je me suis rendu compte que c'était un cul-de-sac. Je voulais pas m'y risquer. C'est marrant, parce que je pense plus très souvent au Viêtnam, mais cette nuit, j'avais l'impression d'y être retourné. Je remarquais tout ce qui se passait autour de moi. J'étais aux aguets.

IB : Y avait-il quelqu'un dans l'allée ?

RH : Au départ, j'ai vu personne. Puis, la fille a crié « lâche-le ! » d'une voix claire et ferme, vous savez, comme une maîtresse d'école. Alors, j'ai vu les deux hommes. Je sais pas comment j'avais fait pour les rater. L'un deux était tout petit, pourtant il avait soulevé un gars plus grand que moi pour le plaquer contre le mur ! Le grand type avait la tête qui tombait sur le côté. Il avait perdu connaissance.

En entendant la fille, l'agresseur l'a laissé tomber comme un sac de sable et s'est approché de nous. J'étais tellement mort de trouille, j'ai cru que j'allais faire dans mon froc.

IB : Il avait une arme ?

RH : Pas du tout. Il avait seulement l'air... méchant, je suppose. Il faisait une tête de moins que moi et était très pâle. Il portait aussi une moustache fine. Personnellement, je pense que si on veut pas de vraie moustache, du genre qui trempe dans la soupe, on ferait mieux de se raser complètement...

Bref, même s'il avait l'air d'une petite frappe, il dégageait quelque chose qui me donnait envie de m'enfuir. C'était comme si je savais instinctivement qu'il me voulait du mal. Et laissez-moi vous dire une chose : j'ai vu ma propre femme mourir à petit feu d'un cancer de l'estomac. Huit mois, que ça a pris. Après ça, je pensais que plus rien me ferait peur. Pourtant, ce gars-là…

IB : Vous voulez faire une pause, M. Harris ?

RH : Sûrement pas ! Je veux en finir le plus vite possible. Je vous ai promis de venir vous parler. Je disais donc que le type s'est approché de nous et a dit quelque chose comme : « Occupe-toi de tes affaires, reine de pacotille ! » Mais la façon dont il parlait faisait très ancien temps. Comme, je sais pas, il y a un siècle, par exemple. Et sa voix ! Mon dieu ! Elle m'a donné la chair de poule. Je voulais m'enfuir. Pourtant, j'en étais incapable.

La fille, elle, n'avait pas l'air inquiet. Elle s'est simplement redressée pour rétorquer : « Va te faire voir, crevure ! Dégage avant que je m'énerve ! »

IB : « Va te faire voir, crevure » ?

IB : C'est ce qu'elle a dit. Je m'en souviens très bien parce que ça m'a estomaqué. Je suis un homme et pourtant, j'étais mort de peur. Mais la gamine, elle, n'avait pas l'air effrayé du tout.

IB : Que s'est-il passé ensuite ?

RH : Le petit gars avait l'air sur le cul, lui aussi. Moi, j'étais choqué, mais lui… Comme si c'était la première fois que quelqu'un osait lui parler comme ça. C'était peut-être le cas, d'ailleurs. Alors il a répondu : « Mes repas ne te regardent pas, reine de pacotille ! »

Il l'appelait comme ça : « reine de pacotille ». Je n'ai jamais entendu son vrai nom.

IB : « Reine de pacotille. »

RH : Oui. Ce à quoi elle a rétorqué : « Et ta sœur, connard ? » Sans rire ! Et elle a continué avec : « Tu sais aussi bien que moi que tu peux te nourrir sans blesser personne, alors arrête de me prendre la tête. » Ou peut-être que c'était « arrête de me saouler ». En tout cas, elle avait l'air très remontée.

IB : Et après ?

RH : Il s'est emparé d'elle ! Ses lèvres étaient retroussées comme les babines d'un chien prêt à mordre. Il ressemblait au pauvre Racaille, c'est le chien des voisins. Il a attrapé la rage l'année dernière, et juste avant que je lui tire dessus il faisait à peu près la même tête que ce type, là.

Je n'ai pas eu le temps de faire quoi que ce soit… parce que même si j'avais peur, je n'allais pas la laisser se débrouiller seule, quand même. Elle a dégainé sa croix et l'a plaquée contre le front du mec ! Comme dans les films ! Et mon dieu, moi qui croyais que l'autre gars criait comme une fille ! Celui-ci hurlait comme si ses poumons avaient pris feu. De la fumée s'est formée sur son front. L'odeur était insoutenable. Vous imaginez même pas. Un peu comme du porc pourri et grillé. Rien que d'y penser, ça me donne envie de vomir.

Il l'a lâchée en titubant en arrière, et elle s'est redressée pour lui ordonner : « Tu vas gentiment accompagner cet homme à l'hôpital et payer pour lui s'il n'a pas d'assurance. Si je t'attrape encore à te nourrir comme ça, je t'enfonce ma croix dans la gorge, compris ? Ou peut-être que je dois te faire un dessin ? »

Alors le sale type a hoché la tête en tremblant. Elle était tellement belle et triomphante qu'il pouvait pas la regarder. Moi-même, j'avais un peu de mal ! Puis, il a ramassé l'homme inconscient, se l'est coincé sous le bras et s'est enfui avec.

Une fois le type parti, la fille s'est tournée vers moi. Elle a soupiré comme si elle était vraiment fatiguée et m'a dit : « Vous avez déjà été obligé de faire un boulot que vous détestiez ? » Bien sûr, je lui ai avoué que ça m'était déjà arrivé une fois ou deux. Bon dieu ce qu'elle était belle !

IB : Et après ?

RH : Elle m'a demandé si j'allais bien. Je lui ai répondu que oui. Elle m'a dit de pas avoir peur. Alors j'ai lancé que je n'aurais pas peur tant qu'elle serait avec moi, ce qui m'a valu un grand sourire de sa part.

Quand on est sortis de la ruelle, elle a aperçu mon taxi couché sur le côté. L'air dégoûté, elle s'est exclamée : « Un vrai gamin ! » Je suppose qu'elle parlait du sale type qui s'était échappé. On arrive à la partie qui vous intéresse : elle s'est agenouillée devant mon taxi, a placé deux doigts en dessous et l'a remis d'aplomb.

IB : Elle a soulevé votre taxi ?

RH : C'est ça.

IB : D'une seule main.

RH : Deux doigts. Je sais ce que vous êtes en train de penser. Vous en faites pas. Vos collègues m'ont pas cru, eux non plus.

IB : Et après, qu'est-ce qui s'est passé ?

RH : Elle m'a regardé avec ses grands yeux verts, qui paraissaient plutôt noisette à présent, peut-être que ses lentilles étaient tombées, et m'a dit : « Il devrait démarrer sans problème. Désolée pour tout ça. » Je lui ai répondu que c'était rien et elle est remontée dans le bus qui l'attendait toujours. C'était peut-être bien la chose la plus bizarre de la soirée. Elle m'a fait coucou de la main pendant que le bus s'éloignait en rentrant dans une boîte aux lettres puis en grillant un feu rouge.

IB : C'est tout ?

RH : Qu'est-ce que vous voulez de plus ? En tout cas, cette fille, c'était quelque chose ! Je voudrais pas qu'elle soit en colère contre moi !

IB : À cause de sa force ?

RH : Non, parce que je la désirais et la craignais à la fois. Je suis content qu'elle soit gentille… Imaginez qu'elle ressemble au type de la ruelle, le vampire ?

IB : Vous croyez qu'il s'agissait d'un vampire ?

RH : Sinon, pourquoi il aurait été brûlé par une croix ? Elle, en revanche, j'aimerais vraiment savoir ce qu'elle est.

IB : Vous croyez aux vampires ?

RH : Vous m'avez bien écouté et je vous en remercie, mais j'aimerais que vous fassiez attention à un détail : on m'a envoyé à la guerre quand j'étais encore tout jeunot. Là-bas, on vous apprend que celui qui croit pas ses yeux rentre chez lui les pieds devant. Alors oui, je crois aux vampires. Depuis cette nuit, je veux dire.

Fin de l'interrogatoire.
03:45:32

Achevé d'imprimer en mars 2012 par Hérissey à Évreux (Eure)
N° d'impression : 118322 - Dépôt légal : avril 2012
Imprimé en France
81120468-2